ESSE BRILHO É MEU

RYAN LA SALA

ESSE BRILHO É MEU

Tradução: Bruna Miranda

Diretor-presidente:
Jorge Yunes
Gerente editorial:
Luiza Del Monaco
Editora:
Gabriela Ghetti
Assistente editorial:
Júlia Tourinho
Suporte editorial:
Nádila Sousa, Fabiana Signorini
Estagiária editorial:
Emily Macedo
Coordenadora de arte:
Juliana Ida
Gerente de marketing:
Renata Bueno
Analistas de marketing:
Flávio Lima, Juliane Cardoso
Estagiária de marketing:
Mariana Iazzetti
Direitos autorais:
Leila Andrade
Gerente comercial:
Cláudio Varela
Coordenadora comercial:
Vivian Pessoa

Be Dazzled
Copyright © 2021 por Ryan La Sala
Originally published in the United States by Sourcebooks Fire, an imprint of Sourcebooks, LLC. www.sourcebooks.com.
© Companhia Editora Nacional, 2023

Todos os direitos reservados. Nenhuma parte desta obra pode ser reproduzida ou transmitida por qualquer forma ou meio eletrônico, inclusive fotocópia, gravação ou sistema de armazenagem e recuperação de informação sem o prévio e expresso consentimento da editora.

1ª edição — São Paulo

Preparação de texto:
João Pedroso
Revisão:
João Rodrigues, Lorrane Fortunato, Daniel Safadi
Ilustração e projeto de capa:
Helder Oliveira
Diagramação:
Vitor Castrillo

NACIONAL

Rua Gomes de Carvalho, 1306 - 11º andar - Vila Olímpia
São Paulo - SP - 04547-005 - Brasil - Tel.: (11) 2799-7799
editoranacional.com.br - atendimento@grupoibep.com.br

Para Sal, porque é isso <3

Um

Agora

O centro de convenções de Boston tem uma boa segurança, mas não tem mísseis à disposição, então não conseguiria se defender de Evie Odom.

Minha mãe.

Se ela soubesse que eu estou do lado de fora desse lugar, provavelmente iria descer pelas nuvens baixas desta manhã nebulosa de Boston, como uma alienígena no meio de uma invasão apocalíptica, e me vaporizar.

E se ela soubesse que eu estou aqui, usando uma fantasia que só pode ser descrita como "fungo chique", para qualquer um do Distrito de Seaport ver? Bom, existe alguma coisa pior do que ser vaporizado? Caso exista, seria *isso* que ela faria comigo.

· Tem gente que acha que estou sendo dramático. E, tá bom, é justo. Talvez tenham um pouco de razão. Mas estariam mais errados do que certos. Porra, é de *Evie Odom* que estamos falando. A artista milionária que construiu sua fortuna do zero e se tornou diretora de uma galeria de arte. A mulher com olhos de ônix e lábios cor de champanhe (de acordo com um perfil dela no *Times*, que com certeza foi escrito por um homem gay).

Mas, na minha opinião, Evie é meio do mal. Como um Anticristo estiloso que foi enviado pelo mundo da moda para julgar todas as coisas ligadas à cultura pop, desenhos e artesanato. Então o filho dela, Raphael Odom, o menino que, no momento, está tropeçando para fora de um Uber *vestido* como um personagem de desenho em uma roupa *feita à mão*, a caminho de uma *convenção* de cultura pop? Evie odiaria isso. Na verdade, ela *odeia*, mas somos uma família de duas pessoas; não podemos brigar a respeito das coisas que um odeia no outro sem gerar uma polarização da casa inteira. Então, para sobreviver à fúria dela, escondo meus materiais de costura e cosplays. E finjo que não passo horas criando fantasias incríveis com cola quente e coisas que já tenho em casa. E eu minto. E saio escondido. Resumindo, eu faço *qualquer coisa* para evitar o ódio espalhafatoso de Evie.

O que Evie odeia, ela destrói. É o que ela faz. Por um tempo, lá no começo dos anos 1990, ela era famosa por odiar e destruir réplicas de seus trabalhos. Ela geralmente fazia isso para uma plateia, e na maioria das vezes ganhava muito dinheiro.

Então, como dá para imaginar, não quero ser pego quando saio escondido para convenções. Estou correndo, arrastando minha amiga May para fora do carro e pelo meio da multidão de nerds do lado de fora. Ela se move devagar por causa da fantasia grande (o que é cem por cento minha culpa, já que foi eu que fiz. Desculpa, May), mas não deixamos as duas toneladas de espuma de enchimento e cola quente nos impedirem de ultrapassar a velocidade da luz. As pessoas gritam e se espalham quando nos aproximamos. Talvez alguém tenha perdido um olho. Sei lá, não me importo. Só tem uma — apenas *uma* — força que eu acredito que possa me proteger da minha mãe, e é o grupo de mulheres que controla a entrada da Controverse. Não sei se são voluntárias ou bem pagas; só sei que quem não estiver na lista delas não entra na convenção. Nem se insistir muito, nem se for Jesus Cristo, nem mesmo se for Satã.

Mesmo assim...

Evie é Evie, então, caso elas não consigam impedi-la, eu tomei todas as precauções para me assegurar de que ela nem saiba onde estou. Ela acha que eu e May estamos acampando. *Acampando!* No Blue Hill em Massachusetts, como se fôssemos Descobridores naquele jogo, CATAN! É a mentira mais descarada que já contei, e fiquei até meio ofendido quando ela acreditou numa boa e apenas disse: "Não traga nenhum carrapato para minha casa, Raphael".

— Sai da frente — falo para um grupo de meninas tentando tirar uma foto nossa.

Elas abaixam os celulares, se afastam e nos deixam chegar até a frente da multidão.

— Raffy, dá pra se acalmar um segundo? — May protesta.

Óbvio que não dá.

— Qual é, elas só queriam tirar fotos com a gente.

— Você ainda nem está com as pernas de pau, e ainda precisamos dar os toques finais.

— Ah, está falando da parte em que você me obriga a sentar no chão para colar mofo na minha cara?

— Não é mofo, é *musgo*, e não é apenas cola, é cola *Spirit Gum*. Precisa parecer real, como se fosse uma coisinha fofa e natural.

— Uma coisinha fofa e natural — May diz com sua voz *chique*, que é igual à voz normal, mas com um toque de Maggie-Smith em *Downton Abbey.* — É o título da sua autobiografia. *Uma coisinha fofa e natural*, de Raphael Odom.

Continuo a listar todas as coisas que nós — na verdade, eu — precisamos fazer antes de chegarmos ao galpão da convenção.

— E eu tenho que testar a bateria dos LEDs e checar se o cartucho da maquininha de fumaça está cheio, e você precisa praticar andar com as pernas de pau, e preciso retocar os meus cogumelos. É muita coisa. Não quero que nada vá parar nas redes sociais antes de estarmos perfeitos.

Geralmente, as pessoas chegam prontas aos eventos, mas, com toda essa história de sair escondido de casa, algumas coisas acabam tendo que ser resolvidas em cima da hora. Não é ideal, mas necessário. Para a nossa sorte, as convenções maiores agora têm vestiários para as pessoas se arrumarem lá mesmo. É por isso que trouxe uma mala de rodinha.

— Mas o tal do musgo... tem certeza de que é necessário mesmo? Dá coceira e, além do mais, a máscara cobre quase meu rosto todo.

— Sim, tenho certeza. Tem que entrar completamente no personagem. Os jurados vão gostar desse detalhe se pedirem para você tirar a máscara, e vão pedir. Você vai ver.

May franze as sobrancelhas.

— Tá bom, tá bom, pode passar mofo em mim — diz ela. — Às vezes eu acho que você fica excitado com essas coisas, Raff.

— Eca, May. Eu sou gay. E você também.

— E daí? Gente gay faz um monte de coisa doida. Elas usam, tipo, arreios e faixas de couro. No meio da rua e tal.

— Cavalos também, e ninguém fica julgando os fetiches deles. Larga mão disso.

Ela murmura em resposta:

— Ah, pode apostar que eu vou largar alguma coisa mesmo. No chão. E com certeza você vai gostar de ver eu me abaixar para pegar, bem devagar.

May se diverte quando fico desconfortável. Ela está me fazendo o enorme favor de participar da competição comigo neste fim de semana; lidar com o senso de humor estranho dela é o mínimo que posso fazer. Se não estivesse tão ansioso, estaria rindo e brincando também. Mas estou. Eu *sempre* estou ansioso com alguma coisa, mas em dias de competição fico ansioso com *tudo*. E geralmente tenho jeitos de me acalmar, mas esse é o maior show de que já participei. É a *Controverse*. É a maior de todas, então nada vai me acalmar. Nem ouvir música. Nem meditar. Talvez tranquilizantes, mas provavelmente não. Só ganhar.

Quando eu ganhar, vou me acalmar. Quando eu ganhar o primeiro lugar, não vou me importar com o fato de que Evie vai, em algum momento, descobrir que eu não estou acampando (e nunca acampei nenhuma vez nos meus dezessete anos de vida). Quando eu me tornar a pessoa mais jovem a ganhar o primeiro lugar na Controverse, vou ser um artista premiado de verdade, e Evie finalmente vai ter que dar o braço a torcer e admitir que essa minha "obsessão com artesanato" não é uma fase.

Ou...

Ou na mesma hora ela vai fingir a própria morte de tanta vergonha e começar uma vida nova em Toronto, ou algo assim, mas tudo bem. Porque, se eu fizer tudo direitinho — e vou fazer; fala sério, é só olhar para essa roupa maravilhosa —, ganhar a Controverse vai me trazer algo ainda melhor do que a aprovação da minha mãe.

Patrocínio! Há alguns anos, o Craft Club tem fechado contratos de patrocínio com os favoritos do público da Controverse. E outras empresas também estão começando a entrar no mercado de influenciadores artesãos jovens. A área de cosplay da Controverse se tornou o melhor lugar para fechar parcerias e conseguir patrocínios. Se eu quero ter algum futuro depois do ensino médio que não seja servir drinks nas exposições da minha mãe, preciso correr atrás disso.

É simples: preciso de dinheiro para pagar uma faculdade de artes, porque Evie *não vai* jogar o dinheiro dela fora com essas besteiras. Ela não acredita em uma educação formal de artes. Ela diz que um artista de verdade aprende com o talento e instinto. Porque, no fim das contas, ela não precisou ir para a faculdade para fazer sucesso. É um motivo de muito orgulho para ela. (Ela tem muitos motivos de orgulho; é uma acumuladora de motivos de orgulho.)

Eu sou menos orgulhoso e dou o braço a torcer com muito mais facilidade. Sei que preciso ir para uma faculdade de artes. E vou precisar de dinheiro para pagar por uma. E, claro, também para comer e assinar o Crunchyroll.

Não estou aqui para ganhar uma competição ou o respeito da minha mãe. No fim das contas, estou atrás de uma única coisa: um futuro, do jeito que eu quiser.

— Nome?

Chegamos nas mesas onde entregam as credenciais. Tiro meu documento do bolso que costurei na parte de dentro do roupão.

— Raphael Odom — digo.

A moça olha meu documento e depois olha para mim. Ali diz que tenho dezessete anos, um metro e setenta de altura, cabelos e olhos castanhos. Agora, porém, sou um espírito ancestral da floresta, um druida, usando saltos plataforma de quinze centímetros de altura. Meu rosto mal aparece sob o capuz coberto por cogumelos e samambaias. Um dos olhos está completamente preto graças a lentes de contato esclerais que eu passei todo o caminho de carro até aqui tentando colocar.

Então, a cara fechada da moça da recepção vira uma expressão simpática.

— Você é o filho da Evelyn Odom, não é? Eu cresci com a sua mãe em Everett! Nós estudamos juntas! Ah, ela deve estar tão orgulhosa de você. Ela sempre foi meio excêntrica também.

— E eu sou May Wu — diz May, com um tom pomposo, cortando a conversa como uma guilhotina benevolente.

O check-in é um sofrimento para mim, e fico o tempo inteiro evitando fazer contato visual com qualquer pessoa até a mulher finalmente entregar nossos crachás.

Dando um passo determinado de cada vez, puxo May para dentro da Controverse. Não importa o quanto eu esteja disfarçado, não tem como fugir de quem eu sou. Não tem maquiagem suficiente no mundo para esconder isso. Nem látex grosso o bastante. Nem mesmo saltos plataforma me deixam alto o suficiente para escapar da sombra da minha mãe.

Mas neste fim de semana tudo vai mudar.

Quando entramos na Controverse, começo a relaxar. Essa é a minha galera. Geeks e otakus, mas também alguns fanáticos e um ou outro nerdola.

O tipo de gente que fica em silêncio durante jantares em família pensando no fato da Carol Danvers ter cortado o cabelo entre o filme da *Capitã Marvel* e o último *Vingadores*, o que quer dizer que, em algum lugar do MCU, existe uma tesoura forte o suficiente para cortar o cabelo de uma mulher que já quebrou *várias* espaçonaves usando só o próprio corpo. Sem nenhum arranhão! Thanos devia per pegado essa tesoura e colocado naquela luva de cozinha enfeitada dele.

Essa é *a* conferência nerd de Boston; acontece sempre em outubro, e reúne uma família de um milhão de pessoas de todos os *fandoms*. Nos últimos anos tem aparecido muita gente da Marvel e da DC por causa dos filmes, claro, mas, sendo bem sincero, o contingente de anime (do qual faço parte com muito orgulho) é que mantém a convenção funcionando. E aí tem o nobre *fandom* de Star Wars, que tem mais regras do que uma academia de balé para assassinos. Os fãs de Star Trek eram assim também, pelo que me disseram, mas agora eles passam a maior parte do tempo correndo atrás dos netos, porque todos deram um jeito de conhecer alguém e formar famílias nerds. Estranho. Ah, claro, tem a galera de Doctor Who. Todos eles vestiram suas roupas de TARDIS hoje de manhã e pensaram: "Ninguém vai esperar por essa".

Brincadeira. Eu gosto dos fãs de Doctor Who. Mas eles ficam muito, muito putos com quem não tem uma opinião sobre qual, entre os milhões de atores que já interpretaram o personagem, é o melhor Doutor. Ops.

Fandoms, famílias, fãs — juntos, formam uma congregação diversa e barulhenta que faz essa peregrinação anual para o Centro de Convenções de Boston, no porto da cidade, para celebrar suas mitologias e conhecimentos e, claro, homenagear seus deuses.

E, quando digo "deuses", quero dizer cosplayers.

Pode acreditar: o cosplay é a coisa *mais* legal a se fazer nesses eventos. Fantasias não transformam apenas as pessoas que as vestem; elas transformam o mundo ao redor. No evento, uma hora há apenas uma multidão normal, e aí, de repente, aparece um Goku, então *todo mundo* fica gritando. Mas não é um grito *normal*. É um grito gutural de personagem de anime carregando seus poderes. É impressionante.

Eu amo cosplay. Sempre fui bom para criar coisas, mas só entrei de verdade nesse mundo há uns dois anos. Precisei ser convencido. E, admito, fui também movido pelo ódio. Eu via o número de seguidores de outras pessoas disparar mesmo elas usando umas perucas bem mequetrefes e dizendo que eram a Sailor Marte, e isso me irritava. Eu sempre falava para a May: *Por que ninguém penteia as perucas? Eles gostam de parecer dançarinas baratas que levaram um choque? Eu consigo fazer tão melhor.* Até ela finalmente responder: *Tááááá, então por que não faz?*

Então agora eu faço. E eu tinha razão. Sou muito bom nisso. Crio quase que compulsivamente, meus trabalhos não são ruins, e até ganhei alguns prêmios em convenções regionais menores. Não sou famoso nem nada, mas, como um jovem deus, meus seguidores são poucos porém leais. Por volta de catorze mil pessoas, com uma margem de erro de umas mil para mais ou para menos, entram nas minhas *lives* no Ion duas vezes por semana para me ver fazer coisas com cola quente.

Mas esse número vai dobrar quando a Controverse desse ano acabar. Pela primeira vez, estou entrando no Campeonato de Cosplay da Controverse (Triplo-c, mais conhecido como "Tricê" por quem é legal). É a maior e mais foda competição de cosplay de Boston — um concurso de vários dias, famoso por suas regras estranhas e reviravoltas. Praticamente todos os critérios mudam ano a ano, menos um: as pessoas precisam competir em duplas. A Controverse é famosa por considerar cosplay um esporte em equipe.

Aqui estamos, May e eu. Fazendo uma releitura do jogo clássico *Deep Autumn*, no qual um herói fica preso em uma floresta encantada e precisa lutar contra as estações do ano para escapar. O design dos personagens é uma loucura. E perfeito para uma equipe de cosplayers que quer algo que seja reconhecível e difícil de ser feito.

Estou vestido como um druida, um protetor do Templo da Primavera, e May está vestida de Chifre-de-Pinho, uma criatura comum que circula no templo. Mas nós fomos corrompidos, ou seja, estamos cobertos por fungos e cogumelos que nos tornam do mal. Logo, eu transformei o visual divertido e fofo de *Deep Autumn* em um visual *gore* realista.

Eu endireito o capacete de May e dou um passo para trás para admirar meu trabalho.

May sumiu. No lugar dela há uma criatura encurvada, sobre quatro patas com garras, cobertas por escamas que lembram uma pinha. Por baixo da máscara espinhosa roxa, olhos vermelhos brilham, e um chifre letal sai do focinho, como um besouro-rinoceronte. Um amontoado de folhas e flores apodrecidas cresce nas costas curvas da criatura, onde duas asas azul-ciano transparentes tremeluzem. O corpo está cheio de montinhos de musgo verde e fungos que brilham sob as luzes fluorescentes do centro de convenções. Parece poderoso, decrépito e doente, tudo ao mesmo tempo. Um monstro chocante.

— Perfeito — digo para o monstro.

Quer dizer, para *May*.

— Você também não está nada mal — diz ela por baixo da máscara.

Enquanto o cosplay de Chifre-de-Pinho de May foca em criar uma ilusão, o meu é mais sutil, apesar de ser tão complexo quanto. O meu personagem — o Guardião da Primavera — é bem antropomórfico. Mas, como sou exagerado, criei algumas próteses que me dão um nariz longo e pontudo, maçãs do rosto afiadas e uma testa grossa. Eu mudei meu peito, que ficará exposto: criei uma pele fina, pálida e coberta de veias azuis sobre as costelas à mostra. A personificação da saúde.

Apenas o brilho do meu olho preto aparece por baixo do manto encapuzado, que eu mesmo costurei e bordei. Demorou uma vida, mas o efeito ficou mágico e sinistro, como se eu estivesse a um segundo de ser completamente tomado pela natureza.

Estamos irreconhecíveis. Completamente transformados.

Não tenho dúvidas de que vamos, *sim*, nos qualificar.

— Lembra das poses? — pergunto.

— Óbvio.

— E as deixas?

— Uhum.

— E você consegue andar direitinho?

— Para uma menina usando uma fantasia de quase vinte quilos e se equilibrando em pernas de pau? Claro. Mas, Raff, da próxima, será que pode ser eu a pessoa de vestido fofinho de cogumelo?

Nem dou bola para o sarcasmo enquanto ajusto as alças da roupa dela pela oitava vez. Meu medo é que, na hora que eu decidir que estamos prontos, tudo desmorone.

— Relaxa, Raff. Escuta, vai dar tudo certo — diz ela. — A gente vai *ganhar* e garantir aquele patrocínio para você, tá bom? E logo menos aquelas escolas de arte chiquetozas vão implorar para ver seu portfólio, entendeu?

Dou um sorriso forçado (um sorrisinho só, já que não quero mover a prótese das maçãs do rosto). Espero que ela tenha razão. Tudo — tudo com que eu sempre sonhei, cada desejo — depende de eu provar que posso fazer isso sem Evie. Apesar dela, na verdade.

— Viu... — A voz de May fica mais séria. — Eu sei que você sente falta dele, e sei que deveria ser ele nessa fantasia em vez de mim, mas...

— Para.

— Raff...

— Você sabe que eu não quero nem ouvir o nome *dele*.

— Eu sei, Raff, mas...

Dou um olhar impaciente e ela para de falar. Tem mais um motivo para eu estar aqui, mas não vou deixar que esse seja o foco. Não vou nem deixar May dar nome aos bois. Só quero ouvir o nome dele quando o apresentador anunciá-lo como segundo colocado, logo antes de eu ganhar o ouro.

— Eu só quero dizer que você consegue fazer isso sem ele — diz May.

— A *gente* consegue.

Dou um leve empurrão nela, e a armadura de Chifre-de-Pinho começa a balançar conforme andamos pelos corredores do evento.

— Estou fazendo isso por você, mas não se esquece do nosso acordo, hein? No domingo eu vou ficar no Corredor de Artistas. Alguns dos melhores artistas da Internet estão aqui e quero fazer umas amizades.

O Corredor de Artistas é onde ficam montadas todas as mesas de artistas, um salão gigante, lotado de pessoas querendo comprar pôsteres, presentes, camisetas, capas de celular, quadrinhos e tudo que dê para imaginar. É uma miniusina de energia criativa e criações sem licenças de uso. É o Monte Olimpo da May, e esse ano ela conseguiu uma vaga em uma das mesas para amadores no domingo, onde vai vender produtos de sua semifamosa *webcomic*, *Cherry Cherry*. Como também sou um empreendedor das artes, estou muito orgulhoso dela.

— Claro que não esqueci.

Assim que começamos a caminhar pelo evento, tenho a certeza de que nossas fantasias estão perfeitas. Em menos de dois segundos, as pessoas começam a dizer frases icônicas de *Deep Autumn*. Crianças correm até nós e perguntam se podem tirar fotos. Um círculo de pessoas se forma ao nosso redor, mas a uma boa distância, como se o musgo em nossas peles fosse contagioso, como se os esporos deles fossem voar pelo ar do evento e se alojar em suas peles, gargantas e olhos, fazendo com que apodreçam de dentro para fora.

Perfeito. May e eu estamos prontos. Fazemos as poses que ensaiamos, mas, antes que alguém consiga tirar uma foto, May se vira com as pernas de pau e começa a correr.

As pessoas ficam confusas. *Eu* fico confuso. Corro atrás dela.

— May, o que foi?

— Precisamos sair daqui.

— O quê? A gente acabou de chegar.

— Tá, mas é urgente.

Agarro o braço dela por um espaço vazio da fantasia. Precisamos criar um *hype* agora para conseguir uma reputação até a hora de subir no palco e ficar cara a cara com os jurados. Quero que as pessoas nos conheçam, *torçam* por nós. Quero ser reconhecido.

— Merda, queria ter te avisado — diz ela, parando de vez quando um leve vuco-vuco começa a se formar na multidão atrás de nós.

Já é tarde demais para fosse lá o que ela tenha tentado me avisar. Procuro a origem dos gritos. Será que a Evie veio me levar de volta para casa? Como ela chegou aqui tão rápido?

Mas é algo muito pior.

Uma nova dupla entrou na convenção. Os gritos ficam mais altos e histéricos de empolgação. As pessoas estão praticamente se jogando por cima das outras para se aproximar e ver melhor. Escuto uma gargalhada alta; vejo a luz do sol bater na curva de costas musculosas expostas e dentes incrivelmente brancos em um sorriso largo.

Não.

Vejo uma garota se esgueirar pelo espaço, perseguindo sua presa. Não é uma garota: é um cervo. Flechas saem das suas costas e garganta, e sangue escorre pelo seu corpo magro em fitas tão brilhantes que parecem tinta ainda fresca. É coisa de profissional.

Ela está vestida como a mãe do Bambi, que foi morta e agora voltou dos mortos para se vingar. Sei disso sem nem olhar para o parceiro dela porque foi minha ideia. Até as fitas de sangue, é tudo trabalho meu. Meus desenhos tomaram vida e estão expostos na minha frente nos corredores da Controverse.

Como pode ser? Quem roubou isso de mim?

Mas sei quem foi. Sigo o olhar da multidão até onde o parceiro dela está jogado no chão. O corpo completamente pintado com um aerógrafo para imitar um cervo, todos os músculos pintados em tons de marrom e bege. Um pouco de sangue sai da marca de mordida na coxa superior e, ao redor do ferimento, já começou a "zumbificação", a infecção que está tomando conta da carne e deixando as veias pretas.

Ele se arrasta para ficar em pé e cambaleia como se estivesse com a perna machucada, desesperado para fugir do zumbi que sua mãe se tornou. Mas ele está rindo. É aquele sorriso que acaba comigo. Um sorriso que conquista tudo e todos. Um sorriso que me conquistou por muito tempo também, até sumir da minha vida.

Ele está aqui.

Luca Vitale está aqui.

Meu maior adversário. Meu pior pesadelo.

Meu ex-namorado.

Considerando o tanto de televisão que assisto, conheço bem os clichês. Um amor mal resolvido é, obviamente, uma história de origem perfeita para inimigos mortais, então acho que essa é a nossa, mas não tenho certeza ainda de quem é o herói. Machucamos um ao outro de um jeito que demora para curar.

Me amarrei a essa dor por um bom tempo. Foi o que me fez seguir em frente; chegar aonde estou hoje. Mas, quando o vejo, a dor vai embora e me deixa com uma sensação nostálgica arrebatadora. Quando o vejo, vejo a nós dois. A forma como ficamos juntos, o que criamos juntos, o que destruímos juntos. Vejo todos os nossos momentos juntos, ao mesmo tempo, passando em frente aos meus olhos. É terrível. E o único jeito de entender como terminamos é entender o que nos fez ficar *juntos*.

Dois

Antes – Treze meses atrás

Meu equipamento de filmagem está no estúdio.

O estúdio é uma garagem convertida atrás da nossa casa, que Evie às vezes usa para prender artistas que estão arriscando a furar o prazo para entregar suas obras. Não está sendo usado agora, então estou morando aqui. Sim, tenho um quarto de verdade dentro da casa, mas o estúdio tem tudo de que eu preciso: um mezanino com um colchão sobre o piso de madeira, um sofá velho, uma cozinha pequena e um banheiro. E, claro, um espaço de trabalho climatizado, absurdamente bem iluminado e equipado com mais materiais que uma turma de jardim de infância poderia usar em um ano inteiro.

Evie não se importa que eu more aqui por meses a fio. Acho que ela nem percebe. Deve gostar do silêncio nas poucas noites por mês que passa em casa. Eu acho que ela sabe, por alto, que estou criando coisas de cosplay aqui, mas, desde que eu esconda esse meu segredo, ela mantém a calma. Então tomo cuidado para limpar tudo e nunca mencionar nada disso perto dela ou dos seus amigos artistas.

Mas, como adoro perigo e ironia, eu *também* monto uma câmera e me gravo costurando para toda a Internet ver, duas vezes por semana. Fazer o quê, né? Tem gente que usa drogas. Tem gente que brinca com fogo. Eu faço bordados na calada da noite para ganhar a atenção de desconhecidos.

Eu uso a plataforma Ion para *streamar*. Todo mundo usa o Ion para fazer *lives*. É meio que um fórum digital imenso cheio de gente falando para câmeras enquanto fazem seus hobbies estranhos. Mas será que são tão estranhos assim se milhares de pessoas assistem, comentam e se inscrevem para continuar vendo? Nem tanto.

Algumas pessoas pedem comida, comem e fazem uma resenha. Outras falam sobre a vida enquanto lustram prataria, mostram as últimas conquistas do jogo que estão jogando e até mesmo assistem a filmes de terror com suas tias medrosas.

No meu canal, eu crio coisas.

Ou melhor, crio coisas de cosplay e narro o que estou fazendo. E normalmente abro um espaço para perguntas no final. Não sou lá grandes coisas, mas tenho alguns milhares de inscritos e muito feedback de outros cosplayers à procura de tutoriais. A maioria das pessoas fica só assistindo ao canal, sem comentar nada. É difícil dizer se as pessoas se importam, já que usuários entram e saem e os nomes sempre mudam. Mesmo assim, é reconfortante passar um tempo com esses estranhos aleatórios. Faz com que as várias horas de trabalho não pareçam tão solitárias. Além do mais, se um dia minha mãe descobrir o que estou fazendo, meus inscritos mais fiéis vão poder me ver sendo incinerado pelos olhos de laser dela ao vivo. O que poderia ser mais especial do que isso?

Ajusto a câmera e a ligo. Me dou um minuto antes de começar a *live*.

— Olá! E bem-vindes de volta ao meu canal, *Arte do Raffy*, onde você encontra arte, artesanato e criatividade. Eu sou o Raffy e, como sempre, vou falar da minha criação mais recente, responder perguntas e comentar sobre materiais.

Faço minha introdução de sempre. Eu a ensaiei inúmeras vezes no chuveiro, que não é muito bom para dar feedbacks. A porcelana, como material, é muito difícil de impressionar.

— Hoje, vamos continuar de onde paramos com minha mais nova criação: Sereia de Plasma. Estou planejando usar essa roupa na Controverse desse ano e, se tudo der certo, talvez eu entre na competição ano que vem. O que acham? Está tudo *dando certo*?

Mostro a fantasia que tenho até agora. Um dia, vai ser um cosplay maravilhoso do meu *mini boss favorito* do jogo indie mais bombado do ano passado, *Wake*, que é sobre ilhas amaldiçoadas no Triângulo das Bermudas. Por enquanto, é só um monte de tecido mal-acabado, mas hoje estou colocando escamas e detalhes da barbatana com strass. Na verdade, isso é algo que eu deveria fazer depois de costurar todas as partes da roupa, mas estou empolgado demais para esperar.

— Então, queria mandar um obrigado para cada um de vocês. Não sei quem foi, mas *alguém* deve ter realmente prestado atenção na última *live* porque hoje eu cheguei em casa e tinha um pacote secreto. E adivinhem? O tipo certinho de pedraria que eu precisava para as barbatanas da Sereia de Plasma.

Paro de falar por um instante, mais para segurar a risada do que qualquer outra coisa. Alguém — um desconhecido — comprou materiais *para mim* direto da minha lista de desejos. É uma lista beeeeeeeeem longa na Amazon que eu mantenho atualizada com os materiais que estou usando e *teoricamente* as pessoas podem comprar essas coisas para mim e mandar entregar na minha casa sem saberem onde eu moro. É como uma lista de casamento, mas para uma pessoa solteira, que, inclusive, está solteira por causa dessa obsessão ridícula com artesanato e costura. E eu digo *teoricamente* porque até agora ninguém havia contribuído para a minha causa. Mas essas pedras de strass são testemunhas de que alguém acredita em mim! O que quer dizer que finalmente chegou o meu momento. A fama! Finalmente! Já sou praticamente o produtor executivo da minha própria série da Netflix.

— Então, quem quer que tenha mandado, obrigado.

Quero dizer muito mais, mas não posso deixar transparecer toda essa empolgação.

— Enfim, há muitos jeitos de aplicar pedraria. As barbatanas da Sereia de Plasma não são uma superfície comum. São feitas de plástico e, apesar de serem opacas, dá pra ver que são bem lisas. Isso não é bom para a cola. Então, antes de começar a colar, precisamos fazer algo para a cola funcionar.

Enquanto falo, pego um pedaço de lixa.

— Vou lixar o plástico com movimentos circulares, o que vai criar pequenos arranhões para a cola preencher. Isso vai ajudar a fixar bem. Dito isso, lembrem-se de lavar o plástico depois de fazer isso para tirar a poeira. Eu também sugiro passar um pouco de álcool para tirar resíduos.

Pego as barbatanas que já lixei e as seguro em frente à câmera, usando a luz para mostrar a superfície texturizada.

— Agora que o plástico está tratado, vamos colar. Para colar superfícies duras, eu recomendo usar uma cola especial extraforte, como essa E-6000 aqui. Mas, como eu preciso esconder a costura entre o material duro da barbatana e o tecido que sai dela, também vou usar massa de EVA para nivelar o buraco, e depois esse cimento líquido. — Seguro os dois nas mãos. — O que for usar, sempre se certifique de que ficará transparente ao secar. Você não vai querer um monte de coisa branca seca manchando as suas joias belíssimas.

Me dou conta do que falei e me retraio.

— Desculpa, mãe — digo para a câmera, brincando.

É óbvio que Evie não está assistindo. Ela está viajando por São Paulo com um dos artistas dela, um homem que só produz uma tela por ano e aplica a tinta diretamente em cima da última pintura que fez. Ela reservou uma galeria no SoHo para daqui a alguns meses, onde ele vai completar a próxima camada.

— Vou aplicar as pedras com uma ferramenta para não sujar as mãos. Já dá para saber que vai ter cola para todo canto se eu não usar algo bem delicado para manuseá-la. Mas, Raffy, que coisa é essa, vocês devem estar se perguntando.

Seguro várias seringas como se fossem um leque.

— São seringas de cola. São ótimas para aplicar cola em lugares pequenos sem fazer uma bela de uma bagunça.

Ajusto a câmera para mostrar minhas mãos e começo. Às vezes, enquanto trabalho, me esqueço de falar. Eu falo mais quando estou nervoso, mas quando trabalho, fico calmo e completamente em silêncio, concentrado. É como se eu só pudesse gastar a minha energia mexendo as mãos ou a boca. Nunca os dois ao mesmo tempo. Mas tenho que me esforçar para narrar, senão vai ser um programa bem chato.

— Nem todos os diamantes são iguais perante a lei. Sabiam? Há milhares por aí e, para a maioria das suas necessidades como cosplayer, você vai precisar dos que são chapados de um lado, o que quer dizer que um dos lados é reto, o que parece meio óbvio... Sei lá, talvez não seja óbvio, mas tudo bem. Ele tem um lado reto... Ai, merda!

Eu me furei com a porcaria da seringa de cola e um único diamante saiu do lugar. Eu calo a boca e conserto. Depois, mostro para a câmera o que fiz até agora enquanto escondo o dedo sangrando.

— Viram como essa fileira ficou linda?

Em silêncio, faço mais uma fileira de diamantes.

— Essa cor é maravilhosa — digo. — Como vocês chamam essa cor?

Olho o chat. Alguém respondeu: "kkkj azul?"

— Bom, sim. Isso é... azul. Mas alguém sabe dizer que tom de azul?

Faço outra fileira antes de checar o chat de novo. Quando levanto o olhar, vejo que alguém com o nome Atacante9 disse: "Espuma do Mar dos Sonhos #6."

— Nossa, alguém entrou no site do Craft Club! — Eu sorrio. — Sim, a cor exata é Espuma do Mar dos Sonhos, e o tamanho é 6. É muito difícil encontrar um monte deles porque tem cor e tamanho específicos.

Na verdade, eu entrei no site do Craft Club duas vezes semana passada e comprei todos os que eles tinham.

— E, se você acha que um pacote é suficiente, pode acreditar que, depois de começar, vai precisar de uns cinco ou seis em uma só roupa. Eu só fiz metade dessa barbatana e já sei que vou precisar de mais. Mas, graças ao meu generoso benfeitor, tenho o suficiente para avançar bastante hoje.

Enquanto aplico as pedras, dou um jeito de continuar falando. Tento ser engraçado. Animado. Um personagem, porque, por trás disso tudo, há minha insegurança de sempre.

Me questiono se o que estou criando vai ser o suficiente para fazer com que eu seja quem quero ser. Me pergunto se minha mãe tem razão, se não seria melhor eu usar minhas habilidades nos bastidores de ateliês, entregando acessórios para assistentes com cheiro de cappuccino que andam por aí com iPhones gigantes. Trabalhar com moda é glamuroso para quem tem a sensibilidade de Evie para lidar com gente rica. Eu seria um fracasso.

Mas esse caminho parece muito distante do aqui e do agora enquanto enfeito uma fantasia com strass que a Internet me deu. Eu mereço isso, digo para mim mesmo. Eu valho todos os esforços que faço e mereço *pelo menos* um pacote de diamantes de plástico.

— Acabaram as pedras! Mas eu consegui terminar as duas barbatanas e metade do torso.

Me preparo para desligar a *live*. Geralmente respondo a algumas perguntas, mas já é tarde e meus olhos estão cansados de ficar encarando quinhentos pontinhos brilhantes da cor da espuma do mar.

— Obrigado todo mundo por assistir! Se quiserem ver como cheguei até aqui com a Sereia de Plasma, veja os meus outros vídeos aqui embaixo! Se gostou desse e quiser ver mais, se inscreva! E, por último, se quiser me apoiar, tem um link para a minha lista de desejos aqui embaixo. Você pode me mandar materiais ou doar um valor. Como quiser. Todo esse dinheiro vai ser usado para criar coisas legais e continuar gravando aqui para vocês.

Uma caixa de texto aparece no chat.

Atacante9 está digitando.

— E para quem entrou agora no final, meu nome é Raffy, eu estou criando esse cosplay da Sereia de Plasma para a...

A caixa some. Atacante9 parou de digitar.

— Para a...

Aparece de novo.

Atacante9 está digitando.

Some e aparece de novo. O que essa pessoa está tentando dizer e não consegue? Perco o fio da meada pensando nisso, mas logo volto para o personagem.

— Estou preparando essa fantasia para a Controverse, que vai acontecer aqui no Centro de Convenções de Boston, no porto da cidade. Para quem está se perguntando, não, eu não vou competir, mas estarei passeando por lá no sábado e domingo, então venham dar um oi! E...

Atacante9 está digitando.

— ... e não tenham medo de mandar suas perguntas! Até a próxima, criem coisas legais!

Desligo a *live* e deixo Atacante9 ficar martelando a própria cabeça com o que queria dizer. Só então percebo que é a mesma pessoa que sabia exatamente o tipo de strass que eu estava usando.

— Atacante9, né? — falo baixinho para mim mesmo, olhando para o reflexo na janela escura. — Meu benfeitor de diamantes. Obrigado.

Três

Agora

Luca está aqui.

Terminamos há uns cinco meses, desde a BlitzCon Providence, em maio. Tempo suficiente para que o sofrimento não seja mais algo constante. Agora, ele aparece de soslaio de vez em quando e me faz ficar perdido em pensamentos. Eu sabia que ele estaria aqui e disse a mim mesmo que não iria surtar, mas quando bate, bate. Não consigo parar de pensar nele. Até mesmo agora, quando deveria estar brilhando, me sinto pequeno. Não consigo parar de pensar em como ele roubou minha ideia do que eu queria fazer *com* ele e fez com a Inaya. Minha ex-amiga.

Minha substituta.

A traição é pior ainda porque eles fizeram um bom trabalho. Um trabalho muito bom *mesmo*.

Merda.

— Raffy, tem criança aqui.

Às vezes xingo em voz alta sem perceber.

— Meu nariz — digo.

— Tem merda no seu nariz?

— Não. Para. Meu nariz tá soltando. Tem *Spirit Gum* na bolsa. Pode reaplicar aqui?

Rapidamente, May tira a tampa da garrafa âmbar e pincela cola na prótese facial que estava saindo. Isso é tudo por causa da careta que tomou conta do meu rosto. Ela segura o nariz no lugar por alguns instantes e precisamos ficar em silêncio, o que me ajuda a acalmar os pensamentos.

— Você sabia que eles iam vestir aquilo? — pergunto, por fim.

— Não, era segredo. Mas a Inaya postou pouco antes de chegarem aqui. Eu queria te contar, mas você estava tão concentrado...

— Vamos ficar por aqui — digo. — Depois podemos ir para a pré-avaliação mais cedo.

May assente. Ela sabe que eu não estou bem, por isso faz a gentileza de nem perguntar.

A maioria das competições de cosplay tem duas partes. O show de verdade e, antes disso, a pré-avaliação. A pré-avaliação é a oportunidade que os jurados têm de ver um cosplayer de pertinho antes de ele desfilar no palco e receber sua nota. O desfile é mais para o público — uma apresentação —, enquanto a pré-avaliação é focada na criação e técnica. Geralmente é quando os jurados fazem perguntas, conferem as costuras, olham os detalhes. O objetivo é analisar o trabalho de perto, o que é justo.

Este ano, a organização pediu para que todos os times fossem ao mesmo tempo para a pré-avaliação. Vai acontecer em um espaço fechado e precisamos mostrar as credenciais de competidores para entrar. Há cosplays de todos os universos na sala, amigos conversando quando se reconhecem por trás de várias camadas de plástico, maquiagem, penas e armadura. Eu não vejo nada. Estou procurando por Luca, mas ele não chegou ainda.

— Eles vão fazer a pré-avaliação na frente de todo mundo? — pergunta May.

— Ai deles se fizerem assim — digo.

Costuma ser algo mais privado. Só os competidores e os jurados. Mas isso aqui parece mais uma confraternização do que uma competição. Todo mundo sabe que a Controverse gosta de mudar as regras, mas será que é assim que vão começar?

— Relaxa, Raffy — diz May. — Se você chorar, vai perder a lente de contato ou algo assim. E se começar a suar agora, vai estar só o pó quando os jurados chegarem para nos ver de perto

— Eca, May — digo, mas ela tem razão.

Preciso me controlar. Já perdi momentos preciosos deixando o Luca me distrair. Não posso mais perder tempo com ele.

Eu costumava dizer isso para mim mesmo: *Não deixe ele desperdiçar seu tempo*. Mas era tão fácil e tão bom. E, por um certo tempo, eu amava desperdiçar tempo com ele.

Respiro fundo e prendo o ar, algo que já vi minha mãe fazer quando está prestes a surtar. Não sei o que passa pela cabeça dela, mas eu imagino o ar esfriando e se condensando até virar uma névoa, e depois um cristal de gelo. Deixo esse frio se expandir em meus pulmões, tocar minha espinha, me acalmar de dentro para fora. Não é hora para ter grandes emoções. É hora da competição. É coisa séria.

— Estou calmo — digo para May.

— Que bom, porque acho que acabei de ver Irma.

— *Irma*? Tipo, a *Irma Worthy*?

— É. Irma Worthy, a própria.

Irma Worthy é a presidente do Worthy's Craft Club. Uma lenda nessa área, que juntou alguns clubes em Massachusetts e os transformou em uma rede nacional espalhada pelo país inteiro, como paetês costurados em um mapa. Como idealizadora da Tricê, usou a competição como um jeito de promover as lojas. É minha ídola. Meu tudo. A mulher que eu quero ser quando crescer, e depois superar.

Quando Irma entra na sala, metade das pessoas começa a gritar e a outra metade fica em silêncio, reverenciando-a. Ela tem uns sessenta anos e tem um rosto que parece estar sempre prestes a sorrir. Rugas suaves tracejam bochechas, queixo e olhos grandes.

E o cabelo dela é imenso. Dizem os rumores que é uma peruca — um anúncio ambulante das perucas vendidas no Craft Club —, mas ninguém nunca teve a coragem de perguntar. Se for, ela é estilizada e imperfeitamente bem-feita, melhor do que qualquer coisa que um cosplayer normal conseguiria fazer. De certa forma, é uma reafirmação de autoridade dela. Não sabemos dizer se ela está fazendo cosplay, usando uma fantasia, em *drag* ou só bem-arrumada.

Tal como peixes em um cardume, a seguimos pelo espaço até formarmos um pequeno círculo. Irma fala com algumas pessoas da equipe da convenção, depois vira seus olhos brilhantes para o lugar cheio de cosplayers.

— Ora, ora, mas que *lindezas*, hein? Eu *amo* juntar todo mundo — diz. — Queria desejar boa sorte antes da competição começar, mas parece que as garras já estão saindo, não é mesmo? — Ela nos aplaude e a multidão se junta à comoção.

Irma mal consegue continuar a falar com os gritos que tomam conta da sala. Ela não está gritando, mas sua voz tem a clareza de uma mulher que sabe falar em público.

— Este ano marca a sexta edição do Campeonato de Cosplay da Controverse, ou Tricê, como dizem. Assim como todos os anos, a Controverse fez uma parceria com o Craft Club para trazer esta competição à vida e estamos muito empolgados com todos vocês, cosplayers maravilhosos. Também vamos revelar nosso grupo de jurados incríveis.

Revelar? Ela continua falando enquanto sussurramos entre nós.

— E, claro, temos nossa fantástica equipe de coordenação: os colaboradores dos Craft Clubs locais da região de Boston. Vou passar a bola para os profissionais em breve — ela faz uma piadinha, gesticulando com o cabelo gigante para um grupo de adultos com fones de ouvido e tablets que parecem nervosos —, mas não podia deixar de dar uma passadinha para ver o trabalho de todos. Lembrem-se: medir duas vezes, cortar uma vez e desistir nunca.

Irma vai embora em meio a gritos e eu fico sem ar. Venho na Controverse há anos e frequento as lojas dela há ainda mais tempo, mas nunca a tinha visto. Eu nem tinha certeza se ela era *real*. Vê-la assim em toda a sua glória na verdade faz ela parecer menos real, e muito mais importante.

O pessoal do Craft Club assume o controle. Um representante sempre fica no comando. Esse ano, é uma moça alta de cabelo curtinho e óculos redondos gigantes. Seu olhar para nós é apreensivo, como o de um pássaro.

— Olá, pessoal. Meu nome é Madeline, e sou a chefe de marketing da divisão nordeste do Craft Club. Vou cuidar das operações e da logística dos próximos dias com os outros membros. Todos já devem ter recebido as regras oficiais e orientações quando aceitamos suas inscrições — diz ela, sem um traço sequer do charme de Irma. — Se você não teve a oportunidade de ler as regras, recomendo que aproveite a espera para se certificar de que tem tudo que precisa para hoje e amanhã. Quem não estiver pronto para competir, não irá competir.

— Eita — exclama May ao mesmo tempo que vários competidores olham para seus parceiros.

Madeline fala as regras básicas com a eficiência de um liquidificador. Deixo minha mente divagar. Eu sei tudo isso. A Controverse é conhecida por suas surpresas, mas a estrutura básica da competição é sempre a mesma. São dois dias de competição: sexta e sábado. Na sexta, hoje, tem a classificatória. No sábado, a primeira rodada de finalistas. Primeiro as Qualificatórias, e depois a Final. Simples. Cada rodada conta com uma pré-avaliação para os jurados verem os detalhes e depois um desfile para o público geral torcer pelos favoritos.

A maior parte da pontuação vem da pré-avaliação, mas os desfiles são importantes. Às vezes, é possível ganhar por causa de um desfile, caso haja algo incrível e o público adore. É por isso que as pessoas amam a Controverse e a Tricê: tudo pode acontecer, não importa quem você seja.

E, claro, as pessoas amam as reviravoltas. Geralmente, elas são tipo um limite de orçamento absurdo ou um material estranho que todo mundo tem que usar. A desse ano? A Qualificatória tem uma temática: Apresentação em Dupla, o que explica os pares de monstros ao nosso redor. Ainda não sabemos a reviravolta da Final, mas estamos todos esperando que alguma coisa mude. É o jeitinho da Irma.

Não importa o que vier, a Tricê pede que os times produzam quatro cosplays diferentes. É *muita coisa*, mesmo para duas pessoas. E a May, apesar de maravilhosa, não liga muito para a produção, então essa parte ficou comigo. Mas não me importo com o trabalho. Nos meses seguintes ao término com o Luca, eu só trabalhava, só queria trabalhar. De certa forma, foi o trabalho que fez eu me sentir melhor, me recompor e chegar até onde cheguei.

Agora que estou aqui, não consigo deixar de sentir que há algo faltando. May é ótima, mas o meu monstro devia ser o Luca.

Madeline termina de explicar tudo. Os colaboradores passam com tablets, com mais burocracias a resolver. Depois de assinarmos, falam para esperarmos até nos chamarem pelos nomes. Ainda não entendi por que nos mantiveram juntos assim até May dizer:

— Olha, Raff. Câmeras.

E, de fato, há equipes de filmagem entrando na sala. Por um instante, ao olhar para o olho preto da lente da câmera, me lembro do meu cenário em casa. Sinto a empolgação de olhar para aquela lente, do esquecimento digital, de saber que há alguém me assistindo. Alguém prestando atenção em mim.

Não sei quem está do outro lado dessa lente, e não me importo; milhares de pessoas vão tirar fotos da gente. Mesmo assim, o nível de qualidade dessa equipe de filmagem me deixa curioso.

— Eles têm permissão para nos filmar assim?

— Raff, tem uma autorização de uso de imagem nos papéis de inscrição. Nossos pais tinham que assinar.

— Ah, eu falsifiquei a assinatura.

— E acabamos de assinar outra dessas no tablet. Você nem leu?

Estou disperso demais para ler agora. Eu só passei as páginas, assinei e passei o tablet para May.

Em seguida, os jurados entram. Não os reconheço como esperava. Eles fazem uma pequena reunião com os colaboradores antes de chamarem o nome da primeira equipe. Mal presto atenção, porque acabei de encontrar Luca. Ele está no fundo da sala e agora está me encarando.

Luca costumava fazer esse jogo comigo. A gente podia estar assistindo a um filme ou trabalhando, e do nada ele olhava para mim. E não desviava o olhar até eu olhar de volta. Eu ficava todo emocionado; amava levantar o olhar e vê-lo sorrir para mim.

E ele fazia isso o tempo todo. Em shows. Enquanto eu dirigia. Quando eu estava conversando com alguém. Depois que terminamos, percebi que não era sobre mim. Era sobre *ele*. Ele não estava me admirando; estava me dando a chance de admirá-lo me admirando.

Sinto o olhar dele agora. Quando os jurados chamam May e eu, faço minhas vestes dançarem e me certifico de mostrar para Luca tudo o que ele perdeu.

— Qual de vocês é Raffy? — pergunta alguém da equipe de apoio.

Levanto a mão.

— Eu sigo você no Ion. Estava ansioso para ver isso pessoalmente. E é...

Outro colaborador o faz parar de falar. Os jurados sussurram entre si na mesa e depois sinalizam para começarmos. Começo a falar na hora.

— Para a Apresentação em Dupla, era importante escolhermos uma dupla que combinasse simbolicamente, mas que não fosse redundante na parte técnica. Queríamos criar uma combinação que destacasse o trabalho de costura, então pensamos no Guardião da Primavera e no Chifre-de-Pinho de...

— De *Deep Autumn*? Cacete — exclama um dos jurados, e o painel inteiro reconhece os personagens.

Eles ficam imóveis, admirados enquanto comparam nossa aparência grotesca com a fofura do original.

Começo o discurso ensaiado sobre os materiais que usei, técnicas que apliquei e tempo de trabalho. É preciso ser rápido — a pré-avaliação só dura cerca de cinco minutos para que os jurados possam ver todo mundo e ainda ter tempo de comer a comida ruim da convenção. Para ajudar, competidores também trazem *build books*, guias impressos mostrando o trabalho com fotos de referência, imagens do progresso e anotações detalhadas.

Os jurados também podem fazer perguntas.

Onde você conseguiu seus materiais?

Você drapeou o tecido, moldou ou fez os dois?

Como construiu as pernas de pau do Chifre-de-Pinho?

Você criou a estampa bordada do tecido?

Quem fez o quê?

Estou preparado para tudo isso, especialmente a última parte.

— Nós trabalhamos juntos. May é uma ótima ilustradora. Eu sou bom com costura. Foi um trabalho em equipe.

— Bom — diz uma das juradas —, para uma equipe, você fala bastantes pelos dois.

Isso me desestabiliza, mas eu só faço uma reverência.

— Eu sou o Guardião da Primavera. As forças da floresta são minhas para comandar e proteger, corrompidas ou não.

Os jurados ficam visivelmente impressionados, tanto com as fantasias quanto com a minha resposta dentro do personagem. Eles nos agradecem e agradecemos a eles. Um sussurro toma conta do grupo de competidores quando voltamos para a multidão de fantasias. Todo mundo está nos encarando, e eu deixo que encarem, me deleitando com a atenção.

Finalmente, olho para Luca. Ele é único olhando para outro lugar.

Quatro

Antes – Treze meses atrás

Eu, Raphael Odom, mais conhecido como Raffy, mais conhecido como Arte do Raffy, morri e fui para o Paraíso.

E o Paraíso é o Craft Club na manhã de domingo, quando o resto de Somerville ainda está dormindo e eu tenho a loja inteira para mim. Quando passo pelas portas, consigo praticamente ouvir o som das harpas me guiando para aquele universo resplandecente, animado e multicolorido: meu lugar favorito do mundo inteiro.

A loja em Somerville é uma central não oficial do Craft Club. Não foi a primeira loja, mas é a maior, pelo menos por enquanto. Lojas do Craft Club estão abrindo por todo o estado de Massachussetts, trazendo uma infinidade impressionante de materiais de artesanato para o deserto de materiais mais próximo de você. Eles têm de tudo: tintas, papéis, canetas, tecidos, flores, moldes, tesouras, fitas, papelão, pistola de cola quente, soprador térmico, grampeadores e, cada vez mais em estoque, materiais para cosplay, como termoplásticos e mechas de cabelo para perucas.

Vim pegar mais pedras de strass e, já que estou aqui, é melhor aproveitar para comprar outros materiais, não é mesmo? Eu poderia comprar a maioria das coisas on-line, mas é inspirador estar cercado por essa abundância toda. São tantos materiais! Tantos projetos a serem feitos, só esperando que as mãos certas os tornem realidade.

Gosto de vir aqui. Além do mais, odeio receber entregas em casa. Evie tem uma câmera na entrada e é enxerida. Se eu conseguir comprar aqui tudo o que preciso e contrabandear para dentro de casa, é melhor.

Pelo mesmo motivo, pago com dinheiro em espécie. Dinheiro secreto e não rastreável. Quando se trata de Evie, quanto menos perguntas, melhor.

Evie é... muitas coisas. Muitas coisas num geral. Acima de tudo, é uma Artista Séria. Odeia coisas artesanais e odeia particularmente o Craft Club. Na verdade, é um hobby dela sentar-se no Jurassic Perk, uma cafeteria ao lado do Craft Club, e se lamentar a respeito do futuro das artes enquanto as pessoas passam, cheias de sacolas. Tudo isso porque ela odeia arte acessível. E as pessoas que criam algo casualmente? Um horror. Ela os chama de *casuartistas*, quase sibilando. É quase como se, caso visse mais um tutorial no Facebook, fosse entrar em um coma induzido. Para uma mulher que é definida pelo gosto e curadoria, a ideia de pessoas se aventurarem com as artes sem grandes intenções é, instantaneamente, um sacrilégio.

Logo, isso faz com que o Craft Club seja um templo satânico. E aqui estou eu, o filho dela, correndo para cá em uma manhã de domingo, pronto para me acabar nos corredores *lotados* de materiais de arte terrivelmente acessíveis.

Flutuo pela loja, viro no corredor de decorações sazonais em vez de andar pelo corredor central, onde os *clubbers* (os funcionários, vestindo camisas polo magenta) entregam cartões de desconto. (Tenho cupons no meu celular, como um profissional faria.) Passo pelos altares de cuias brilhantes e bruxas robotizadas em tamanho real rindo sobre caldeirões. Uma das bruxas foi derrubada e sua parte de cima se separou das pernas. Enquanto ela vira a cabeça de um lado para o outro, parece que está se contorcendo no piso branco. Ela está, literalmente, rachando o bico de rir.

— Eu te entendo, amiga — digo, enquanto passo por cima da bruxa no chão e vou para a seção infantil.

Cercado de kits de aquarela, paro para rever minha lista.

Eu preciso de:

* Pedrarias – Espuma do Mar dos Sonhos #6
* Adesivos – E6000 x 2
* Adesivos – Bastão de cola
* Tecidos – Fios para rede de arrasto, 3 metros
* Tecidos – Renda de algodão bordada (pontas dos cílios), 1,5 metro
* Materiais – Argila
* Materiais – Biséis

Ajusto meus óculos de sol. Estou me escondendo — disfarçado. Levanto a gola do casaco como se fosse um espião de desenho animado e começo a procurar.

A maior parte da lista é fácil. Passo pelos tecidos primeiro, sabendo que é onde mais vou demorar. Quando um atendente pergunta se preciso de ajuda, eu digo que "só estou dando uma olhada", do jeito mais simpático possível, e ele se afasta.

Pego uma tesoura nova porque a que uso para tecidos está bem gasta. Também pego lâminas de estilete. Depois, começo a olhar máscaras protetoras, já que as daqui são muito melhores do que as que eu vi on-line.

— Quer uma cesta, Raffy?

Dou um pulo; a atendente falando comigo está muito mais perto do que pensei. Ela vê a surpresa na minha expressão e as dobras no nariz ficam mais fundas, se divertindo com a situação. Ela entrega uma cesta para mim e eu sorrio, agradecido, antes de colocar as várias coisas que já peguei. Ela pisca um olho antes de se afastar.

Levo minha cesta para o corredor de pedrarias, ciente de que já fiquei tempo demais aqui. Será que venho tanto que eles já me conhecem de longe? Estou pensando nisso quando acidentalmente esbarro minha cesta em outro cliente.

— Desculpa — murmuro, olhando para baixo.

Passo pelos pacotes individuais e então acho os pacotes maiores. Fico irritado que a loja está começando a encher, e que as palmas das minhas mãos estão coçando por estar cansado de carregar a cesta, cheia demais de coisas. Coisas de que não preciso. Não essenciais. Indulgências. E agora estou correndo para achar a coisa de que realmente preciso — essas pedras idiotas. Pego a etiqueta do bolso, confiro o nome e começo a procurar pela cor certa.

— Espuma do Mar dos Sonhos, certo?

É um atendente ajudando outro cliente. A pessoa em quem esbarrei.

— Ah, aqui estão. Temos alguns tamanhos. Precisa de mais alguma coisa?

Ele olha para o cliente, que está olhando para mim, mas eu estou olhando para as pedras. As mesmas pedras que vim comprar.

— Era isso que você estava procurando, não era? — pergunta o atendente.

— Não. Quer dizer, era sim. Obrigado, era só isso — diz o cliente.

Ele é tão jovem quanto eu, a julgar pela voz. Mas parece inseguro, até meio envergonhado, e não sei por quê. O atendente vai embora e aí ficamos apenas eu e esse cara olhando para o mesmo pote de pedras Espuma do Mar dos Sonhos. Assim como em todas as etiquetas do Craft Club, o rosto de Elizabeth Worthy, fundadora do Craft Club, mãe da atual CEO, Irma Worthy, e dona de um penteado com cachos ultramodelados, nos encara com um sorriso no rosto. Nós respondemos ao sorriso com um silêncio, até que:

— Raffy, né?

Quase derrubo minha cesta. O que está acontecendo? Por que todo mundo sabe meu nome? Em vez de sair correndo, eu o encaro. A primeira coisa que percebo é que esse cara está encharcado. Depois, reparo no sorriso dele, e o estranhamento some assim que percebo que eu nunca, nunquinha, vi um rosto mais bonito do que esse.

Ele tem cabelos e olhos escuros. Está vestindo uma espécie de uniforme de esporte; os shorts revelam manchas de grama nas coxas bronzeadas, e as meias brancas molhadas cobrem seus tornozelos finos. A regata está manchada de suor. Ela gruda no corpo musculoso e ele a puxa casualmente.

— Sou o Luca. Da aula de biologia, sabe?

De início, não consigo reconhecer esse menino, e então tudo se encaixa. Luca Vitale.

— Ah, não te reconheci. Você está tão... molhado.

— Eu jogo futebol. Tive treino agora mais cedo. Por isso estou nojento. — Ele dá de ombros e eu me forço a piscar em vez de encarar seus ombros expostos. — Não costumo estar nojento assim. Ou de chuteiras. Na verdade, acho que uso chuteiras com frequência, sim, e também jogo bastante, mas tipo... — Ele se balança nos calcanhares, atrapalhado, e eu escuto o rangido dos sapatos dele no chão de azulejos.

— Geralmente eu tomo banho depois do treino — diz Luca, concluindo.

— Mas hoje você veio fazer compras? — pergunto.

— Isso.

— No Craft Club?

— Sim.

— De pedras chapadas azuis cor de água marinha.

Ele dá de ombros. Olho para a parede de pérolas e strass de plástico brilhantes. Olho para Luca, que aparenta estar desconfortável por minha causa, mas sem perceber como ele parece deslocado aqui.

— Então, eu sou o Luca — diz ele de novo, sorrindo.

Reviro os olhos.

— Eu sei.

— E você é o Raffy. — A expressão dele é brincalhona, como se ele estivesse adivinhando. Ele está flertando? Não está flertando. As pessoas não flertam comigo. — Desculpa se estou fedendo — diz ele, mas não é para valer.

Sei disso porque ele cruza os braços na frente do peito de forma que até os menores músculos perto do cotovelo ficam tensionados. A pele dele brilha. Fico todo vermelho.

— Sim, sou o Raffy. E você não está fedendo — digo.

Estou acostumado a caras como ele me ignorarem por completo, como se interagir comigo fosse expô-los ao vírus gay que eu carrego. Esse cara está fazendo o oposto. Ele está tentando mesmo interagir comigo. E parece... interessado. Nunca recebi atenção assim antes, mas já vi isso em filmes. Pelo jeito como Luca se aproxima, acho que ele viu os mesmos filmes.

Tento pensar em uma pergunta para fazer e decido dizer:

— O que você está criando?

Sei que preciso ir embora, mas não sei em qual outro momento da vida vou ter tamanha vantagem na conversa. Aqui no Craft Club, estou na minha zona de conforto.

— O quê?

— Para que você precisa das pedras? Eu estava procurando essa cor também.

— Não estou fazendo nada — diz ele, rapidamente. — Estou comprando para alguém.

Fico um pouco decepcionado. Eu gostei de imaginar Luca enfeitando algo, tipo uma... caneleira. Eu rio da ideia enquanto pego um pacote para ele e outro para mim.

— Você pode comprar os pacotes menores, mas, por experiência própria, eles não duram muito. É melhor sobrar do que faltar. Senão vai ter que ficar voltando aqui.

— Eu gosto daqui — admite Luca. — É... divertido. E você? O que está fazendo?

Não vou contar para esse menino que estou criando uma versão realista de uma sereia-zumbi que assombra um submarino nuclear. Em vez disso, digo:

— Só um projeto simples.

— Para a escola?

— Não, outra coisa.

— Que tipo de *coisa*?

— Uma *coisa* muito nerd.

— Que tipo de *coisa* muito nerd?

— Uma *coisa* de videogame.

— Qual jogo?

Eu suspiro.

— Se chama *Wake*. Você nunca deve ter ouvido falar. Não é tipo *Call of Duty* nem nada assim.

— Talvez eu tenha ouvido falar — diz ele. — Talvez eu já tenha até *jogado*.

— Você já jogou contra os chefões secretos no *Death Mode*? Se não, nem vai saber do que eu tô falando.

Ele aperta os olhos e dá um sorriso presunçoso, como se tivesse me encurralado.

— Sereia de Plasma.

Eu lhe dou a satisfação da minha surpresa. Nem eu cheguei tão longe no Death Mode. Eu só vi outras pessoas lutarem contra o chefão no Ion. Quem é esse homem?

— Espera, você lutou contra ela? — pergunto.

— Não, mas eu conheço.

Ele sorri como se soubesse de algo que não sei. Me pego mexendo na cesta, mais pesada a cada segundo que passa, como se eu estivesse prestes a sair correndo dali.

— Vou dar uma olhada nas coisas. Quer vir? — pergunta Luca.

— Não — respondo na mesma hora. — Quer dizer, não, valeu. Preciso ir.

— Ah, tudo bem. Te vejo amanhã?

— O quê?

— Na escola. Lembra?

— Ah, sim.

Eu o cumprimento com um soquinho. É a coisa mais bizarra que já fiz com minha mão e, considerando que sou um adolescente de dezessete anos apaixonado por artesanato e arte, isso é grande coisa.

Enquanto pago, deixo os olhos colados no chão. Faço isso porque não quero ser reconhecido de novo. Também porque não consigo parar de sorrir.

Estou igual à Elizabeth Worthy nas etiquetas, as bochechas congeladas na mesma posição, um sorriso eterno. Então, logo antes de sair correndo, eu me viro. As portas se abrem, o ar quente assopra para dentro da loja refrigerada, carregando os aromas de terra, grama e água evaporando do asfalto. Eu olho para os clientes sorridentes e os *clubbers* vestindo rosa-brilhante; percebo tarde demais que estou tentando dar mais uma olhada em Luca. Assim que entendo isso, eu paro. Me viro. Vou embora.

— Ei.

Estou a um passo da porta, e lá está ele de novo.

— Atacante — diz ele. — É a minha posição no futebol.

Luca sorri de novo, se deleitando com o meu choque. Atacante9 era o nome da pessoa que comprou aquelas pedras para mim.

— Acha que vai precisar de mais dessas? — pergunta ele, segurando o pacote. — Ou já tem o suficiente?

— Acho que tenho o suficiente — respondo.

— Beleza.

Ele sorri. Eu sorrio. A porta tenta fechar, impaciente, e então abre de novo.

— Estou indo.

— Então vai — ele responde.

E, ainda sorrindo, eu vou.

Cinco

Agora

Comer em convenções pode ser complicado. Geralmente, na Controverse, May e eu saímos e vamos à pizzaria em Southie, a alguns quarteirões do centro de convenções, e tiramos fotos usando nossos cosplays enquanto os moradores de Southie olham horrorizados e mandam mensagens nos grupos de conversa. Mas estamos competindo esse ano, e eles nos disseram que todos devem ficar no salão dos fundos, então não temos direito nem à comida ruim do evento. As pessoas reclamam, mas a equipe ignora as perguntas enquanto nos separam em grupos menores para nos levar pela porta dos fundos, para *longe* do saguão principal.

Luca e Inaya estão no primeiro grupo. May e eu estamos no segundo. O terceiro ficou na sala de pré-avaliação.

Nos disseram para esperar em um corredor mais escuro e não conversar enquanto os colaboradores se organizam com a equipe de filmagem. O que quer que o outro grupo esteja fazendo, demora cerca de uma hora. May recebe permissão de tirar o capacete e as pessoas se sentam. Em seguida, a equipe de organização volta, faz a gente se levantar e nos leva pelo escuro; a única luz vem das placas de saída. Passamos pelo primeiro grupo de cosplayers indo na direção oposta, então, de repente, Luca aparece na minha frente. Ele sussurra:

— Se prepara, Raffy.

Em seguida, Inaya o arrasta para longe e minha cabeça gira com mais sombras do que as do corredor ao nosso redor.

Finalmente, chegamos na porta que diz SILÊNCIO, GRAVAÇÃO em um quadro branco, e ficamos em silêncio.

— Vocês dois vão primeiro — sussurra alguém, puxando May e eu pela porta.

Trocamos olhares preocupados enquanto somos levados pela passagem.

Essa é a parte em que a gente é assassinado, não é? Eu pergunto para May por meio das minhas sobrancelhas e um sorriso amarelo.

Se for, que seja uma morte rápida — foi uma vida boa, é a resposta dela ao dar de ombros e assentir. Ela coloca a máscara.

— Agora — sussurra a pessoa da organização enquanto empurra May e eu pela cortina. — Boa sorte!

Em seguida, como se fosse uma bala de canhão caindo em águas paradas, holofotes nos atingem. Estamos em um palco em frente a uma multidão que responde às nossas expressões assustadas com aplausos animados.

— Podemos fazer de novo, mas dessa vez o monstro entra depois?

A voz é alta e sai dos alto-falantes sobre o palco. A multidão sussurra, ansiosa. Quantas pessoas há aqui? Deve ser mais do que cem, mais do que o público de qualquer outra Qualificatória que eu já vi. Depois, quando nada acontece, percebo que estão falando com a gente. Com May, o monstro.

Uma mão nos puxa para trás da cortina. Alguém começa a contar.

— Três... dois...

Eu penso rápido, ligando os pontos como se fossem materiais de artesanato. A equipe de filmagem. O fato de Irma ter aparecido pessoalmente. A multidão, os aplausos, a produção. A Controverse definitivamente tem uma surpresa esse ano, e a surpresa é que a etapa qualificatória deixou de ser uma coisinha secundária da convenção para ser o evento principal.

— Então é para *isso* aquela autorização de imagem — sussurra May enquanto eu penso, *foi isso que o Luca quis dizer*.

Ela me dá uma cotovelada, e eu me lembro de que, independentemente das surpresas que apareçam, estamos aqui para vencer.

— Um.

Estou pronto.

Nós entramos, confiantes dessa vez, e atravessamos o palco largo. As câmeras acompanham nossos movimentos. Por instinto, começo a posar. May faz o mesmo.

A multidão grita, até que uma voz soa acima de tudo:

— Ótimo. Agora, se aproximem dos jurados.

Os jurados — os *novos* jurados — estão sentados em uma plataforma elevada na ponta do palco, nos encarando com rostos inexpressivos.

Por fim, entendo que a parte de apresentação da Qualificatória começou. Está acontecendo agora. E, se estão fazendo tudo isso para a Qualificatória, o que é que estão planejando para as Finais amanhã? Ignoro o nervosismo, determinado a passar pelas eliminatórias para descobrir.

— Está pronta? — pergunto.

— Porra de Controverse — responde May, mas com um tom firme que eu sei que quer dizer que ela está pronta para arrasar.

Assim como ensaiamos, nos agachamos, depois vacilamos para ficar de pé, para parecer que estamos nos contorcendo por causa das trevas devorando nossa pele. Enquanto May sibila e se atira em direção ao público, coloco a mão dentro da minha roupa para pegar nossa arma secreta, um acessório incrível que eu estava guardando para essa apresentação. É um incensário como os que sacerdotes usam em templos de verdade, mas eu personalizei esse para que parecesse uma orquídea presa em correntes enroladas com hera. Quando balanço o incensário, o pequeno vaporizador que coloquei dentro dele começa a funcionar, e somos cercados por um vapor ondulante e pétalas flutuantes. Com as luzes, parece até magia.

A plateia enlouquece com a nossa ilusão. Gritam *"DEEP AUTUMN!"* quando chegamos na plataforma elevada, e os jurados sorriem, satisfeitos. Nunca me senti tão maneiro.

Fazemos uma reverência, avisando-os de que terminamos nossa apresentação. Tudo se acalma. Por um instante, penso que fizemos algo de errado, e então vem aquela voz.

— Boa. Obrigado. Pessoa na roupa de monstro, dê dois passos para a direita e se vire para a esquerda para vermos suas asas. Não, a outra esquerda.

Em algum lugar no meio das câmeras, há alguém nos dirigindo. Ele faz mais alguns ajustes em nossas marcações e a sala inteira fica em silêncio enquanto esperamos. Alguém está falando com a plateia, instruindo as pessoas a se virarem e olharem para frente, para que alguns rostos apareçam no enquadramento quando a câmera der zoom nas nossas roupas.

Depois, *finalmente*, os jurados voltam à vida. Acontece de repente, como se fosse graças a uma deixa invisível, como robôs em um parque de diversões. Eles sorriem e riem uns para os outros como se fossem velhos amigos, e eu consigo enfim vê-los pela primeira vez quando as luzes os iluminam. Não são as pessoas da pré-avaliação. São novos jurados, prontos para as câmeras, e percebo que reconheço vários deles do mercado de cosplay.

— Fala sério! Ainda não vimos nada assim hoje. *Isso* foi legal — diz um homem com o cabelo e unhas azuis-brilhantes. Ele estala os dedos e move a mão de cima para baixo. — Essa competição é sobre isso, sabe?

É Waldorf Waldorf, um designer famoso. Reconheço suas unhas longas, e o contraste icônico do cabelo azul-elétrico que molda seu rosto marrom. Acabei de vê-lo no Instagram aplicando as unhas ontem. Ele estava em Los Angeles. Por que está aqui? É sério isso?

— Mas será que é legal *o suficiente*? — pergunta uma moça com óculos grossos. Quando ela fala, inclina a cabeça para nos olhar sob um ângulo que acompanha suas maçãs do rosto pálidas e compridas. Sua franja cacheada se mexe enquanto balança a cabeça. — Você consegue ser um expert em diversão? Precisamos de experts aqui. Os melhores. E por mais que eu tenha gostado do elemento pomposo, Waldorf sabe como eu adoro coisa pomposa, será que isso aqui pode ser considerado divertido em comparação a alguns cosplays que acabamos de ver? Ainda estou pensando naquele Bambi. Como posso me importar com isso quando acabei de ver aquilo? *Aquilo* foi divertido.

— Não sei como você consegue pensar em qualquer coisa além de pegar uma tesoura para cortar essa franja, mas beleza — responde Waldorf Waldorf.

A plateia grita enquanto a moça dá uns tapas nele. Fico esperando ela dar um golpe de karatê na garganta dele, mas ela está rindo. Eles são amigos.

— Raphael, quem é você, por trás de toda essa maquiagem?

Isso vem do penúltimo jurado, uma mulher mais velha com uma pele marrom de fundo quente, vestindo uma roupa que parece ter sido toda feita com pontos altos de crochê. Suas mãos brilham com os anéis quando ela aponta para mim, sempre de olho no tablet. Acho que o nome dela é Yvonne. Ela tem um canal de artesanato muito famoso no Ion.

— Sou o Raffy — digo.

Eu resisto ao instinto de fazer uma reverência.

— E você é o gênio por trás desse look?

Eu olho para May, irreconhecível com o capacete.

— Nós fizemos o design juntos.

— Os dois? — Ela olha para o tablet de novo, com uma careta no rosto. — Fazer um design não é executar o *look*. Quem foi que executou para você, então?

— Raffy fez a maior parte — May se mete na conversa, mas a voz dela é quase inaudível.

— Eu amei — diz o último jurado, um homem com o menor pescoço que já vi em alguém.

A cabeça dele é quase fundida nos músculos gigantes das costas. Ao lado da mulher cheia de anéis e roupa de crochê, ele parece um intruso de outro planeta.

E sei exatamente quem ele é: Marcus, O Mestre. Um cosplayer famoso por se especializar em trabalhar com metais e armaduras. Ele é conhecido por ter ganhado a Controverse alguns anos atrás com uma releitura Viking do Optimus Prime, e ele ganha a vida fazendo workshops sobre armaduras em convenções.

— Ainda está aí, Raffy? E o musgo? Você fez um ótimo trabalho criando essa aparência envelhecida, mas daqui ele parece meio gosmento. Um pouco desse verde vivo e brilhante se perde — diz a moça de óculos. — Acho que você poderia ter usado materiais de melhor qualidade.

Aponto para o musgo no ombro da armadura de May.

— *Hypnum cupresiforme*, uma placa de musgo.

Como ensaiamos, May se curva e fica parada para eu mostrar as flores nas costas dela.

— Lírio asiático. Celosia. Astromélia. Algumas variedades de rosas. Milefólio. Mosquitinho. Todas são espécies que florescem no outono. Nós as plantamos na primavera. O musgo foi mais fácil: dá para bater no liquidificador e passar com um pincel pelo tecido e ele vai crescer sob as condições certas. Pensamos em usar um aerógrafo para ter um verde mais vivo, mas gostamos da ideia de deixar mais real.

— Você *cultivou* essas flores?

— Não todas. Algumas foram feitas de cetim e nós as pintamos.

May anda até a beirada da plataforma dos jurados para que possam ver e diz:

— Nós cultivamos o fungo também. A coceira é *bem* real. Quer tocar?

A tensão no ar é quebrada com risos que viram aplausos. Em uma fração de segundo, Waldorf Waldorf desceu da mesa dos jurados e me virou para analisar as flores no meu ombro.

— Fascinante — diz ele. — Maravilhoso! Não consigo distinguir qual é real e qual é falsa.

— Essa é a ideia — digo para Waldorf.

— Então como elas ficam no lugar? O musgo as prende?

Dou um sorriso.

— Não, às vezes no mundo cosplay nós só precisamos de um pouco de cola quente.

Waldorf Waldorf aplaude a piadinha e eu respiro fundo, talvez pela primeira vez desde que subimos no palco. Mas ainda não relaxo.

Alguém fora do palco chama os jurados, que balançam suas cabeças, mas nunca viram por completo em direção às câmeras. A moça de óculos tem um sorriso malicioso no rosto enquanto Waldorf volta para sua cadeira. May e eu começamos a sair da plataforma, mas ela nos impede.

— Então, você disse que os dois passaram o verão construindo isso, não foi?

— Exatamente — digo.

— Interessante, porque eu ouvi de outro competidor que Raffy começou a fazer essas roupas sozinho, e você só entrou no time há pouco tempo. É verdade?

Sinto um nó na garganta. Luca falou de nós para os jurados? Ou Inaya? Estou prestes a tentar mentir de novo quando a jurada diz:

— Raffy, ouvimos bastante de você. Por que não deixa a May explicar um pouco do trabalho dela?

May congela sob a fantasia enorme. Ela é uma pessoa confiante, mas nem toda a confiança do mundo prepara alguém para uma situação como essa. O silêncio se prolonga e o público, ao nos ver imóveis, começa a cochichar.

— Foi na minha estufa — diz May, finalmente. — Nós usamos minha estufa para as plantas.

— E a montagem? Vocês dividiram o trabalho? — pergunta Marcus, O Mestre.

— Sim, nós ajudamos um ao outro a se vestir.

— Não, não a parte de se vestir. Estou falando da montagem da fantasia. Os acessórios. Você consegue indicar alguma parte dessa fantasia que você fez?

Eu ajudo May a tirar a máscara, esperando ver uma expressão assustada. Mas ela tem uma máscara natural própria. E fico aliviado por ela ter me deixado colar o musgo nas bochechas e no pescoço. Ela está assustadora.

Ela responde:

— Nós dividimos o trabalho. Eu sou uma artista visual: ajudei a montar o conceito disso, mas foi o Raffy quem tornou realidade.

Até isso é uma mentira deslavada, mas é a resposta certa e dá para ver que os jurados estão tentando criar uma espécie de narrativa para as câmeras. Fico feliz por May ter mentido, mas quando saímos do palco toda a brincadeira da nossa apresentação some. May está nervosa e apreensiva.

— Desculpa — ela sussurra para mim.

— Relaxa — digo.

Nos bastidores, as pessoas com *headsets* dizem que precisamos nos posicionar no último andar de uma arquibancada e que vamos ficar ali por um bom tempo. E tinham razão. Pela hora seguinte nós ficamos ali, assistindo às outras duplas entrarem, andarem pela passarela até os jurados e serem destruídas. Depois, são levadas para as arquibancadas para esperar conosco e agonizar pensando nas suas apresentações. Alguns estão chorando.

Waldorf Waldorf parece ser o expert em conceito e design. Ele é o mais gentil. A moça de óculos é uma costureira incrível. Ela é muito severa, mas fico maravilhado com o quanto ela consegue dizer sobre uma fantasia só de inspecionar as costuras. Para mim, ela tem poderes paranormais. Yvonne é basicamente quem eu quero ser com meu canal no Íon. E temos, claro, Marcus, O Mestre. Estou imaginando ele sem camisa quando May chama minha atenção.

— Finalmente — diz ela, aliviada.

Os organizadores voltaram, chamando todas as duplas que já foram julgadas e nos organizando em uma fila única para sairmos do palco. A multidão fica em silêncio enquanto nos assiste. Cansada. Um homem está em pé com uma prancheta, falando com os jurados que receberam sanduíches.

— Nenhuma palavra para os outros competidores — avisa o organizador enquanto somos guiados de volta pelo corredor escuro.

A última leva de cosplayers está nos bastidores, em silêncio, assistindo ao nosso desfile infeliz. Eles não fazem ideia do que vem pela frente. Me lembro de Luca tentando me alertar apesar da repressão de Inaya.

Qualquer um ficaria grato pelo aviso. Só de estar na presença de alguém como Luca, qualquer um ficaria grato em geral. Mas não eu. Esse é o meu mundo. Minha competição. O fato de ele achar que preciso da ajuda dele... me faz queimar com um fogo azul e gelado, que pulsa sob o silicone preso em minha pele.

Não estou fazendo isso pelo Luca. Estou fazendo isso apesar do Luca. Estou fazendo isso por mim. É a minha única oportunidade de garantir o meu futuro. Essa é a minha grande chance de seguir o meu destino.

E, se eu conseguir, vai ser porque eu sou bom o suficiente sozinho.

Seis

Antes – Treze meses atrás

Demoro quase a semana inteira para decidir que minha conversa com Luca no Craft Club deve ter sido uma alucinação. Uma alucinação muito vívida, provavelmente induzida pelos produtos químicos da cola artística que acabo inalando enquanto faço aplicações nas barbatanas da Sereia de Plasma. E, mesmo quando estou acordado, a alucinação continua. Luca e eu temos duas aulas juntos, algo que eu sempre soube. Mas, agora que conversamos, é como se eu só conseguisse prestar atenção *nele*. Me sinto tão idiota, tão absorto no *crush* nesse cara para quem, uma semana atrás, eu nem dava bola. E ele só piora a situação. Sério. Quando apresenta algo na frente da turma, ou quando responde a uma pergunta, os olhos dele sempre encontram os meus, e seus lábios se esticam formando um sorriso triunfante. É como se ele estivesse esperando eu o olhar, porque, toda vez que faço isso, ele já está me olhando. Mas nós não nos falamos, o que é bom. Só conversamos na internet quando o Atacante9 faz perguntas tendenciosas durante a minha *live* e eu finjo não saber quem é o meu novo admirador.

> Como você não fica com as mãos grudentas?

> Quando você costura, deixa espaço nas calças para quando fica de pau duro?

Sem dúvida, é muito estranho flertar com um atleta pelo-visto-não-tão-hétero no abismo do espaço-tempo que é a internet, e depois ficar babando por ele todo dia na vida real como se fosse *eu* quem está correndo atrás. É como se pessoalmente nossos papéis fossem invertidos; talvez por isso pareça uma alucinação. Fora do Craft Club e da internet, não sinto que sou tão impressionante e, mesmo assim, Luca me observa. É por esse motivo que sei que não estou sonhando, e é também por isso que eu nunca vou tomar a iniciativa. Não quero perder isso, seja lá o que for. Na verdade, se forem os produtos químicos da cola que causaram essa alucinação, eu vou é inalar mais. Todos os produtos. Nenhum produto químico nessa cidade vai deixar de passar pelo meu nariz.

Ironicamente, estou no ateliê de artes da escola, pintando com tinta spray na cabine de spray, quando encontro Luca de novo.

As aulas acabaram faz tempo, e a área de artes está sem nenhum estudante ou professor. Na minha frente, sobre um pedaço de cartolina, coloquei várias pulseiras. Ou coisas que vão ser pulseiras quando eu terminar de pintá-las. Agora, são apenas círculos de isopor moldados para parecer metal desgastado. Só preciso dar uma de Rei de Midas com a tinta spray dourada e depois aplicar ferrugem.

De repente, a cabine se mexe. Nunca é algo bom; geralmente significa que algo está prestes a explodir. Eu grito, me jogo e bato em algo logo atrás de mim — uma pessoa que me segura antes que eu caia no chão. Juntos, esbarramos em uma mesa e então ela é quem cai para trás.

— É sério isso?

Eu olho para Luca, que está com uma faixa de tinta dourada da axila, passando pelo queixo até o canto da boca. Ele deve ter sacudido a cabine para chamar minha atenção e minha mão pressionou o bico da lata antes de eu cair. Com as mãos manchadas também, largo a lata de tinta.

Não sei qual é a coisa certa a fazer quando acidentalmente se pinta uma pessoa bonita de dourado, então digo:

— Eu estava concentrado. Você não deveria assustar uma pessoa quando ela está concentrada.

Luca começa a falar, mas a tinta pinga para dentro da boca dele. Seus olhos se arregalam, então entro em ação e o arrasto até a pia que há ali para lavar pincéis. Eu esperava que ele lavasse a boca ou passasse água sobre os lábios. Mas como se fosse um cachorro, ele enfia a cabeça toda sob a água corrente enquanto grita: BLAAAAAAAARGH.

Estou prestes a fazer alguma coisa quando ele abre um olho para se certificar de que estou vendo a cena e depois continua a fazer seus barulhos falsos de vômito.

— Olha, dá pra ficar quieto? Eu nem deveria estar trabalhando aqui sozinho.

— BLAAAAAARGH!

— Eu sei que você não tá vomitando. Eu consigo te *ver*.

— BLAAAAAAARGH!

— Luca, é *sério*.

Ele se levanta abruptamente com a cabeça encharcada. Água escorre pelo nariz enquanto ele sorri para mim.

— Você lembra o meu nome?

Empurro papéis-toalha contra o peito dele.

— Eu *sabia* que você estava fingindo.

Luca pega os papéis e seca o rosto. Ainda tem muita tinta manchando o pescoço e queixo. Ele me lança um olhar muito triste, e demoro um segundo para entender que ele quer que eu o ajude a lavar o resto.

— Qual é. Eu sei que você quer.

Ele sorri, como se estivesse me fazendo um grande favor ao deixar ajudá-lo a se lavar.

— Por que caras héteros acham que são irresistíveis para os gays? Eles acham que a gente fica por aí, esperando, sedentos pela atenção deles? Por acaso os héteros acham que são as únicas pessoas que têm acesso a pornô?

O sorriso de Luca fica ainda maior. Eu admito, estou jogando muito verde.

E então, ele diz:

— Me corrija se eu estiver errado, mas foi você quem acabou de *esporrar* esse treco aí na minha boca.

Quase caio para trás.

A risada de Luca preenche a sala, e eu o calo com uma mão. Os olhos dele continuam a rir de mim, e sua respiração aquece minha palma. Pego os papéis-toalha e os esfrego com força no queixo e na lateral do pescoço dele.

— Então você é o Atacante9? — pergunto.

A curiosidade que vi mais cedo desaparece, substituída por uma resposta superconfiante.

— Aham.

— Você anda me assistindo?

— Às vezes.

— Por quê?

Luca esfrega o pescoço como se não tivesse certeza de que tirei toda a tinta. (Não tirei, afinal é *tinta spray*, mas fiz o melhor que pude.)

— *Wake* é um dos meus jogos favoritos. A Sereia de Plasma é foda.

— Você também faz cosplay?

— Nem pensar — Luca responde, rindo.

— Você acha que é idiotice, mas assiste às minhas *lives*?

— Não acho que é idiotice. Eu só nunca poderia fazer. Meus pais já acham que eu gosto de umas paradas bizarras com os jogos que eu curto. Eles iriam me mataaaaaaaaaar se eu chegasse em casa com uma peruca.

Isso não me surpreende.

— Por que você faz cosplays? — ele me pergunta. — Só porque ama criar coisas?

Ando em direção à cabine de spray e apago a luz. Pego a lata de tinta, viro-a sobre a mão e o bico pinga tinta dourada na minha pele. A respiração dele estava tão quente. Eu sorrio de volta para ele.

— Eu faço pela atenção — digo.

Luca ri de novo e depois percebe que estou falando sério.

— Eu sempre fui bom criando coisas, sim, mas, se eu só quisesse criar, não faria *lives*. Não participaria de competições de cosplay. Quero que as pessoas vejam minha arte e reconheçam que é um trabalho. Eu quero...

— Respeito?

— Isso! Sim. Exatamente.

Nós dois ficamos ali, parados, como se minha ambição nua e crua merecesse um segundo de silêncio.

— Você conhece o Craft Club, né?

Luca assente.

— Então, eles promovem competições na região e, se você for muito bem, às vezes eles se oferecem para te patrocinar. E, esses tempos, como cosplayers viraram uma comunidade tão grande, esses patrocínios começaram a ser grande coisa. Escolas de artes começaram a mandar recrutadores para essas competições também. Ano passado, a Escola de Design de Rhode Island deu uma bolsa completa para uma menina por causa de uns têxteis que ela criou.

— Peixes? Como assim, peixes?

Eu sorrio.

— É, a Escola de Design de Rhode Island tem um programa de pesca mundialmente conhecido.

Luca assente, concordando.

— Ah, legal. Bacana.

— Eu tô zoando.

— Ah.

Luca está olhando para mim com uma curiosidade sincera de novo, como se estivesse prestes a entender todas as pecinhas que me fazem ser quem sou.

— A sua mãe não é, tipo, uma artista famosa?

— Artista que virou curadora de galeria de arte, sim. Ela descobre novos artistas.

— Por que ela não descobre você?

Olho para as pulseiras na cabine de spray. Estão meio pintadas e continuam horríveis. Olho para a tinta spray barata nas minhas mãos e a bagunça no ateliê colorido da escola. Não sei como responder à pergunta de Luca.

— Desculpa pela camisa — digo.

Luca puxa a camisa, que está encharcada, assim como quando o conheci no Craft Club. A água espalhou a tinta e formou manchas. Já era.

— Merda — ele murmura.

— A sua família vai te mataaaaaaaaar se você voltar para casa coberto de tinta?

A expressão pensativa de Luca é quebrada por um sorriso, mas seus lábios nunca se separam. É uma demonstração de controle. Uma timidez infantil. Ele sabe o que está fazendo.

— Talvez — diz ele.

— Você precisa de outra camisa? Estou me sentindo culpado.

— Talvez — ele responde, agora sorrindo com dentes e tudo. — Por quê? Você sabe fazer camisas também?

— Com uma máquina de costura, sei.

— Você tem uma máquina de costura?

— Aqui, não.

— Onde? No seu estúdio?

Eu assinto.

Luca coça o dourado em seu pescoço. Ele me faz observá-lo enquanto pensa no que ofereci. E o *que* foi que eu ofereci? Nem sei. Mas torço com cada célula do meu ser para que ele aceite.

— Você podia me mostrar — diz ele, finalmente, enquanto esfrega a tinta nas mãos. — Eu poderia aprender. A fazer essas coisas, digo.

Eu assinto.

— Tipo agora? — pergunta ele.

E, sorrindo, saímos.

Sete

Agora

O palco some por trás das portas, e então passamos pelos corredores de concreto e voltamos para o saguão da convenção.

As luzes e o barulho do evento fazem parecer que passamos por um portal e entramos em outro mundo. Eu deveria me sentir aliviado, mas não é o que acontece. Eu deveria me sentir realizado, só que não. Com Luca e a promessa de ainda mais surpresas, agora toda a minha preparação rigorosa parece ridícula, e meus sonhos gloriosos de vencer a Tricê desaparecem. A realidade parece estar se desfazendo.

Vamos em direção ao vestiário primeiro, para May sair da fantasia de Chifre-de-Pinho. Enquanto a guardo na mala, me lembro de como os jurados olharam para as fantasias das pessoas: com desdém, desconfiança e rejeição. Descubro que me concentrar nisso me traz uma felicidade egoísta e me acalma. Não me orgulho de sentir satisfação com a desgraça alheia, mas parte de mim sabe que também estou sendo prático. Nem todo mundo recebeu tantos aplausos quanto a gente. E nem deveriam. Nós trabalhamos duro.

Eu trabalhei duro. Sempre trabalho.

Então por que será que parece que nunca estou me esforçando o bastante?

— Você tá viajando em pensamentos. O que houve? — pergunta May enquanto se alonga, livre das pernas de pau e do capacete.

Ainda há musgo em seu rosto, mas nem é o visual mais estranho entre o pessoal daqui, e ela com certeza não se importa.

— Eu estou confuso. Não entendi o que foi aquilo.

— Aquilo — diz May enquanto paga um vendedor de pipoca — foi uma baita produção. Você viu aquelas câmeras? Pareciam foguetes espaciais.

— Acho que o Craft Club está investindo pesado este ano — respondo.

— Toma aqui — ela diz, me passando a pipoca. — Vou fazer xixi, mas depois podemos ir no Corredor de Artistas?

— Claro.

— Temos o resto do dia livre?

Dou de ombros.

— Acho que sim. Aqueles organizadores falaram que iam enviar um e-mail para os finalistas hoje à noite.

May coça o musgo falso em seu rosto, despreocupada, e eu estremeço ao ver meu trabalho arruinado.

— Porra, finalmente. Meu Deus. — Ela suspira, aliviada. — Você vai deixar o Chifre-de-Pinho intacto ou vai virar reciclagem para futuros cosplays também?

May sabe que eu tenho tomado muito cuidado ao guardar fantasias porque cada pedacinho tem que ser escondido de Evie. Algumas eu guardo na casa de May, mas desmonto a maioria das maiores, guardo as partes que podem ser reutilizadas, depois jogo o restante fora. Tento imaginar uma situação em que fosse precisar de novo do Chifre-de-Pinho ou do Guardião da Primavera. Já gravei o *making-of*. Fizemos nossa sessão de fotos em dupla durante o teste de maquiagem da semana passada. Fiz fotos dos detalhes hoje de manhã antes de sairmos da casa de May. Não deveria ser um problema desmontar as duas fantasias, mas sinto como se estivesse me esquecendo de algo. De repente, me dou conta.

Na minha mente, existe uma memória que ainda preciso criar. Um plano que ainda preciso colocar em prática. É uma visão que passou pela minha cabeça mil vezes, de dois garotos vestidos de musgo e flores, sentados sob os salgueiros do Jardim Público de Boston. Luca e eu, de cosplay, juntos.

Uma foto assim iria fazer sucesso no Instagram. Mas nem vale mais a pena pensar nisso. Nunca vai acontecer.

— Não precisamos mais dessas fantasias — digo para May. — Pode tirar o resto da maquiagem se quiser. Te encontro no Corredor de Artistas, mas deixa o papelzinho do vestiário comigo para eu pegar tudo depois.

May comemora, aliviada, e coloca o papel na minha mão antes de correr na direção dos banheiros.

Ali, parado, sou tomado por uma grande tristeza. Meus dedos manchados de verde seguram o papelzinho. May deixou a pipoca dela comigo também. Eca. É um daqueles baldes de plástico gigantes que as pessoas só conseguem comer metade e então começam a se desintegrar de tanto sal. Com certeza May vai conseguir comer tudo e com certeza vai vomitar lá em casa hoje.

De repente, me sinto bem irritado de estar segurando o futuro vômito de May. Seguro o pacote debaixo do braço e começo a andar em meio à multidão. É meio-dia e as pessoas lotam os corredores, encarando livros empilhados como torres e bonecos *action figure* em caixas de vidro iluminadas enquanto tiram fotos em frente às grandes vitrines. Em vez de ir direto para o Corredor de Artistas, passo pelo cerne da Controverse, onde ficam todas as barracas de comida, e sigo para a área aberta onde fotógrafos seguem cosplayers. Aqui, os grupos de pessoas se apertam e se movem, abrindo espaço ao redor de cosplayers para que as pessoas possam tirar fotos, uma de cada vez. É difícil saber para onde ir com tantas fantasias maravilhosas ao redor.

Muitas pessoas reconhecem o Guardião da Primavera e, quando aceno para quem tenta chamar minha atenção, começo a deixar para lá minha raiva e ansiedade. Chega uma hora em que preciso colocar o balde de pipoca no chão porque algumas pessoas querem tirar fotos comigo e, logo menos, tenho minha própria multidão. Não sou muito de interpretar o personagem, mas estou curtindo o momento. Faço pose para as fotos; solto o rugido. Mergulho no personagem e sou recompensado por alguns fotógrafos pedindo para tirar fotos.

Essas fotos são para seus próprios portfólios — muitos fotógrafos vêm para ganhar seguidores. Eles me entregam cartões em troca das minhas poses e eu os jogo na bolsa. Vou tentar me lembrar de falar com eles na internet, me apresentar e tal.

Existem um milhão de motivos para um cosplayer querer ficar no salão da convenção, mas não estou aqui por nenhum deles, e sei disso. Estou torcendo para encontrar Luca. Quero que ele saiba que a presença dele não me afetou, nem um pouco. E, logo, tenho minha recompensa.

— Raffy!

Mantenho a pose e encaro a lente de uma câmera. Ela se abaixa, o fotógrafo me mostra o resultado e eu assinto.

— Raffy! — Luca grita de novo.

Percebo então que foi idiotice vir aqui. Só queria que Luca me visse, não que falasse comigo. Mas agora não tem volta. Ele aparece do nada. Sob o brilho das claraboias, vejo cada detalhe de seu trabalho.

(Quer dizer, do trabalho de Inaya.)

Luca está vestindo quase nada com exceção de um short curto com um rabo curvo que balança enquanto ele atravessa a multidão. Alguém pede para tirar foto, ele se vira como se estivesse sempre pronto e consigo ver suas costas inteiras. Futebol, divago, deveria ser algo que não passa no antidoping no mundo de cosplay competitivo, porque faz o corpo de Luca ser uma arma letal que tecido ou espuma alguma pode compensar.

— Você tá ótimo — diz ele.

Seus olhos brilham como pedras de ônix sobre a maquiagem branca que cobre suas sobrancelhas e cabeça.

— Vai se foder.

O choque faz Luca perder a compostura e alguns fotógrafos abaixam as câmeras. Fico tão surpreso quanto eles. Nosso cantinho da Controverse fica em silêncio, e penso rápido para tentar preencher com alguma coisa o silêncio que criei. Na pressa, preencho com algo maldoso. É o que tenho pronto em mim.

— Você podia ter me ligado — digo. — Ou mandado uma mensagem. Ou pelo menos ter me pagado pelo que fizemos. Mas você simplesmente sumiu, e aí aparece aqui com Inaya, e vestido com o *meu* conceito? Ela pelo menos sabe? Ou você disse que era ideia sua?

Em vez de recuar, Luca dá um passo para frente. Ele é mais alto do que eu, mas não o bastante para me intimidar. Não quando estou vestido assim.

— Me abandonar por causa da Inaya não foi suficiente? Você tinha que dar a minha ideia para ela também? E, depois de tudo isso, você acha que o melhor jeito de voltar para a minha vida é com um elogio? Não quero elogios, Luca. Quero uma *explicação*.

Eu não queria dizer nada disso. Só queria dar um "oi".

Mas é tudo verdade.

Luca chega bem perto de mim. As próximas palavras que diz são apenas para que eu ouça.

— Aqui, não. Não estrague isso para nós dois.

— Estragar?

Eu o encaro de volta. Depois, vejo um flash e, surpreendentemente, não é a raiva tomando conta do meu cérebro. É uma câmera, e mais outra.

As pessoas acham que somos um conjunto por causa da fantasia de cervo e minhas vestes floridas.

Na minha cabeça, visualizo as cenas de mim e Luca no futuro, um destino que nunca vai se realizar. Eu tinha tantos planos para nós. Tantas ideias para criar. E aqui, no meio da nossa briga, a fantasia de nós dois sendo fotografados juntos de cosplay se realiza. Mas está errada; nada parece certo.

Luca e eu posamos, disfarçando nossa briga. E outros cosplayers se juntam a nós. De repente, nossa discussão está rolando em meio a pessoas posando com a gente.

— Eu disse para a Inaya que a ideia era sua — Luca sussurra para mim. — Ela me disse que falou com você. Eu mesmo teria falado, mas você me bloqueou em tudo. E continuo bloqueado.

— A gente estuda na mesma escola.

— Você sabe que não posso falar dessas coisas em público. Você sabe. Bato o pé no chão.

— Inaya não falou comigo.

— Bom, aí a culpa não é minha.

— Não é tão simples assim — respondo, sem paciência.

Os outros cosplayers ao nosso redor se afastam quando percebem o tom da minha voz. Eles nos lançam olhares confusos antes de outras pessoas tomarem seus lugares.

— É simples assim, *sim* — Luca responde no mesmo tom. — Às vezes as coisas são simples, Raffy. As pessoas não são como seus projetinhos complicados.

Não tenho a chance de responder, pois Inaya, em toda sua glória de cervo-zumbi, atravessa a multidão e se junta a nós. As pessoas veem as duas fantasias de cervo lado a lado e começam a aplaudir e rir, enfim entendendo a ideia, e eu fico de escanteio de novo.

— Raffy, você tá demais — diz Inaya ao me cumprimentar com dois beijinhos. Eu nem me mexo. — Não foi uma loucura? Nem acredito que o Craft Club fez aquele palco todo! E as luzes! Nunca vi uma competição assim. Vocês foram bem?

Me viro para ir embora. Lidar com o Luca é uma coisa, mas agora Inaya quer fingir que somos amigos também? Eu me conheço, e conheço minha raiva. É melhor ir embora antes que diga algo de que eu me arrependa.

— Raffy, *espera*!

Uma mão aperta as flores em meu ombro, amassando algumas pétalas. O aperto é firme. Desesperado.

— Por favor — Luca suplica.

— Você roubou minha ideia — digo, olhando para Inaya.

Ela ri.

— Você tá mesmo querendo levar o crédito por isso? Você nem chega perto de maquiagem *gore*. Você nunca conseguiria montar tudo isso. — Ela sorri. — Não assim.

— Inaya, para com isso — Luca a interrompe.

Eu queria muito, muito *mesmo* estar em qualquer outro lugar do mundo.

— Não, para *você* — ela responde. — Se Raffy quer conversar, vamos conversar. Você não precisa protegê-lo.

— Não, Inaya, *olha*.

Luca a vira e eu me viro também. Estamos cara a cara com as luzes fortes de duas câmeras equilibradas nos ombros de duas pessoas da organização. Uma terceira está com um microfone, falando de forma empolgada para as câmeras enquanto nossa briga é plano de fundo da gravação. Então, elas se viram para Luca.

— E aqui temos três dos nossos competidores mais jovens. Luca, conta pra gente como criou esse visual incrível — pede a entrevistadora.

— Ele não criou — eu interrompo.

A entrevistadora se vira para mim com os olhos brilhando de curiosidade.

— Esses dois não levam jeito para projetos complexos, ou lidar com nada complexo em geral — digo, com um tom simpático. Tento me conter, mas minha boca não para: — É por isso que Inaya escolheu ele em vez de mim, porque ele é bem mais gostoso, né? E Luca deixa as pessoas o usarem como um rostinho bonito, desde que pegue bem para ele.

A entrevistadora parece confusa. Luca parece confuso.

— É uma piada interna — diz Inaya. — Somos velhos amigos.

— Então vocês se conheciam antes da competição? Dramático! O que pode nos contar sobre ter amigos como rivais?

Ninguém responde. É muito constrangedor. Só quero sair correndo, mas Luca continua com a mão no meu ombro.

— Raffy — ele sussurra. — Por favor.

— Qual é a história de vocês três, afinal? — a entrevistadora pergunta, agora já nervosa.

Como podemos responder sem admitir o que éramos um para o outro? Eu olho para Luca, que ainda não saiu do armário publicamente. Mesmo depois de tudo por que passamos, ainda existe um elo de confiança que eu jamais quebraria. Ferir, talvez; mas quebrar, jamais. Eu nunca iria expô-lo assim. De jeito nenhum. Mas, por mais nobre que eu pense ser, sei que o medo que toma conta do rosto de Luca é culpa minha. E saber que ele tem essa visão de mim, de alguém com uma adaga em punhos preparado para atacar, faz com que eu me odeie ainda mais. Ele tem medo do meu temperamento. Eu tenho medo do que posso dizer. Foi por isso que o bloqueei em tudo. Luca já arruinou o que tínhamos uma vez, mas estive tão ocupado sofrendo que eu sabia que, se conversássemos antes de eu estar pronto, eu iria arruinar o que tínhamos para sempre.

Preciso *sair daqui*. Tiro meu roupão com facilidade; a roupa fica caída aos pés de Luca enquanto pego a porcaria do balde de pipoca de May. Me afasto, mas meu pé fica preso no tecido e, de repente, caio no chão. Luca vem em minha direção ao mesmo tempo e batemos cabeças. Em seguida, estamos os dois no chão em meio a um emaranhado de tecidos e flores. E pipoca. Nossa, tem pipoca *pra todo lado*.

— *Sai* de cima dele — diz uma voz conhecida.

May emerge da multidão, empurra Luca e ele sai de cima de mim, coberto de pipoca e de flores. Eu me levanto, trêmulo e ciente de que o espaço ao nosso redor aumentou. Dois seguranças estão passando pela multidão e, quando May os vê, ela aponta para Luca e grita:

— Ele começou!

— Não estávamos brigando — digo, mas os seguranças já estão nos afastando das pessoas.

Luca, pela primeira vez, concorda comigo, mas eles querem nos tirar dali.

Lanço um último olhar para May, que ainda tem um pouco de musgo na orelha. Ela gesticula com a boca: *Me manda mensagem*. Inaya está em pé ao lado dela, com uma cara de inocente coberta em maquiagem de zumbi. Depois, ela se vira de volta para as câmeras; a entrevista agora é toda dela.

Merda.

Luca e eu somos levados para as portas dos fundos. Os guardas ignoram nossos pedidos para nos ouvir e acabam nos empurrando para uma sala de reuniões pequena, cheia de caixas com cordões de credenciais. Um deles fica com a gente enquanto o outro vai até o corredor para usar o rádio. Depois de um bom tempo, as portas se abrem e Madeline entra. A pessoa que faz a Tricê acontecer. Ela nos olha com um ar irritado e... assustado?

— Ela quer ver vocês dois.

Oito

Antes - Treze meses atrás

Assim que chegamos no estúdio, Luca entra no banheiro para tirar a camiseta e tentar esfregar a tinta. Um pouco chocado com a situação, faço o que sempre faço quando fico nervoso: começo a trabalhar.

Penso em pegar meu novo tecido da Sereia de Plasma, mas algo me diz que Luca não vai querer uma regata cavada brilhante com renda chantilly. O que mais eu tenho? Há alguns meses, fiz um cosplay simples de Chiriro, a personagem principal de *A viagem de Chiriro*, um clássico do Miyazaki. No começo, ela usa uma camiseta simples com uma listra grossa verde na horizontal. Fiz grande para ficar com uma aparência infantil, mas isso ainda quer dizer que vai ficar um pouco apertada no Luca. Eu a encontro amassada no fundo de uma das minhas várias bolsas, escondidas no armário de cedro do estúdio. Está amassada, mas nada que meu vaporizador não possa resolver. Fácil.

Mas não quero algo fácil. Não sei por quê, mas esse menino, manchado de ouro, me seguiu até em casa. Talvez ele seja hétero, mas talvez, não. De qualquer forma, entregar essa camisa para ele parece muito anticlimático. Dessa vez eu tenho uma plateia ao vivo, e quero me exibir.

O barulho de água no banheiro cessa e Luca aparece sem camisa e molhado (de novo). Na mesma hora me pergunto para que tanta pressa em lhe dar uma camiseta.

— Tive uma ideia — digo.

E é assim que eu e Luca acabamos trabalhando juntos em uma regata. É uma peça simples, mas ele leva muito a sério quando digo que é ele quem deve escolher o tecido. Espalhamos retalhos de projetos passados sobre a mesa, e Luca reflete acerca de cada um com a mesma intensidade de um sommelier. Quando finalmente escolhe, me parte o coração o fato de ter escolhido o tecido errado.

— Mas eu gosto da cor.

Tiro o tecido das mãos dele. É uma lona laranja-brilhante, cerosa e inflexível. Talvez ele seja mesmo hétero, no fim das contas.

— Precisamos de uma malha. Precisa esticar.

— Malha? Tipo roupa de exercício?

Pego um pedaço de malha Jersey esmeralda, o resto de uma fantasia de um Midoriya hipster que fiz ano passado.

— Viu só? — digo enquanto estico o tecido. — Isso é uma malha que se recupera bem. Ela estica, mas volta para o formato quando solto. É perfeito para roupas apertadas.

— Mas eu gosto do laranja.

Examino a pilha. Não há mais nada laranja. Mas então tenho outra ideia. Corro e volto com uma caixa de ferramentas cheia de materiais de costura e abro-a com tanta dramaticidade que Luca assovia.

— É muita agulha, hein?

— São alfinetes.

— O que você faz com eles?

— Alfineto coisas.

Encontro o que estava procurando: uma fita viés laranja-neon.

— E se você escolher uma malha mais prática e depois a gente faz um detalhe com essa fita viés?

Essa frase, que parece completamente normal para mim, faz Luca piscar lentamente. Estou pronto para o que vem em seguida — uma piada, talvez uma risada de provocação, enquanto ele dá uma volta no lugar — mas em vez disso, ele diz:

— Repete, mas com outras palavras.

— Quer que eu te mostre?

Ele cruza os braços e sorri. Faço o meu melhor para olhar nos olhos dele. Seu sorriso abre mais e ele o esconde com a mão.

— Você sabe o que tá fazendo, não sabe?

Na verdade, não, penso.

Acabamos usando uma malha de algodão verde-floresta com ponto barra. Eu considero usar a camiseta destruída dele para fazer uma estampa improvisada, mas minha eficiência é vítima do meu amor por uma ostentação. Em vez disso, faço Luca ficar parado enquanto tiro suas medidas.

Demoro um século para fazer isso. Prendo a respiração mil vezes. Estou na metade do braço dele quando percebo que não anotei nenhum número e começo tudo de novo, torcendo para ele não perceber. Durante tudo isso, ele me observa, entretido.

— Você tem um formato estranho — digo para ele.

— Qual é meu formato?

— Um meio-termo entre um homem de anime e um Dorito de cabeça para baixo. Um torso muito triangular.

— Você está me chamando de maromba? — Ele faz drama, colocando a mão no peito.

Fico um pouco constrangido, bem consciente de que a qualquer momento a conversa pode se virar para falar do meu próprio corpo. Não sou como Luca. Sou molengo e todo redondinho. Não quero que ele pense que tem alguma vantagem por causa de seu físico.

— Só parrudo — digo, ainda medindo.

Luca sorri enquanto me observa.

Ao cortar o tecido, finjo que estou fazendo uma *live* no Ion. De início, é bem estranho ter alguém com quem conversar, mas fica a coisa mais fácil do mundo narrar quando Luca me enche de perguntas. Deixo-o cortar um pouco, e gosto de seu jeito cuidadoso com a tesoura. Deixo-o alfinetar algumas coisas, e fico encantando com a delicadeza de seus dedos. Quando começamos a costurar, faço ele se sentar na cadeira, apresento-o ao pedal e o convenço a costurar uma linha que começa trêmula, mas termina retinha no final.

— Ficou bom, viu? Você nasceu pra isso.

Fico com a costura da fita viés porque é complicada. Enquanto passo o tecido pela máquina, Luca se senta do outro lado, o segura nas mãos e assobia, impressionado. Então, quando terminamos, reconheço em Luca o brilho de ter feito um bom trabalho quando veste a regata nova.

— Cabe! — ele diz, empolgado.

— É claro que cabe. Foi por isso que tiramos as medidas.

— Mas você não anotou nada.

Dou de ombros. *Fica calmo, Raffy*. Admito que fico um pouco decepcionado por vê-lo vestido de novo, mas então ele faz uma pergunta que me pega de surpresa.

— Podemos enfeitar com strass?

Eu pisco, chocado. Então talvez esse garoto não seja tão hétero quanto eu pensei...

— Nada exagerado — ele complementa. — Só tipo, algumas pedrinhas. Em algum lugar onde meus pais não vão ver. Tipo quando um artista assina um quadro.

Ainda em choque, vou até onde fica minha pedraria, pego algumas Espuma do Mar dos Sonhos e um pouco de cola E-6000. Volto para Luca e ele está tão imóvel que eu paro no lugar.

— Só faz logo — ele diz entre os dentes cerrados, como se eu fosse tatuá-lo.

Olho para a nova regata dele. O corte ficou perfeito, e os tons de verde--escuro com a borda espalhafatosa criam uma combinação meio miliar. As pedras vão ficar estranhas, não importa onde eu as coloque, então decido colocá-las na parte interna da gola, onde apenas Luca vai ver. Ele concorda e ficamos em silêncio enquanto passo cola e as pressiono com os dedos.

— Entããããão... — ele diz enquanto esperamos a cola secar. — A sua mãe deixa você fazer qualquer coisa aqui?

— É um espaço versátil. Se temos algum artista morando com a gente, isso vira o espaço de trabalho da pessoa da vez, mas não recebemos ninguém desde maio. Então, eu o uso.

O estúdio era uma garagem e conta com isolamento térmico para permanecer fresco no verão e quente no inverno. Encomendamos materiais novos para quem quer que esteja aqui, e o espaço funciona para vários tipos diferentes de arte. A última pessoa a morar aqui esculpia em madeira, então agora a luz brilhante do estúdio está mesclada com o cheiro de serragem e álamo queimado.

Observo os olhos de Luca pararem em cada objeto enquanto descrevo o loft, o sofá, a TV e a cama. Observo suas sobrancelhas com cuidado, mas elas não demonstram nada. Conto que May, Inaya e eu fazemos noites de jogos aqui, e uma festinha de vez em quando. Ou Evie não se importa, ou nem repara.

— Eu reconheço isso aqui — diz Luca, pegando a cabeça de um manequim. É um suporte de peruca, mas agora está careca. — Achava que esse lugar era menor. Acho que é porque você só usa esse canto.

Nessa hora me lembro de que Luca vê meus vídeos. Ainda acho difícil de acreditar.

— Você assiste a *lives* de vários cosplayers?

— Só as suas — responde ele.

Ele olha para mim e percebo que estou me inclinando em sua direção. Antes de ir longe demais, me forço a parar e agarro a mesa com uma das mãos. Depois, como tenho certeza de que vou me deixar levar de novo, sento na mesa e esmago as mãos sob minhas coxas.

— Você é tão rápido — diz Luca. — Sempre fico impressionado com a sua velocidade para fazer as coisas.

— Já faço isso há um bom tempo.

— Queria poder fazer o que você faz. Tenho várias ideias do que faria se eu soubesse como fazer.

A voz de Luca carrega uma realidade inteira que apenas ele consegue ver. Uma realidade cheia de personagens e fantasias que vivem na cabeça dele, não na ponta dos dedos, como na realidade que o mostrei agora.

— Você é bom com outras coisas — digo, trocando o peso das pernas sobre minhas mãos.

Luca passa por trás de mim, mas eu mantenho meus olhos no vidro dos armários, observando o reflexo dele.

— Tipo o quê?

— Futebol, pelo visto.

Ele para de se mexer e se vira para sorrir às minha costas. Depois, ao encontrar meu olhar no reflexo, ele se inclina sobre a mesa.

— Você gosta de futebol? — pergunta ele.

— Não.

— Mas gosta de jogadores de futebol.

A suposição pega os dois de surpresa. Decido que não tenho motivo para mentir, ainda mais agora, que trouxe para casa, lavei e vesti esse menino depois de ele ter interrompido minha pintura. Enfim, me viro na direção dele.

Ele está mais perto do que eu pensava. E todo vermelho. Com uma expressão de quem sabe que é charmoso, como se soubesse que foi quem levou essa conversa para um assunto do qual nenhum dos dois tem muito controle.

— Tá bom, tá bom — digo. — Talvez eu goste.

Ele se inclina na minha direção. Vejo suas mãos se abrirem e sombras se formarem nas covinhas dos ombros enquanto ele se inclina.

— Eu te faço rir — diz ele.

— Eu faço roupas pra você — respondo.

Vamos nos beijar.

Eu sei disso porque, assim como todas as coisas, um beijo é a soma de partes. Começou há muito tempo, no Craft Club, com Luca uniformizado quando eu lhe entreguei um saco de pedraria. Depois na escola, com as partículas de dourado pingando de suas roupas, o que o fez dar aquele showzinho enquanto a torneira jorrava água em sua boca. E aqui o beijo nos aguardava pacientemente enquanto eu costurava a regata do zero, na esperança de manter esse menino interessado em mim por mais um tempo, enquanto seus olhos memorizavam o formato dos meus dedos enquanto eu passava tecido pela agulha saltitante até chegar nas mãos ansiosas dele.

E agora, quando ele sobe na mesa comigo, me vira para envolver minha cintura com seus braços e minha boca com a sua respiração, a antecipação do beijo chega ao fim. Chega ao fim com nossos lábios se encaixando e com minha risada descendo pela garganta para esperar lá dentro enquanto me delicio com minha criação. O beijo termina como todos os meus projetos: incrível e completo, cheio de pedaços de vários momentos conectados para formar algo inteiramente vivo e real. Algo impressionante, criado do nada.

Minutos depois, precisamos respirar. A pausa é longa o suficiente para nós dois pensarmos no que está acontecendo, no que criamos.

— Você já... — começo a perguntar.

— Não com um cara — responde Luca. — E você?

— Já. Só com caras. Mas, tipo, umas duas vezes. Você quer... — Eu respiro fundo, incerto de quando terei outra oportunidade. — Digo, podemos fazer de novo se...

— Ok, mas... — Luca começa, mas não conclui o pensamento.

— Mas o quê?

— Não quero tirar a regata.

— Claro.

Dou um sorriso e me aproximo. Estamos nos beijando de novo e Luca para.

— Tipo, não é porque eu não gosto de você — ele garante. — É só porque eu gostei da camiseta. Gosto muito de você. E disso aqui.

— Tá bom, Luca.

Ele foge dos meus lábios mais uma vez.

— Não só fisicamente. Eu te acho muito legal. Acho que o que você faz é incrível. E me desculpa se comprar as pedras para você foi estranho. Meu plano era comprar várias e entregar na escola, mas aí nos encontramos no Craft Club. Foi pura sorte, eu juro. Não foi, tipo, um plano pra te levar pra cama, prometo.

Solto uma risada. Ele olha para baixo e, baixinho, diz:

— É que eu gosto muito de te ver trabalhando.

— Luca.

— O quê?

— Tudo bem. Tá tudo bem. Você pode me assistir trabalhando mais tarde, que tal?

Seus braços apertam minha cintura. Ele se acalma. Eu, não, mas estou tentando bancar o sossegado.

— Isso é um convite? — ele sussurra, levantando meu queixo em sua direção.

O sol da tarde preenche o espaço entre nós com uma luz dourada. Eliminamos esse espaço até que tudo o que resta é um filete de luz entre duas formas, uma costura que finalmente se junta.

Nove

Agora

Somos levados da sala de reunião para um elevador, depois para um corredor com janelas que dão para a convenção. De cima, não é possível ver o caos que causamos. Nas áreas abertas, as pessoas voltaram a tirar fotos com os cosplayers. Do outro lado do salão, podemos ver corredores de estandes e vitrines. A densidade e as cores da multidão se movendo dão a impressão de uma paisagem marinha multicolorida. Um recife coberto por anêmonas enquanto correntezas invisíveis mantêm tudo em movimento.

— Esperem aqui — diz Madeline antes de nos deixar no corredor.

Os seguranças vão com ela, Luca e eu ficamos em frente a portas duplas. Mantemos o silêncio por um bom tempo. Com certeza, seja lá quem for que estamos esperando tem coisa melhor a fazer do que lidar com dois jovens delinquentes. Os segundos viram minutos, e o silêncio constrangedor do corredor realça tudo o que há de não dito entre mim e Luca.

— Desculpa — ele diz, por fim.

Viro de costas para ele e finjo estar olhando para a convenção. O vidro é jateado; ninguém deve conseguir nos ver. Observo o reflexo de Luca, mas ele mantém os olhos no chão enquanto fala.

— Eu devia ter me certificado de que você não teria problemas com a gente usar a sua ideia. Foi sacanagem a gente trabalhar em cima de algo que você inventou. Eu realmente achei que ela tinha falado contigo. Me desculpa.

Eu o observo pelo reflexo e ele finalmente levanta o olhar para mim. Eu desvio e olho de novo para a multidão.

— Se servir de consolo, os jurados acharam que era bom, mas simples. Eles disseram que é "sensacional", mas, tipo, não de um jeito bom. Nem entendi o que quiseram dizer.

— Nesse caso, quer dizer provocativo. Tipo, você pegou uma ideia e a deixou ousada. Ganhou pontos pelo choque, basicamente.

— Eu sabia que conseguiria fazer você falar se desse abertura para você me dar uma lição. Gostou?

Nossos olhares se encontram no reflexo da janela. Isso me lembra de uma das primeiras memórias que tenho de nós dois: estávamos sentados no meu estúdio, olhando um para o outro pelo vidro dos armários, esperando para ver quem daria o primeiro passo. Quem iria começar a *nossa* história.

Estamos tão distantes daquilo.

— Na verdade, não — digo.

— Você quer conversar?

Não consigo me conter. Me viro e olho direto para Luca.

— O que eu falei para você foi sacanagem. Foi uma sacanagem maior ainda falar na frente daquele tanto de gente. Estava com raiva e queria ir embora, e a minha boca... foi mais forte do que eu. Mas agora não importa quem é o melhor artista, porque a gente já era.

— Pois é.

Ele dá de ombros. Ele tem a pachorra de dar de ombros, como se essa fosse apenas uma das várias convenções das quais ele planejava ser expulso hoje. E a postura tranquila dele me atinge como uma onda gelada. Fico sem ar ao perceber, de repente, que, para a maioria das pessoas, isso é um hobby, uma diversão. Costumava ser só diversão para mim também, mas nos últimos tempos tem parecido algo bem maior. Tipo, meu tudo. Sem o patrocínio do Craft Club, será que ainda vale a pena? A única vantagem é a quantidade de seguidores que provavelmente vou ganhar por ser a infame criatura de musgo que causou um fiasco.

Sei que agora é hora de me conter, mas começo a chorar. Estou aqui com Luca, o menino que eu amava e que partiu meu coração, e estamos sozinhos no mesmo lugar pela primeira vez em meses. Coloquei de lado todos aqueles sentimentos para mergulhar no meu trabalho, na minha arte, no meu sonho, no propósito de seguir meu plano para o futuro. Só que, agora que esse futuro está indo por água abaixo, a jaula que construí para guardar todos esses sentimentos já era. Eles estão livres para vir à superfície, e vêm com a mesma intensidade do dia em que foram eclodidos do meu coração partido.

Luca me abraça, e eu deixo. Não me preocupo com a bagunça que estou fazendo na minha maquiagem ou com as gotas de verde e preto manchando os bíceps e o peito dele.

— Desculpa, Raff — diz ele. — Mas você vai dar um jeito. Você cria coisas, lembra? Pode fazer qualquer coisa. E isso quer dizer que você vai dar um jeito.

Eu me afasto e enxugo as lágrimas que fazem meus olhos arderem. Quero tanto arrancar o meu nariz falso, mas preciso de um produto para fazer isso. Mesmo assim, ele começa a soltar, provavelmente por causa da minha cara de choro. Enquanto tento engolir as lágrimas, pétalas e folhas caem da minha coroa até o chão.

— Desculpa também — digo. — Desculpa por estar com tanta raiva. Não consigo controlar como eu me sinto.

— Nem eu — admite Luca.

— O que quer dizer?

— Quero dizer que ainda sinto muitas coisas por você e não sei o que fazer com tudo isso. Inaya e eu somos próximos, mas somos apenas amigos. Só fazemos cosplay juntos e tal. Mas você e eu éramos algo a mais, e eu penso muito nisso. Penso muito em você. E...

— E o quê?

— E eu sei que é um péssimo momento, mas eu quero muito te beijar. Mas só se você quiser.

Do outro lado da janela, atrás de Luca, as pessoas gritam e aplaudem quando alguém pega um microfone. Não conseguimos entender o que dizem por causa do vidro grosso, mas podemos sentir a empolgação vibrando em meio ao silêncio. Finjo que os aplausos são para nós.

Eu quero.

Me imagino falando isso. Mas não falo, porque naquela hora as portas se abrem.

— Meninos — diz Irma Worthy.

Luca e eu nos afastamos. Eu dou uma risada — uma risada alta de nervoso ao ver Irma Worthy aparecendo do nada.

Ela está sorrindo para nós como se eu não fosse uma pilha de nervos coberta por, literalmente, musgo e folhas.

— Bom, parece que vocês causaram uma *bela* comoção lá embaixo — diz Irma.

— Foi mal. Não vai acontecer de novo. Se você nos permitir ficar com as nossas credenciais...

— Ficar com as credenciais? — Irma joga a cabeça para trás e preenche o corredor com uma gargalhada que estala como raios elétricos. Seus cachos balançam quando ela se mexe, entretida. — Vocês acham que eu vim aqui para confiscar suas credenciais? Queridinho, eu tenho um *trabalho*. E *não é* esse.

A risada dela nos envolve. Ela estica as mãos para as segurarmos, o que fazemos sem hesitar, como se fosse nossa mãe. Ela nos leva até as janelas e então todos observamos a Controverse lá do alto.

— Escutem. Eu entendo o trabalho que dá para fazer tudo isso, provavelmente melhor do que muita gente — diz ela. — Sei quanto tempo e dinheiro se gasta para criar algo ou se tornar alguém. Acima de tudo, eu respeito esse trabalho. Talvez até demais. Eu olho para tudo isso — ela gesticula para a Controverse — e às vezes tenho dificuldade de enxergar como uma experiência. Como uma convenção. Costumo focar nas partes em vez de no todo. O tempo, a dedicação, a criatividade. As pessoas. Eu vejo toda essa gente, e todo o *trabalho* delas, e às vezes é fácil perder o foco do bem maior que estamos criando juntos.

Ela olha para nós. Percebo que estou assentindo. Eu entendo.

— A convenção quer que vocês sumam, e eu entendo por quê. — Irma suspira. — Soube do que aconteceu quando estávamos calculando as notas finais da avaliação de hoje. Teria sido a coisa mais fácil do mundo eliminar os dois e seguir em frente com a competição.

Ela olha para Luca com um brilho maternal e de adoração ao qual ele não resiste e corresponde com um sorriso. Quando Irma olha para mim, o brilho esfria e se torna um olhar intenso que não consigo decifrar. Não tenho tempo para pensar nisso.

— Mas eu quero vocês nessa competição. E o júri concorda. Os dois tiveram notas bem altas. Tão altas que não pude deixar a equipe do evento expulsá-los. Estou colocando o meu na reta, meninos, por causa do bem maior que estamos criando juntos. Entendem o que eu quero dizer? Estou prometendo coisas para pessoas, mas vocês têm que cumpri-las para mim. *Comigo*. Entenderam?

Ficamos chocados. Sei que a postura relaxada de Luca está fraquejando. Ele vai aceitar qualquer coisa, então sou eu quem precisa perguntar o que nós dois estamos pensando.

— Você vai nos deixar continuar na competição, mas em troca do quê?

Irma olha para mim com a mesma expressão sisuda. É impossível não compará-la com Evie. A diferença é que Evie me ama, já Irma apenas me respeita.

— Só o que pedimos é que, amanhã, nos deem o melhor show possível. Vocês dois estão na rodada final. Usem a noite de hoje para se prepararem. Não façam uma cena quando saírem. E nem uma palavra para os outros times sobre essa nossa conversa, ok?

Ela dá uma piscadela. Luca dá uma piscadela. Eu não sei dar essa tal piscadela, então assinto. Em seguida, Madeline aparece por trás das portas duplas com seu fiel tablet iluminando o pescoço e mandíbula com um brilho azul.

— Madeline, eles concordaram em continuar na competição. Não é maravilhoso? — diz Irma.

Madeline, como sempre, é a compostura em pessoa. Mas ali, escapando por sua máscara de elegância, vejo uma fagulha de apreensão escapar. Suas narinas se abrem e ela tensiona a mandíbula.

— Muito bom, mas você tem *certeza* de que é uma boa ideia?

— Tenho, amada. Chega de perguntas. Deixa que eu lido com os sócios se eles precisarem ser convencidos.

Os lábios de Madeline se apertam. Ela faz um gesto para a seguirmos. Somos levados por um labirinto de túneis até o estacionamento de funcionários do centro de convenções. Há um carro nos esperando.

— Luca, a segurança está com a sua bolsa. Eu vou te levar. Raphael, esse carro é para você. Os seus itens do vestiário estão no porta-malas. As instruções do motorista são para levá-lo direto para casa.

Eu entro e Madeline fecha a porta sem se despedir. O carro não é um Uber ou de algum outro aplicativo. É um carro particular, como o que um presidente talvez use. Será que é de Irma? Não sei. Dentro, o motorista me olha de relance e mexe no celular preso em um suporte onde está registrado meu endereço. Ele não fala, e nos afastamos da Controverse em silêncio.

Enquanto o evento some à distância, as palavras de Irma zumbem dentro de mim como uma mosca enorme golpeando meus pulmões. Ela nos salvou, mas tenho a impressão de que isso vai custar caro e o preço vai ser cobrado amanhã. Mas, independentemente do que aconteça, eu ganhei uma segunda chance. Agora, mais do que nunca, estou determinado a provar que valho a pena.

Dez

Antes – Doze meses atrás

No dia depois de termos nos beijado pela primeira vez, não consigo olhar para Luca durante as aulas. Depois de ele ter ido embora da minha casa, revisei os eventos que o levaram para meus braços e decidi que, sem sombra de dúvida, havia sido uma anomalia. Uma aberração. Uma irregularidade do universo que nunca aconteceria de novo. Mas, enquanto caminho pelo corredor, um ombro encosta no meu e, quando olho para cima, vejo Luca andando ao meu lado.

— Psiu — ele sussurra. — Posso ir na sua casa mais tarde?

— Tenho trabalho a fazer — digo, sem nem pensar.

— Tá, e daí? Pega o seu celular.

Eu pego. Luca vai para o outro lado do corredor, de frente para mim. Pessoas passam pelo espaço entre nós. Meu celular vibra, perguntando se aceito uma transferência de foto por AirDrop de um número desconhecido. Eu aceito e meu celular recebe uma foto de Luca, sem camisa, com um número de telefone escrito no bíceps.

Reviro os olhos para ele. Luca está mordendo a língua entre os dentes e com as sobrancelhas erguidas. Uma brincadeira, mas ainda tímida para ele. Depois, ele abre um pouco o zíper do moletom. Vejo o verde; vejo o laranja. É a regata que fizemos juntos.

Espero seis longos minutos antes mandar uma mensagem para ele.

✦

Luca aparece naquele dia, e continua aparecendo nos próximos. Toda vez finjo surpresa, mas, na verdade, levo apenas uma semana para me acostumar com a nossa rotina estranha. Ele vem depois do treino de futebol, suado e cheirando a grama, e sempre rola uma perseguição ao redor da minha mesa de trabalho até ele me pegar e me dar um abraço nojento. Depois, faço-o tomar banho enquanto aproveito cada segundo para trabalhar até ele terminar e pedir a mim que lhe ensine alguma coisa.

Nossas aulas são curtas. Geralmente são sobre coisas que fiz recentemente na roupa da Sereia de Plasma e mostrei em *live*, porque é com isso que estou trabalhando no momento, e parece importante para Luca que ele sinta que está me ajudando. E por mim tudo bem. Por que não? Acho fofo, mas na verdade acabo refazendo o trabalho dele sem dar nem um pio. Não me importo. Tipo, nem um pouco. O que é *bem* estranho para mim. Perder tempo é uma das coisas que faz minha ansiedade ir lá para as alturas, mas, por algum motivo, nenhum minuto com Luca parece desperdiçado.

Não faço ideia do que estamos construindo juntos entre nós dois. Mas, como com todos os meus outros projetos, estou disposto a descobrir e faço o que for preciso para dar o meu melhor. Luca também. Ele começa a trazer a lição de casa. Começa a ficar até mais tarde. A pizzaria perto de casa decora nosso pedido. Começamos a trabalhar menos e nos beijar mais. Às vezes, nem trabalhamos. Às vezes, como hoje, caímos nos braços um do outro e assistimos a animes, e fico maravilhado com essa pessoa estranha e nova na qual estou deixando Luca me transformar. Uma pessoa não obcecada em trabalhar a cada minuto do dia. Uma pessoa cujas mãos ficam felizes por estarem paradas, desde que estejam entrelaçadas nas de Luca.

Tarde da noite de uma terça-feira, acordo porque estou suando na conchinha apertada que Luca faz toda vez que dormimos no sofá.

Não queria ter pegado no sono, mas me arrependo de acordar. Pelo tanto que meu braço está dormente, sei que estamos dormindo há um tempo, o que quer dizer que provavelmente passou da hora de mandar Luca para casa sem os pais dele surtarem. O que quer dizer que preciso acordá-lo. É sempre uma missão difícil.

Dormimos no sofá do loft, e o único motivo de eu ter acordado é porque a música de abertura do anime que estamos maratonando há uma semana é *cheia* de solos de guitarra. É um anime de terror, o favorito do Luca, e enquanto esfrego os olhos vejo um compilado de personagens correndo durante os créditos de abertura, com espadas no ar e sangue jorrando.

— Luca, acorda, a gente dormiu — digo enquanto o cutuco.

Ele nem se mexe, mas eu sei que está acordado. Luca vive dormindo enquanto trabalho, e ele sempre dorme de boca aberta. Agora? O rosto dele está completamente relaxado, exceto pelos lábios que estão fazendo biquinho para receber um beijo. Ele está fingindo.

— Luca — repito.

Nada. Vejo os músculos ao redor da boca tremerem, tentando não sorrir. Eu solto um grunhido, desisto e dou um beijo nele. Mas, como estamos falando do Luca e tudo tem que ser dramático, ele não está esperando *apenas* um beijo.

Sorrindo, eu solto ar nos lábios dele e, de repente, ele volta à vida.

— O SOPRO DA VIDA! — Ele se levanta e joga o cobertor sobre os ombros, como uma capa. Em seguida, se ajoelha na minha frente. — Mestre, você me deu vida, agora eu lhe servirei como seu leal totem.

É uma frase de outro anime, um do qual nunca lembro o nome, que terminamos de ver semana passada durante uma sessão de "trabalho". Agora, toda vez que pegamos no sono assistindo a algo, Luca insiste para que eu o acorde assim. Às vezes ele me acorda, me cutucando, depois finge dormir para eu lhe dar um sopro da vida.

— Pela milésima vez, é golem — digo. — Sirastros cria golens de argila e depois dá o sopro da vida. Não são totens.

— Na legenda é "totem".

— A legenda tá errada. Golens são parte das lendas judaicas. Vai ler o mangá, Luca.

— Você sabe que eu não posso ter mangás em casa.

Eu lanço um olhar falso de "coitadinho", que ele devolve com um sorriso sonolento e pergunta:

— Que horas são?

Com a luz da TV, acho meu celular na beira do sofá.

— Meia-noite e meia.

Luca puxa o cobertor por cima da cabeça e grita. Tampo a boca dele como posso para minha mãe não ouvir. Ela já viu Luca entrando e saindo, mas nunca perguntou nada. Porém, se ela souber que ele ainda está aqui, talvez venha dar uma olhada na gente, e todo o meu material de trabalho continua à mostra, tudo que estava usando antes de Luca chegar exigindo que a gente pedisse *pad thai* e ficasse assistindo a desenhos.

O grito de Luca vira uma risada enquanto seus braços me seguram.

— Posso ficar aqui? — ele pergunta.

— Você tem futebol de manhã e sabe que a sua mãe vai surtar se não voltar pra casa.

— Ela acha que eu tô na casa do Calvin, com o pessoal.

Tanto Luca quanto eu estamos escondendo coisas. Eu escondo meus projetos da minha mãe, e ele me esconde, uma pessoa inteirinha.

— O pessoal — eu digo, zoando de como ele chama o grupo de amigos dele. — Por que você não sai mais com eles?

— Eu saio. Pro treino. Pra escola. Mas não é isso que você quer saber, né?

Minha vez de sorrir, mas eu não grito antes nem nada. Luca é bom em adivinhar o que se passa pela minha cabeça.

— O que você está perguntando, na verdade, é: por que será que o Luca vem para cá todo dia pra assistir animes comigo?

— É porque eles iriam zoar você por assistir anime. — Tento fugir do assunto.

— Eu poderia assistir em casa, no meu celular.

— Por quê, então?

Luca tem essa mania de que, toda vez que eu o encurralo com uma pergunta reveladora, ele me beija. Não sei quando vou parar de ficar chocado ou quando a empolgação vai passar, mas por enquanto é uma distração muito bem-vinda e sempre funciona.

Mais gritos da TV fazem a gente sair do transe.

— Temos que começar de novo esse — diz ele, procurando pelo controle remoto.

— Não, não — digo, me levantando do sofá.

Luca pisca para mim por baixo do cobertor. Ele parece uma freira chateada.

— Você precisa ir pra casa e não agir de forma suspeita. E, toda vez que se atrasa pro treino, você coloca a culpa em mim.

Qualquer pessoa de fora iria concordar comigo, mas Luca sabe que estou escondendo algo. Ele ergue uma sobrancelha.

— Além disso — resmungo —, quero terminar o que estava fazendo antes de você chegar.

— Trabalho! — Luca joga as mãos para o alto. — Sempre trabalho! Por que você nunca consegue descansar? Ficar de boa?

Sinto um leve aperto no coração.

— Eu *estou* de boa desde que você chegou. *Você* é o de boa. E agora o de boa vai pra *casa*.

Enquanto Luca procura pelos sapatos, desço do loft e me sento à mesa. Tenho todo o fim de semana pela frente, mas não sei se vai ser tempo suficiente. A Sereia de Plasma está uma bagunça, que é como todo cosplay fica antes de tudo se encaixar, mas mesmo assim fico ansioso para caramba. As barbatanas estão prontas, assim como a maior parte da costura. Mas ainda tenho muito a fazer na armadura. O que faz ela ser difícil são os amontoados de cracas e conchas espirais que parecem crescer de dentro para fora dos ombros e quadris. Eu poderia ter usado conchas de verdade, mas pesaria muito, então decidi moldá-las com EVA. E isso demora uns cinco mil anos. Seis mil agora que Luca me tomou algumas horas.

Ainda enrolado no cobertor, Luca se senta ao meu lado. Espero ele me abraçar por trás, como costuma fazer quando estou na mesa de trabalho, mas ele espera eu soltar a massinha de EVA que estava moldando. Ele coloca o queixo sobre meu ombro, passa os braços por baixo dos meus e pega a concha que eu estava criando.

— Faz tempo que você não faz *lives* — diz.

— Eu sei. Sou um lixo.

— Você não é um lixo. Narra pra mim o que está fazendo.

Eu rio. Sei que ele está enrolando e, apesar de ser um pouco irritante, eu meio que adoro.

— Como se eu estivesse numa *live*?

Ele assente com a cabeça em meu ombro.

De brincadeira, começo com a minha introdução.

— Oi, pessoal, sou eu, Raffy, e você está assistindo a Arte do Raffy. Voltei, trabalhando na Sereia de Plasma e, como podem ver, hoje estou acompanhado de um convidado especial. Você quer se apresentar?

Depois de um segundo, Luca responde apenas:

— Eu sou o de boa.

— E de onde você vem, senhor De Boa?

Mais um segundo, e Luca diz:

— Eu venho do além, do espaço fora do espaço, do mundo além do mundo. Do abismo.

Dou um sorriso simpático para o meu — nosso — público invisível.

— Ótimo! Que bom ter você aqui na *live*, senhor De Boa. Não é sempre que sou visitado por um ser interdimensional, mas, nossa, que bom que você é um gostoso! Toda criatura eterna da sua dimensão tem covinhas?

— Só eu. Sou o mais bonito.

Me viro, porque de repente sinto a necessidade de olhar para suas covinhas, e o vejo sorrindo. Eu lhe dou um beijo.

— Continua — diz ele.

Seus braços se apertam ao redor do meu peito, como um paraquedas vivo, e ele faz eu me levantar para mostrar meu projeto para a grande janela vazia.

— Bom, agora estou usando massinha de EVA para criar conchas espirais. Depois que a massa secar, vou usar uma retífica...

— Uma o quê?

— É uma ferramenta com uma lixadeira rotatória pequena, e vou usar para dar definição e textura para as conchas, além de criar linhas finas.

— Mostra para o público — Luca me incentiva.

Minha retífica da Dremel está por perto. Eu a pego e agarro uma das conchas secas, uma forminha lisa que em breve vai ficar coberta de linhas onduladas.

Demonstro com alguns traços. Não quero fazer muitos porque eu deveria estar usando uma máscara protetora para fazer isso.

Termino dizendo:

— E é assim que se faz uma concha falsa de massinha. Perguntas?

Nós dois esperamos, cheios de expectativa — mais do que necessário frente ao absurdo da situação —, e seguramos o riso. Eu começo a rir primeiro, mas Luca estava esperando pela minha deixa, e ele me cobre com o cobertor. Ali debaixo, mal consigo vê-lo, mas ele está quente e bem próximo de mim.

— Você trabalha duro. Eu gosto de te ver relaxar.

Me apoio nele. É fácil precisar de algo assim e é difícil me controlar e parar. É divertido, mas eu tenho muito a fazer até poder descansar. Preciso trabalhar. Não posso virar completamente a pessoa que ele quer que eu seja.

— Eu seria muito mais tranquilo se não tivesse tanta coisa para fazer — digo.

— Eu posso ajudar — Luca insiste. — Não quero te deixar estressado.

Ele me balança para frente e para trás. Reparo na diferença entre as palavras dele e sua distração constante. Sei que ele está lentamente chegando a algum lugar com isso. Por qual outro motivo estaria enrolando?

— Estava pensando que a gente poderia fazer isso juntos — ele diz, por fim. — Não só fazer as coisas. Tipo...

— Quer dizer fazer cosplay? Você não disse que é a coisa mais nerd do mundo?

— É, tipo, é nerd para caralho, sem dúvidas — diz Luca. Ouço sua risada enquanto ele continua a me embalar. — Mas você ama, e eu...

— O quê?

— ... quero ficar de boa contigo.

— Eu acho que você ama também — digo. — Você é, tipo, bem mais nerd do que eu, sabia? Você já viu todos os animes. Jogou todos os jogos. É incrível como conseguiu guardar segredo por tanto tempo.

Luca solta o abraço. Ele se afasta, se levanta, se alonga e depois senta ao meu lado.

— Minha mãe odeia essas coisas — diz ele, gesticulando para os materiais de cosplay. — Ela acha que é coisa de criança.

— Porque é um monte de artesanato e trabalhos manuais?

Ele dá de ombros.

— Não é o que os homens da minha família fazem. Ela se preocupa comigo.

— Ela se preocupa com você usar fantasias?

Luca enche as bochechas de ar e solta de uma vez. Ele está lutando contra si e eu o deixo levar o tempo que precisar para falar.

— Meus pais não sabem sobre mim — ele fala. — Eu tentei conversar com a minha mãe sobre talvez ser bi, há alguns anos, e ela surtou. Não porque é homofóbica nem nada. Mas acho que ela sabia que meu pai encrencaria, e aí disse que não iríamos contar para ele. Mas acho que ele meio que desconfia, sabe? Enfim, depois disso, ela ficou toda chata com as coisas que eu assistia, lia ou fazia, ainda mais quando eram animes e jogos. Ela é das antigas. Acha que fazer essas coisas influencia na minha sexualidade ou faz tipo uma lavagem cerebral, sei lá. Seja o que for, foi mais fácil ela se concentrar nisso do que no que eu falei, então escondi tudo. E me dediquei ao futebol. E a malhar. Que são coisas de que ela gosta mais. Eu gosto, mas também são para provar aos meus pais que continuo a mesma pessoa.

— Então, a sua mãe ainda acha que você é bi?

— Acho que sim. Sei lá — Luca diz, pegando um pedaço de feltro e passando pelos dedos. — Mas eu não me importo. Não vou morar com eles para sempre. E posso assistir a todos os animes que quiser aqui contigo, né?

— É.

Nos sentamos juntos sob a luz dourada do abajur. Passo um braço pelas costas de Luca e apoio a cabeça em seu ombro. Ele é sempre tão quentinho.

— Você não tem que fazer nada que não queira, e não tem que ser ninguém que não goste de ser.

— Eu quero... — Ele para, larga o pedaço de feltro e o pega de novo. — Quero fazer algo incrível também. Quero que as pessoas me vejam do mesmo jeito que eu me vejo.

— Você faria cosplay mesmo?

Depois de um instante, ele volta à sua personalidade brincalhona e misteriosa.

— Não, valeu. — Ele assume uma postura presunçosa e masculina que sabe que odeio. É só um showzinho, mas fico nervoso quando tiram assim comigo. — Jogo futebol, lembra? Não posso passar a noite refilando conchas.

— *Retificando* — eu corrijo, mas essa virada me magoa.

Luca é Luca até ser tirado da zona de conforto, e aí essa versão dele aparece. Irritante, infantil e premeditada. E, por mais que eu odeie isso, sei que preciso trabalhar. Tenho que aproveitar essa deixa, de um jeito ou de outro.

— Verdade, futebol. Esporte. Topzera demais — digo, pegando a próxima concha como se fosse voltar a trabalhar.

— Sabe como é.

Ele coloca a mão na minha nuca e finge bater cabeça comigo como faz com seus amigos. Acho que eles pensam que isso é bem hétero top, mas é um movimento estranhamente delicado que sempre me lembra de carneiros aprendendo a se baterem. É extremamente homoerótico.

Não falei isso, senão ele pararia de fazer.

— Tem certeza de que não posso ficar? — ele pergunta mais uma vez.

— Luca, você já disse não para você mesmo no passado. Você me fez prometer que diria não no futuro. O futuro é agora. Está acontecendo. O seu *não* está aqui para te mandar para casa.

Ele se afasta e faz toda uma cena para agarrar a mochila, depois o casaco. Pega as chaves e as balança na minha frente, com raiva. Me viro de volta para o trabalho. Mas então sinto ele me observar da porta. Eu sei, por experiência própria, que ele vai ficar me encarando até eu desistir e olhar para ele. Então vai sorrir como se tivesse ganhado uma aposta consigo mesmo. De todos os tipos de aposta que existem, essa até que é bem fofa. Depois de um instante, eu levanto o olhar.

— Talvez — ele diz.

— Talvez o quê?

— Talvez eu me fantasie. Mas só pra você.

Reviro os olhos. Sem chance de ele estar falando sério sobre fazer cosplay.

— Vamos ver — respondo.

— Você *vai* ver, mas só você — ele diz antes de sumir noite adentro.

Onze

Agora

Praticamente chuto a porta da frente quando chego em casa. O motorista me acompanhou até a entrada com minha mala gigante, como se eu fosse fugir. Estou puto. Estou cansado. Estou com fome, confuso e um lixo.

Mas continuo na competição! Continuo *dentro*!

Toma essa, universo! Toma essa, Evie!

Os pensamentos gritam dentro da minha cabeça enquanto as ondas de ansiedade se acalmam e me permitem voltar ao meu foco energético. Ou talvez seja a adrenalina de estar no hall de entrada de cosplay, o que é basicamente pedir para Evie chegar em casa de repente e acabar comigo. Mas a casa está em silêncio e o carro dela não está na garagem, então acho que escapei dessa.

Finalmente eu relaxo. E consigo pensar.

O que está acontecendo é tão surreal que parece haver uma conspiração ao meu redor. Grandes maquinários me fazendo trabalhar, como se eu fosse a agulha na ponta de uma máquina de costura, completamente inconsciente do poder que controla meus movimentos.

Bom, eu admito. É assim que a vida parece para muitos adolescentes, e eu entendo. Mas a impressão é que, quando falei com Irma, tive o vislumbre de algo que eu não deveria ter visto. Vi o *outline* do projeto de alguém, o suficiente para ter noção de que sou apenas um dos materiais sendo usados para criar algo imenso.

Eu me livro desse sentimento enquanto dobro minhas vestes. Não ligo para teorias da conspiração. Eu ligo é para artesanato. E acho que também para ganhar. Provar para Evie que ela estava errada. Ela só volta para casa amanhã à tarde, e até lá vou estar de volta na Controverse, concorrendo nas Finais. Estarei com uma nova fantasia. Serei uma nova pessoa. Um novo Raffy.

Mas, agora, por outro lado, ainda sou um sacerdote coberto de cogumelos, e estou uma zona. Meu corpo inteiro começou a coçar conforme o silicone foi rachando e abrindo espaço para a transpiração. Estou doido para tomar um banho e trocar de roupa, ou só para tirar essa roupa mesmo. Considero por um instante ir direto para o estúdio me trocar, mas, como Evie vai chegar amanhã, é melhor deixar o estúdio impecável e livre de evidências, como o deixei. Meu quarto é mais seguro.

Isso quer dizer atravessar a casa até meu quarto, fazendo cosplay. Uma tarefa complexa. Se eu deixar alguma bagunça, Evie vai descobrir. Se eu deixar uma única pétala no hall de entrada, Evie vai saber, porque a casa dela é um universo de arte industrial. Uma utopia de linhas cinzas, obras de arte milimetricamente posicionadas para dar uma *vibe kitschy* calculada, paredes de vidro jateado, almofadas em formato de lábios em cadeiras transparentes e sofás mostarda baixos, e coisas do tipo. Praticamente moramos dentro de uma das galerias da Evie. E, assim como toda galeria que minha mãe controla, tudo é dela. Tudo foi devidamente escolhido de acordo com o gosto dela. Vestido como estou, sou a peça que não se encaixa aqui.

Arrasto minha mala pelas escadas. Ao chegar no topo, olho para trás à procura de vestígios; vejo um cogumelo caído e o pego. Em certo momento vou precisar queimar essa fantasia inteira, mas por enquanto vou ter que escondê-la em uma das minhas caixas de plástico gigantes até a próxima viagem de Evie. Em meu quarto, puxo uma caixa do esconderijo debaixo da minha cama e tiro as vestes dos meus ombros. Chega a doer não poder pendurá-la, mas tento não pensar nisso enquanto começo a tirar as camadas de roupas. Em certo momento, estou apenas com a roupa de baixo de exoesqueleto, próteses de silicone que formam pontas estranhas que saem das minhas clavículas e costelas. Eu me viro de frente para o espelho e, como estou parecendo uma larva muito fashion, faço minhas melhores poses de modelo de alta-costura. Quando estou na terceira, percebo uma coisa no espelho.

As luzes do estúdio estão acesas e, dentro dele, há pessoas. Várias pessoas. Eles se pressionam contra as janelas grandes, me observando.

Minhas pernas fraquejam e, quando percebo, já estou abaixado no tapete, procurando pelo celular na mochila. Está quase sem bateria, mas claro que há um milhão de mensagens da May. Toco no nome e começo a ligar para ela.

— É a gente! É a gente aqui! — Ela ri. — Meu Deus, você acabou de fazer um *death drop*?

— Um o quê?

— Nada. Escuta, eu sei que a Evie não está aqui, então vim te esperar porque você não atendia o telefone. E aí algumas pessoas queriam te ver, então falei para virem. Mas eu sabia que você iria surtar se eu deixasse as pessoas entrarem na sua casa, por isso vim pro estúdio.

— O estúdio ainda faz parte da minha casa, May.

— Não de acordo com a sua mãe.

— Tem quantas pessoas aí?

May não responde de imediato, então quando diz "tipo, uma dúzia", eu sei que é mentira.

— O Luca tá aí? Ou a Inaya?

— Quê? Por que ele estaria aqui? Achei que ele estava com você. E o que rolou? Você não respondeu às minhas mensagens, e aí do nada você aparece na janela como se estivesse gravando um TikTok.

— Explico depois. Só... não faz bagunça. Evie vai voltar amanhã. Vou tomar um banho e depois eu desço.

Desligo. Meu coração congela sob as próteses de costelas, mas consigo sentir meu pulso na lombar e atrás dos joelhos. Coloco uma mão no peito; a pele falsa está quentinha e, de início, não sinto nada, mas depois sinto uma pequena vibração debaixo do corpo falso. Sou eu, aqui embaixo de tudo isso.

Deixo minha respiração se acalmar. Penso na minha mãe. Imagino ela me vendo como estou agora e penso na decepção que ela sentiria. Ela não levaria em conta a minha pontuação alta ou que fui salvo por Irma Worthy. Tecnicamente, hoje foi um ótimo dia. Mas eu também não vejo nada disso, deitado aqui imaginando o olhar severo dela. Na minha cabeça, escuto a voz dela dizer pela milionésima vez que, antes de mais nada, arte é sobre ser autêntico, que uma imitação como essa é uma demonstração de covardia, e que nessa casa não compactuamos com covardes.

Isso tudo acontece apenas dentro da minha cabeça, mas já basta para me fazer enfiar os dedos por baixo da pele de borracha e arrancá-la.

Consigo ouvir a música vindo do estúdio assim que piso no quintal. Quando abro a porta ouço um *UHUUL!* e o lugar inteiro vibra com a gritaria, como se eu fosse um herói que não apenas voltou da guerra como também se livrou das garras da morte e viveu para contar a história.

Alguém me entrega uma cerveja. Eu abro e finjo beber, mesmo que cerveja tenha gosto de água contaminada.

Estou diante de uma multidão de palhaços. De anjos, monstros, guerreiros incríveis e pelo menos uns seis Homens-Aranha. A maioria das pessoas veio direto da Controverse e continua com partes das fantasias. De cara, reconheço umas seis pessoas daquela pré-avaliação bizarra, depois reconheço outras de posts que vi nas redes sociais nos dias que antecederam a convenção. Não sei o que May fez para que tanta gente viesse para cá, mas parece que esse é o *after* não oficial da Controverse.

May atravessa a multidão e me entrega uma segunda cerveja.

— Caralho, Raffy, não fica bravo, tá?

Duas ninfas aparecem logo atrás de May e quase a derrubam quando vêm falar comigo.

— *Cadê a roupa?*

— No meu quarto.

— *Estava tudo! Onde é que está?*

— Estava se desfazendo — explico rapidamente, sem saber muito bem como lidar com essa gente desconhecida gritando comigo.

Mas então percebo que não estão gritando comigo: estão me elogiando.

— *Maravilhoso!* — uma delas grita enquanto segura minha mão e me encara com um olhar intenso. — *Me ensina, mestre!*

— Obrigado, obrigado — digo, e em seguida May me arrasta para a escada do loft.

— Escuta — ela diz, em pé na escada enquanto me sento na beirada do mezanino. — A gente tá meio famoso. Todo mundo acha que você ou foi expulso da Controverse, o que seria épico, *ou* que vamos para as finais.

— Espera, o quê? Eles não sabem?

— Não sabem o quê?

Meneio a cabeça, me lembrando do que Irma falou sobre os resultados serem revelados hoje à noite. Não devem ter saído ainda.

— Estamos nas Finais — conto para May. — Vamos competir amanhã nas ligas maiores.

May não grita de felicidade como eu faria. Ela cobre minha boca com a mão e diz:

84

— Não fala isso! Vai dar azar. Mas... Pera, você já sabe os resultados? Eles falaram depois que eu saí? Ai, meu Deus. Então você não foi expulso?

Eu falo por baixo da mão dela, que tem cheiro de pizza. Ela tira a mão, limpa na calça jeans e se senta ao meu lado.

— Irma Worthy mexeu uns pauzinhos. *Ela mesma*, como se fosse uma mistura de fada madrinha, rei do crime e Martha Stewart, ou seja, uma baita de uma criminosa. Ela disse que vamos para as Finais.

May reflete sobre isso. É impressão minha ou ela parece meio decepcionada? Acho que entendo o porquê. Talvez ela tenha pensado que minha expulsão seria a desculpa perfeita para se livrar de fazer mais cosplay. Apesar disso, ela dá um sorriso e diz:

— De jeito nenhum abre a boca para falar que você passou. Todo mundo só fala de como a avaliação foi uma surpresa. Obviamente, o Craft Club transmitiu ao vivo em todo lugar e postou no Ion, então qualquer um no mundo pode assistir à Tricê este ano. É tipo um *reality show* surpresa. Ouvi um boato de que querem transformar em um programa de TV de verdade ano que vem. Todo mundo está supernervoso. Uma galera que geralmente vai bem foi humilhada na frente da plateia, e o resto não sabe se consegue lidar com as Finais. Consegue sentir? É a energia do mistério. Se você contar os resultados, vão quebrar tudo aqui.

— Eu não sei os resultados — digo. — Só que Luca e eu vamos competir. E se alguém quebrar qualquer coisa, minha mãe vai me matar, ressuscitar meu fantasma, matar meu fantasma, forçar meu fantasma morto a levá-la até você, te matar, matar o seu fantasma...

— Espera, o Luca vai para as Finais também? Mas ele não fez merda nenhuma.

Dou de ombros. Ela pega uma das minhas cervejas.

— Bom, acho que ele é bonito pros padrões brancos — May argumenta.

Não gosto desse comentário. Nunca vou ter a beleza natural de Luca ou seu carisma tranquilo. Ele é um ímã de elogios só por ser quem é. Eu tenho que dar muito mais duro. Sei disso, sempre soube e sempre senti inveja. Mas até mesmo essa inveja é desvantagem. Luca não tem culpa pela aparência que tem. Então, ele se dá bem e eu fico preso dentro da minha raiva. De novo.

A multidão de cosplayers lá embaixo está barulhenta demais, parece que a qualquer momento as paredes finas do estúdio vão se separar e o teto, cair.

— Preciso pegar um ar — digo para May, entrego a outra cerveja e desço a escada. Faço a rota mais longa em meio à multidão, como uma forma de me obrigar a cumprimentar as pessoas para me distrair do sentimento paralisante que toma conta de mim toda vez que penso naquele momento com Luca no corredor. Quando chego na porta, saio na mesma hora que alguém está entrando.

Inaya.

Ela está sem maquiagem, veste um casaco de moletom rosa-pink e calça *legging*. Seu cabelo preto está preso no topo da cabeça em três coques brilhantes.

Nos encaramos, em choque, mas apenas um de nós merece ficar surpreso. Eu, no caso, mas mesmo assim acabo pedindo desculpas para ela.

— Não precisa — ela fala, e gesticula para a porta atrás de mim. — Ouvi dizer que você estava dando uma festa e achei melhor vir fazer as pazes antes de amanhã. Mas não vou entrar se você não quiser.

Nunca sei o que fazer com Inaya. Ela é tão... direta com as coisas, como se armazenasse toda a veia artística que tem na ponta dos dedos. Nunca vou entender como uma pessoa tão implacável consegue criar coisas tão delicadas e místicas.

— Não, tudo bem — digo, mordendo a parte interna da bochecha.

Como sempre, sinto uma mistura de admiração e inveja de Inaya. Ela é inteligente, talentosa e ambiciosa. Eu também sou assim, mas, diferente de mim, ela é firme como uma rocha. Inatingível. Perfeita. É muito fácil admirar Inaya e criar ranço dela, e isso faz com que seja mais difícil me comparar a ela, algo que sempre faço.

O fato de ela ter se transformado de amiga em rival em poucos meses também não ajuda. Eu gostava mais dela quando não estava dando o sangue para derrotá-la numa competição.

— Beleza — Inaya responde. — Por falar nisso, parabéns. Falei com o Luca. Pelo visto vamos juntos para a Final.

Então ela sabe.

— Mas, pelo visto, é melhor a gente não falar nada disso — ela continua. Eu assinto.

— Pois é. Vamos fingir surpresa quando a lista sair.

Inaya sorri quando a deixo passar. Ela tem um cheiro de flores e esmalte de unha. Mal processo isso antes de ver uma segunda pessoa esperando do lado de fora.

Luca. Ele não pede minha permissão, como Inaya fez. Em vez disso, me puxa para longe da festa, e de repente, estamos no quintal juntos, enquanto a grama fria toca meus tornozelos.

— Precisamos conversar — diz ele.

— Sobre o quê, Luca? Tivemos nosso momento. Já pedimos desculpa um para o outro.

— Não é isso. Raffy, sua mãe acabou de chegar.

Pela graça de algum deus aleatório, Evie atende uma ligação no carro por tempo suficiente para eu fazer a festa inteira se calar, os convidados se esconderem debaixo das mesas do estúdio e eu voltar para a casa com alguns minutos de sobra. Quando minha mãe entra, é como se a festa nunca tivesse acontecido. Pelo menos é o que eu espero.

Estou sentado na mesa da cozinha com um sanduíche de manteiga de amendoim e geleia feito às pressas, na minha frente, em cima de um papel-toalha. Meu notebook está ligado, e acabo de abrir uma *webcomic* quando ela entra na cozinha e me vê.

A primeira coisa que Evie faz é gritar. Tipo, *gritar* mesmo.

Eu grito também. Não sei por que estamos gritando até Evie parar com as costas da mão contra os olhos fechados.

— Raphael, chega. Você me assustou. Achei que você estava... na floresta ou algo assim.

Ah, verdade. Acampando. Tipo os colonizadores daquele jogo, CATAN.

— Mosquitos — eu explico. — Picam demais.

— Bom, só estão fazendo o trabalho deles.

Evie usa luvas de dirigir quase toda vez que está de carro, e está as segurando agora, balançando-as em uma mão, enquanto aponta para mim e meu sanduíche.

— O que é isso?

— Jantar?

Ela não parece acreditar, o que faz sentido. Raramente usamos a cozinha. Eu como a maioria das minhas refeições no estúdio ou no quarto.

Troco o foco da conversa.

— Como foi a viagem?

— Cortada pela metade.

Minha mãe sempre usa cachecóis leves que lembram uma vela de barco se abrindo quando anda. Agora, ela está usando um verde-chartreuse com linhas brilhantes que criam um estranho padrão quadriculado. É tão feio que chega a ser maravilhoso. Que ódio.

Evie atravessa a cozinha, pega uma caneca grande de um dos armários abertos, enche de água e bebe em grandes goles. Ela faz isso mais duas vezes. Minha mãe, que viaja constantemente, se recusa a entrar em banheiros de aeroporto. Então ela raramente come ou bebe quando viaja. Isso gera uma dieta fascinante de desidratação e desnutrição. Que eu me lembre, ela estava no Arizona, o que quer dizer que provavelmente viajou oito horas. Tem tudo para que esteja irritadíssima. Fico completamente petrificado.

Deve estar óbvio pela minha expressão. Ela coloca a caneca na pia e pergunta:

— O quê? Que cara é essa?

Estou olhando para a porta dos fundos, na direção do estúdio, e nem percebo. Vejo uma luz acender e apagar. Olho de volta para ela com um sorriso simpático.

— Nada. Tudo bem. Você se encontrou com a muralista?

— Claro que me encontrei com a muralista — ela responde. — Mas ela não faz murais fora da região sudoeste. Ela diz que não pinta paredes. Ela pinta no tempo. Na textura temporal de um lugar, e não sente a necessidade de... como ela disse? Ah, de "enfeitar lugares novos demais para serem maquiados". Fascinante. Eu amo como ela pensa. Dá vontade de comer as ideias dela em toda refeição.

Qualquer um ficaria incomodado com isso, mas Evie ama essas besteiras excêntricas dos artistas. Quanto mais restritivos forem, melhor para as vendas. Quanto mais bizarros, melhor para as galerias. Agora, ela parece estar completamente imersa na analogia de superfícies serem telas do tempo, e passeia pela cozinha moderna e espaçosa com um ar de nojo. Como se estivesse prestes a arrancar os azulejos da parede com as próprias mãos.

— Então, o que aconteceu? — pergunto.

Evie está no freezer agora. De pé, com a porta entre nós dois. Não consigo ver seu rosto quando ela diz:

— Achei um comprador para os murais dela com um caminhão grande o suficiente para levá-los até Miami. Vamos derrubar a parede frontal da galeria para levá-los para dentro e talvez deixar assim para a exposição. Só concreto e pedaços de ferro.

Evie pega um jantar pronto do freezer, abre e me faz ler as instruções. Mal consigo me concentrar. Ela coloca a comida no micro-ondas e vai jogar fora a caixa. Ela para, olhando para a garagem.

— Raphael — ela diz, e eu sei que ela sabe que tem algo errado.

Minha mãe olha do lixo para mim, e não há nenhum indício de que ela tirou os olhos do lixo e está agora encarando seu precioso filho.

— Raphael, você está escondendo alguma coisa? — ela pergunta, com os olhos semicerrados.

Rapidamente, ela encara minha encenação casual, provavelmente analisando-a como a curadora de arte que é. É o trabalho dela, afinal. O barulho do micro-ondas é o único som na cozinha, e parece ser o único no mundo também. Em seguida, um barulho lá fora. Alguém rindo.

— Tem alguém aqui! — Evie diz.

Não tenho tempo de responder antes de ela pegar uma faca do faqueiro, correr na minha frente e sair pelo quintal em direção ao estúdio. Eu a alcanço quando ela chega na porta e coloco uma mão no cotovelo dela.

— Espera, para — digo, virando-a para mim.

A faca corta o ar entre nós, mas não é por isso que ficamos paralisados. É a minha mão no cotovelo dela. Somos uma família que não faz contato físico.

Eu a solto, mas o terror de Evie me faz ficar firme enquanto ela se vira e abre a porta do estúdio.

O lugar está vazio. Tento não demonstrar o choque quando entramos e Evie olha embaixo das mesas. Ela confere um dos armários e, ao não encontrar nada, me lança um olhar irritado. Atrás dela, no mezanino, vejo um aglomerado de sombras se mexendo, mas mantenho a expressão calma enquanto digo:

— Esqueci de trancar a porta. Desculpa. Vou tomar mais cuidado.

— Sim — diz ela, com um cansaço repentino na voz. — Vai mesmo. O seu acesso a esse lugar é um privilégio, não um direito. Isso não é a sua casa, é...

— Seu investimento, eu sei.

— Exato. Toma.

Ela me entrega a faca, como se fosse pesada demais, e eu a levo para fora do estúdio. Ela tranca a porta e voltamos para a casa. Lá dentro, Evie pega suas bolsas e pacotes que trouxe do carro, depois o jantar pré-pronto e um garfo de plástico. Os saltos dela fazem barulho pelo chão de pedra fria enquanto ela atravessa a casa até as escadas. Eu a sigo, com a faca na mão, ciente de cada coisinha fora do lugar. Vejo uma pétala da minha fantasia no chão e a esmago com a sola do pé.

— Raphael, preciso contar uma coisa — diz Evie, parando nas escadas. — Quando estava no Arizona, recebi uma visão. Apareceu para mim em um dos murais.

Isso não é novidade. Ela adora Zolpidem. Mas ela não gosta de dormir por causa dele. Evie tem vários tipos de visão. A maioria envolve viajar para lugares ironicamente desconhecidos e ficar em hotéis baratos de beira de estrada, onde tem seus melhores *insights* sobre o trabalho. Tenho medo do que vai ser essa, principalmente se ela sente a necessidade de me contar os detalhes em vez de só desaparecer para seguir os sonhos, como sempre faz.

— Qual era a visão? — pergunto.

— Ela me disse que eu poderia te ajudar. Sim, eu sei o que você vai dizer, que isso vai contra tudo o que eu ensinei sobre autossuficiência, mas acho que está na hora de aproveitar todas as oportunidades para jovens artistas. É hora de modernizar. Buscar novas formas de criar coisas. Não concorda?

Evie não consegue ver, mas pela janela, no fim do corredor, vejo as luzes do estúdio acenderem de novo. Sombras passam correndo. Finjo estar refletindo sobre o que ela disse.

— Claro que concordo.

— A visão me avisou que você falaria isso. Disse que nem todo mundo pode ter sucesso de cara, e que eu preciso te dar tempo para encontrar... o seu ritmo. Acho que é um bom jeito de explicar.

Mordo meu lábio para não reagir.

— Muito bom, valeu.

Evie não entende o sarcasmo. Com um ar benevolente, ela diz:

— Eu sei o quanto você gosta de fazer aquelas... fantasias. Acho que ficar tentando te dissuadir disso talvez não seja a melhor alternativa .

Evie está prestes a me apoiar nos cosplays? Será que ainda está chapada?

— Então, eu fiz planos para te apresentar a um velho amigo. Tobias Graham. Ele desenha para todo mundo. Donatella, Dior, e por aí vai. Ele me deve vários favores e milhares de dólares. Liguei para ele na hora, e ele ofereceu de se encontrar com você para considerá-lo para um estágio. Não é muito gentil da parte dele?

Evie diz isso com um tom de decepção, como se a ideia de seu filho entrar no mundo de design de moda fosse um gigante retrocesso em comparação a... Sei lá. Ao que ela faz. Algo entre tomar remédios hipnóticos e conversar com murais no Arizona.

— Show. Obrigado — digo. — Parece ótimo.

— Eu sabia que você teria essa reação — diz Evie, aliviada.

Tenho certeza de que a última conversa que ela gostaria de ter é sobre cosplay.

— Estou cansada — ela anuncia. — Vou estar na galeria de South End amanhã, mas podemos conversar mais no avião no domingo.

— O quê?

— Domingo. O dia depois de amanhã. Vamos nos encontrar com Tobias para jantar e, se der tudo certo, você vai poder passar alguns dias no estúdio dele em Nova York. Ele tem um amigo com um quarto livre. Já resolvi tudo.

Um silêncio passa pela casa, me afasta de Evie e me leva para as profundezas da minha mente. Evie já ameaçou me levar para vários cenários artísticos outra vezes, mas me arrastar para Nova York? Tomar uma decisão sobre o meu futuro por causa de uma visão criada por drogas alucinógenas?

Evie se vira para subir a escada.

— Mas e os estudos? — digo, tentando arranjar um motivo para não ir.

— O que é que tem? Se você se der bem com Tobias, pode largar os estudos e começar sua carreira, Raphael. Não é isso que você quer?

— Não estou falando de ir pra faculdade. Digo escola mesmo. Na segunda.

Evie balança a cabeça como se eu tivesse dito a pior coisa possível.

— Prioridades, Raphael — ela responde, num grunhido.

Depois, se vira, entra em seu quarto e bate a porta.

Em um segundo, estou do lado fora da casa e entrando no estúdio escuro.

— Oi? May? Você está aqui?

Miro a lanterna do meu celular para o mezanino e um aglomerado de pessoas em fantasias me encara. Naquela hora, percebo que ainda estou segurando a faca e a escondo nas costas.

— Acabou a festa. Foi mal, gente.

Eu os guio pela porta traseira do estúdio, fazendo o mínimo de barulho possível, e encontro alguns cosplayers escondidos perto das latas de lixo e nos arbustos. Junto todos eles e mando-os para o quintal do meu vizinho como se fossem balões coloridos soltos no céu escuro.

De volta no estúdio, ficamos apenas eu e May sentados no loft.

— Desculpa — ela sussurra.

Dou de ombros. Estou exausto.

— Tentamos limpar tudo no escuro antes de ela aparecer aqui. Ela descobriu?

— Não — digo, e sei que pareço triste ao dizer isso, não aliviado. Estou triste mesmo.

Toda interação com Evie prova o quanto ela não me entende, e essa última foi a campeã. Uma festa — uma festa *à fantasia* — bem debaixo do seu nariz, e ela só conseguia pensar em murais e Tobias Graham. Eu deveria ficar feliz por ela não ter descoberto nada, mas, se tivesse, seria ainda melhor do que ter uma vida secreta em meio às galerias da minha mãe.

— Boa! Que bom.

May tira vários sacos cheios de copos e cervejas do mezanino. Eu a ajudo a colocá-los nas lixeiras lá fora. Acho arriscado deixar esse tanto de evidências em um lugar só, mas eu sou o único que tira o lixo, então, a menos que eu mesmo me dedure, posso ficar tranquilo.

O celular vibra em meu bolso. May recebe uma notificação também. É um e-mail oficial da Tricê com a lista de times que foram para as finais. Apesar de a própria Irma Worthy ter me falado que eu iria passar, abro a lista e procuro pelo meu nome ao lado do de May. Inaya e Luca estão ali também.

— Parabéns — May sussurra com um sorriso no rosto. — Te vejo de manhã.

— Até — digo, e depois a deixo ir embora também.

Doze

Antes – Doze meses atrás

Quando Evie está em casa, tudo tem um toque de arte.

A música que ecoa pelos interfones velhos da casa. O cheiro de incenso, maconha e perfume. O som dela andando apressada de um lado para outro no escritório. E, acima de tudo, a iluminação.

Ela é muito criteriosa com relação a luzes, e nossa casa tem milhares de interruptores e botões que controlam um bilhão de luzes embutidas no teto ou escondidas em arandelas ou, às vezes, flutuando sobre um corredor ou escadas. Dá para controlar brilho, temperatura, cor, oscilação — coisas que fariam um designer de iluminação da Broadway cair duro no chão.

Pode até parecer legal, mas é um saco. A atmosfera de Evie que ela cria é como morar em um filtro de selfie. Basicamente, uma performance que nunca acaba. E, como ela sempre me acusa de mudar as configurações, apesar de eu *nunca* fazer isso, criei o hábito de nunca mexer nas luzes. Sempre ando pela casa de dia e, à noite, uso meu celular como lanterna. Como uma condessa vitoriana transportada para um show de arte do século XXI.

Evie está em casa agora, o que quer dizer que a casa está no modo show de luzes. Quase tudo está coberto por uma luz verde-menta, como se morássemos em uma nave espacial radioativa. Só que, além de tudo, Evie agora deu para ouvir música de flauta, então é uma nave espacial radioativa movida pela Orquestra Sinfônica de Boston.

Estou no banheiro, passando maquiagem. Sempre erro as sobrancelhas. Estou nervoso. Luca e eu tivemos nossa primeira discussão e foi sobre hoje à noite.

Luca vai encontrar May e eu hoje em um dos shows de Inaya. Elas são duas das minhas amigas mais próximas e conhecem Luca da escola. Elas acham engraçado que eu ande passando tanto tempo com ele, mas ficaram impressionadas quando ele quis ir para uma exposição de arte. Luca Vitale em uma exposição? Pontinhos para ele.

Estou preocupado com como Luca vai agir por lá, claro, mas o que começou a briga foi, obviamente, Evie.

Luca ofereceu vir me buscar e até entrar para conhecer Evie, já que ela está em casa nesse fim de semana. E eu disse que não. Foi uma reação automática e, na hora que respondi, me senti mal, mas também seguro de que era a coisa certa a fazer. Evie não se importa que eu goste de caras, mas ao ver o visual clássico e as roupas de gente normal de Luca, ela iria julgá-lo instantaneamente e para sempre. Luca, com seu jeito maravilhoso de ser, toma cuidado para se esconder sob uma ilusão de casualidade que faria Evie surtar. E não seria um surto interno, como a maioria das mães faz. Seria público, uma sessão de julgamento a céu aberto e bem na cara dele.

E se ela descobrisse que ele é jogador de futebol? Terceira Guerra Mundial.

Talvez eu esteja errado. Talvez seja errado não acreditar que minha própria mãe seria gentil com meu quase-namorado. Mas aí é que entra outra questão. O que somos um para o outro? Namorados? Nenhum de nós parece querer falar disso, mas seríamos obrigados se Evie perguntasse. E ela iria perguntar, especialmente se percebesse que estávamos desconfortáveis em responder.

Então falei a verdade para Luca:

> Já me decidi, desculpa. Não acho que é uma boa ideia você conhecer minha mãe agora. Vamos nos encontrar lá, tá bom?

É o que eu mando. E ele entendeu o motivo na mesma hora.

> Tá. Beleza.

Então, uma hora depois:

> Eu queria poder te trazer para conhecer minha mãe. Queria ter essa opção.

Aquela mensagem mexeu comigo. Eu estava costurando quando a recebi e meus dedos simplesmente pararam de funcionar, e desde então ainda não voltaram ao ritmo normal. Por isso que agora mal consigo preencher as sobrancelhas. Toda vez, fico parecendo com um vilão de desenho animado. Em certo ponto, decido ficar com esse visual, talvez porque é assim que eu esteja agora. Vilanesco.

Mas não me sinto mal pela minha decisão. Eu gosto do Luca, não quero que ele saia correndo de mim, e Evie iria assustá-lo. Essa escolha dói, mas é a que nos salva.

May me liga para avisar que está a caminho. Mando mensagem para Luca atualizando-o quanto ao cronograma e prometo conversar mais tarde sobre esse assunto, se ele quiser. Depois, visto a roupa que deixei sobre a cama: regata com gola alta debaixo de uma camisa de botão preta transparente. Minha saia é de lona preta grossa com botões de bronze. Meus anéis são de bronze. Meu sapato tem fivelas de bronze. Coloco uma bolsa no ombro (sim, é preta com bronze) e me certifico de que tudo vai dar certo hoje à noite. Vai ser até legal depois que estiver todos juntos.

Meu celular vibra. É May.

> Cheguei.

Eu me aventuro a entrar na casa verde nuclear. Ouço uma música diferente vindo do escritório da minha mãe. É reconfortante — quer dizer que ela está trabalhando. Me permito relaxar enquanto desço as escadas; são iluminadas por baixo dos degraus e os balaústres do corrimão piscam quando nos aproximamos deles. Eu não uso a porta da frente, já que o quarto e o escritório de Evie têm vista para o jardim. Em vez disso disso, passo pelos corredores até a cozinha.

Eu deveria ter percebido, mas não vi... até ser tarde demais. As luzes da cozinha estão acesas também. Elas têm um sensor de movimento, então só acendem quando alguém está fazendo chá ou esquentando comida no micro-ondas.

— Ah, Raffy, você está aqui — diz Evie quando passo. — Que bom. Senta.

Ela não repara na minha roupa nem percebe que eu obviamente estou de saída. A ordem é leve e simpática, e ela gesticula para um banquinho vazio. Nem dá as costas para o que está fazendo na bancada de granito.

Me sento, percebo o que ela está olhando e de repente todas as luzes artísticas do mundo não importariam. Minha mente apaga, tomada pelo medo. Na frente de Evie, está a roupa da Sereia de Plasma. Ela a observa como um inseto a ser estudado. Faltando apenas algumas semanas para a Controverse, a roupa está quase pronta.

— Achei isso enquanto estava arrumando o estúdio hoje. Suponho que seja seu, certo?

Eu podia jurar que tinha guardado, mas estava distraído com a mensagem de Luca. Devo ter deixado lá por cima. Já era, estou morto, acabado. Nada pode me salvar. Nem Jesus. Nem Goku. Nem o One-Punch Man.

— Sim — respondo, por fim. — É meu.

Quando Evie pensa profundamente sobre algo, ela deixa as mãos em posição de oração. Dedão, indicador, dedo do meio e anelar juntos formando um triângulo, cobertos por anéis. Ela sempre deixa os mindinhos separados. Está fazendo isso agora enquanto olha para a fantasia.

— É poesia — ela diz. — A estrutura do peito tem um formato adorável e a fluidez da saia é bonita. Mesmo esticada assim, dá para ver que deve ter sido difícil montar algo com tantos ângulos que ainda seja tão leve. Você usou armação para essas curvas?

Ela pega a beirada da saia.

— Lacres de plástico— respondo. — São mais baratos e mais fáceis de aplicar.

Ela olha para mim agora com um raro resquício de admiração. Eu brilho de orgulho, mas ainda estou com muito medo. A qualquer momento ela vai descobrir que está elogiando um cosplay.

— É um bom trabalho — ela diz. — Apesar de...

Ela desfaz o formato triangular com as mãos ao usar as unhas para tocar as costuras e barras.

— Essas aqui estão malfeitas. Vão se desfazer na máquina de lavar. Você não devia usar um ponto simples, nunca. Não é durável nem impressionante.

Entendo o que ela quer dizer e, mesmo com medo, me pego fazendo anotações mentais.

— E, apesar de apreciar a execução, tenho que admitir que a silhueta faz parecer ser um tanto... — Ela me olha de novo. — ... cartunesco.

Minhas anotações mentais pegam fogo com a chama de medo que retorna à minha mente.

— Para quem é isso? — ela pergunta.

— Para a May — eu minto. — Trabalho escolar.

Evie, como um ser imortal que não se lembra da sua época de escola íons atrás, é facilmente enganada por essa justificativa. Ou simplesmente não se importa, agora que soltou esse comentário sobre ser *cartunesco*. Ela disse isso com tanta pena na voz.

— Entendi — ela diz, se virando para a roupa. — Duvido que seus professores vão ver o mesmo que eu, mas você precisa consertar essas costuras e bainhas. E, por mais que os bordados sejam bonitos, sugiro que da próxima vez você os planeje como uma estampa. Como estão parecem muito orgânicos, como se fosse mofo crescendo pelas dobras.

Que é o que eu queria, eu me lembro. Não falo em voz alta.

— Obrigado — digo.

É a única reação que eu ou qualquer pessoa que trabalha com Evie pode ter para responder a um feedback dela.

— Toma aqui, encontrei uma tesoura no estúdio também. Talvez possamos consertar essa saia?

Evie está segurando a tesoura. Ela realmente quer me observar fazer as alterações aqui e agora, na frente dela. Na verdade, tenho certeza de que ela estava prestes a fazer por conta própria antes de eu entrar na cozinha. Fico em choque e, ao perceber isso, ela me analisa de novo. Vejo ela notar minha roupa, minha bolsa e meu celular iluminando o caminho.

— Vai sair?

— Inaya tem uma exposição hoje.

Ela me avalia dos pés à cabeça, porque de repente estamos entrando no assunto de expertise dela: galerias e exposições.

— Onde?

— No Armory.

Ela dá de ombros, nada impressionada. Tecnicamente, o Armory é um espaço comunitário, não uma galeria. Evie finge nunca ter ouvido falar do lugar.

— Manda um beijo para ela. — Ela me dispensa e passa os dedos cheios de anéis pela tesoura. — Não se importa, não é?

Olho para o vestido. Semanas de trabalho prestes a serem despedaçadas. Mas o que posso fazer? Se eu forçar a barra, Evie pode se interessar demais no que estou fazendo, e isso pode ser o fim da minha carreira de cosplayer.

— De jeito nenhum — respondo. — É só um trabalho pra escola.

Ao me afastar, sinto como se estivesse deixando um filho para trás, prestes a ser atacado por um valentão da escola, mas não tenho opção. May está me ligando sem parar. Tenho que seguir em frente, e isso significa tomar decisões difíceis. Decisões que doem, mas também me protegem, como não deixar que Luca e Evie se conheçam. É a mesma coisa, mas agora sou o único a sofrer.

Conto tudo para May a caminho da exposição. Sobre Evie encontrar meu trabalho, sobre Luca ficar chateado de eu querer escondê-lo dela. O caminho é curto, mas, enquanto estacionamos, tenho certeza de que fiz tudo errado. Não só hoje, mas sempre. Antes de Luca, eu era cuidadoso. Tinha que ser, com Evie, com meu trabalho e na jornada para alcançar meus sonhos. E, antes de mim, Luca era cuidadoso. Ele tinha que ser, com os pais, hobbies e sexualidade. Somos dois pesos instáveis numa gangorra, unidos de forma intrincada e perigosa, lentamente desmoronando um sobre o outro. No fim das contas, será impossível continuar escondendo tudo tanto de Evie quanto dos pais de Luca.

— Mas você gosta dele? — May pergunta antes de sairmos do carro.

— Com certeza.

— E você fica feliz quando está com ele?

— Fico, óbvio.

Eu não sei como contar para May que Luca me faz feliz, mas também me estressa um pouco. Nós encontramos uma forma de coexistir, mas sempre no meu estúdio, no meu espaço. Será que todo relacionamento é, de certa forma, uma invasão? Hoje vai ser a primeira vez que nós — a dupla, o casal, o conjunto de dois meninos — vamos sair do nosso pequeno universo secreto. No começo, estava bem empolgado. Agora, estou com medo.

Olho para meu reflexo escuro no para-brisa enquanto May retoca a maquiagem.

— Tenho medo de que, quanto mais ele veja minha vida real, tipo, minha vida fora do estúdio, mais rápido ele vai perceber que nossos mundos não combinam.

— Raffy, você está surtando — diz May. — Você ama controle e Luca te dá caos. Mas talvez você precise aprender a se virar com um pouco dos dois.

— Talvez — eu resmungo.

Entramos em silêncio e passamos pela multidão de convidados estilosos. O lugar é um grande espaço aberto com luzes penduradas pelo teto abobadado e um palco grande, que está com a cortina fechada. A disposição da exposição é como um labirinto, criando pequenos corredores para cada artista, como minigalerias. O trabalho de Inaya está perto do meio, onde o labirinto se abre para a recepção. Música ambiente eletrônica toca sobre o ruído das pessoas. Todo mundo aqui é estiloso e sabe disso, como se fossem arte viva.

— Você já pensou — May começa a falar enquanto olhamos para uma pintura de mosaico de um pêssego — que talvez Luca saiba no que está se metendo?

Penso na mensagem tristonha dele.

— Não sei como. Se ele soubesse, acho que não iria nem começar a gostar de mim.

— Vocês parecem ter muita coisa em comum — May começa.

— Animes e jogos? Tá, pode ser. Mas e todo o resto? E os pais dele? Evie? E cosplays e convenções? Acho que é coisa demais.

— Demais o quê?

— Demais... — Eu paro. — É público demais. Gay assumido. Difícil de esconder.

Tenho certeza de que hoje vai ser um desastre. Se existe um lugar ideal para Luca perceber que está cometendo um erro ao ficar comigo, com certeza é uma exposição de arte.

May olha o celular.

— Eu não contaria com isso, Raff.

Ela pisca. Depois, pega minha mão e me puxa para a entrada da exposição, como se estivéssemos indo embora.

— May, espera, onde estamos...

Eu me choco contra May quando ela para de repente. Ela está de olho na porta, sorrindo. Eu me viro assim que a multidão se abre e todos encaram a pessoa nova que chegou. É um rosto desconhecido. Uma novidade.

É um garoto, da minha idade, mas mais alto e bem mais forte. Ele está enrolado em um casaco de pele falsa preto, tão felpudo que parece vibrar a cada passo. Ele deixa o casaco cair dos ombros e revela o peito coberto por uma camisa de algodão branca, colada ao corpo, cheia de rasgos que mostram pedaços da reluzente pele bronzeada. Ele está usando uma corrente grossa e brilhante como colar, suas calças são pretas com um detalhe de couro descendo nas laterais. Coturnos seriam a escolha óbvia a seguir, mas em vez disso ele calça botinas de salto alto, fazendo seu look ser provavelmente o melhor aqui.

Com o rosto neutro sob sobrancelhas grossas perfeitamente desenhadas, ele analisa a multidão. Então, ao me ver, sorri, e percebo que é Luca.

COMO ASSIM?

Todo sorridente e pomposo, Luca atravessa a multidão admirada e corre até nós. Ele dá dois beijinhos no ar em May primeiro, e eu vejo eles trocarem um sorriso conspirador enquanto se divertem com a minha surpresa.

— Você fez isso? — pergunto para May.

— Foi colaboração — responde Luca.

Ele não me beija. Em vez disso, nos abraçamos, e a mão dele deixa uma sensação quente em cinco pontos da minha lombar, de onde ela demorou a sair.

— Como assim?

— Você não é o único artista secreto, Raff — diz May. — Só precisamos ir no Garment District, em alguns brechós e na Sephora algumas vezes.

— Mas, Luca...

— Shhh. — Ele me silencia. — Estou disfarçado. Num disfarce *artístico*. Me chama de Vincent. Ou Claude, algo assim.

Dou um passo para trás.

— Você tá fazendo cosplay de *mim*?

May e Luca começam a rir baixinho, e eu preciso esperar um minuto inteiro de humilhação até eles se recomporem para me responder.

— Mas por quê? — pergunto. — E se alguém te reconhecer?

Luca é a autoconfiança em pessoa. À minha frente, há alguém completamente diferente. Ele está irreconhecível. Maravilhoso.

— Eu queria te fazer uma surpresa. Mostrar que eu também consigo me fantasiar, sabe?

De início, não consigo ligar essa pessoa nova e estilosa ao menino suado e confuso que conheci no corredor de pedrarias do Craft Club, mas depois as lembranças de cada momento desde então se conectam. Luca disse que *iria* se montar, só pra mim.

— Não precisava fazer isso por minha causa — digo.

— Eu sei — ele responde. — Mas acho que fiz por mim também. Eu gosto. Estou me sentindo um gostoso.

— E está mesmo — May concorda, e Luca pisca para ela.

Luca está *mesmo* gostoso. Ele sabe disso. E então me toco de uma coisa.

— É por isso que você queria me buscar? Para conhecer Evie vestido assim?

Luca fica imóvel e, sem a confiança dele, a roupa de repente parece mesmo uma fantasia.

— Você contou isso para a May? — pergunta ele.

— Não tem problema — May corta a conversa. — Evie é difícil. Eu a vi umas dez vezes e ela ainda acha que meu nome é Mona. Raff só falou de como queria que ela fosse mais de boa para conhecer gente nova. Não leva para o pessoal, Luca. Você está ótimo.

Luca sorri, mas há um pouco de tristeza ali. Sinto o mesmo ao imaginar ele montando esse look, não para ganhar minha admiração, e sim a de Evie. E eu impedi que isso acontecesse. Ele podia ter dito algo, mas em vez disso optou por executar essa surpresa perfeita, só para mostrar que conseguiria. Enquanto isso, passei as últimas horas duvidando dele.

Ele é mais do que eu mereço.

— Já volto — digo, me afastando dos dois.

Sei que estou prestes a chorar. Passo pelas galerias sinuosas, pela porta, e chego num espaço escuro, algum lugar atrás da cortina fechada do palco.

Um segundo depois, Luca se junta a mim. Eu fungo e seguro o choro, mas está na cara que estou chateado.

— O que foi, Raff? Não gostou?

— Não, não, não é isso. Você está demais — digo, e a emoção faz minha voz fraquejar. — Mas você sempre tá ótimo. Podia ter vestido qualquer coisa que quisesse.

— Eu queria vestir isso aqui — disse ele. — Eu gosto de ficar com você porque gosto de ser eu mesmo.

Isso quase me faz cair de vez no choro.

— Mas...

— O quê?

— Eu não sabia como passar... como você chama isso? — Ele toca na minha maçã do rosto onde passei iluminador.

— Quer um pouco do meu? — ofereço.

Ele sorri e se abaixa para ficarmos cara a cara. Eu me aproximo e esfrego minhas bochechas nele, uma de cada vez, compartilhando meu brilho. Luca fica completamente parado, de olhos fechados e lábios semiabertos, como se eu estivesse ungindo-o.

— Pronto. Agora também está brilhando.

Luca sorri.

— Gostou?

— Gosto é de você.

— Eu gosto de mim também, ainda mais quando estou contigo — ele responde. — Agora, pode me falar o porquê desse choro?

— É besteira. A Evie achou um trabalho meu e eu fiquei ansioso por causa das nossas mensagens mais cedo. Desculpa.

— Tudo bem. Não é culpa sua. Meus pais também são assim.

Eu assinto.

— Vamos dar um jeito.

Eu assinto.

— Posso te beijar? — ele pergunta.

Antes de assentir, May interrompe nosso momento. Ela deve ter nos seguido ali.

— Deu — ela resmunga. — Isso aqui é uma galeria de arte, não terapia de casal. Será que dá para a gente ir julgar o trabalho dos outros agora?

Luca e eu damos as mãos, e percebo que ele pintou as unhas de preto.

— Vamos lá, vamos bancar os artistas — diz ele.

E vamos, mas soltamos as mãos momentos antes de nos juntarmos à multidão. Só que eu passo a noite sentindo os olhos dele em mim até eu finalmente desistir e olhar de volta, o que o faz abrir aquele sorriso triunfal.

A exposição de Inaya é uma explosão de cores e texturas. Ela fez uma coleção que mistura bordados com tinta acrílica, o que dá à pintura uma sensação única de movimento e profundidade que é impressionante e bonita. Isso meio que a descreve também, eu acho. Tento me concentrar nas obras, mas ver tudo isso me faz lembrar do quanto ainda preciso melhorar. Assim que penso na Sereia de Plasma, desligo minha mente. Agora não, penso. Agora, estou aqui para apoiar Inaya, que é o que faço ao ficar em sua miniexposição e ao elogiá-la para possíveis compradores. Como sempre, Inaya está rodeada de pessoas interessadas. Só conseguimos falar com ela algumas horas depois, após ela vender a última peça.

— Foi rápido — diz Maya enquanto andamos pelo estacionamento.

— Eu coloco o valor lá embaixo — responde Inaya, dando de ombros. — Prefiro que vão parar em paredes do que no lixo. Tenho outras coisas a fazer. Além do mais, tenho que me dedicar a umas fantasias. A época de convenções tá chegando, hein, Raffy?

Sinto meu estômago revirar. Fico em silêncio.

— Luca, o que *você* achou? — pergunta Inaya.

— Seus trabalhos são incríveis — responde ele. — Queria saber pintar assim.

— Obrigada, mas estava falando da exposição em geral.

Luca pensa um pouco.

— Foi legal. Eu iria em outra. Mas fico feliz que estamos indo embora. Tô morrendo de fome. Podemos ir comer algo?

Inaya ri.

— Raffy contou sobre nossa tradição pós-exposição?

Não contei. Percebo agora que nunca cheguei a pensar no que aconteceria depois. Achei que por agora Luca já teria saído correndo. Mas ele continua aqui, com sua mão esbarrando na minha enquanto andamos lado a lado. Me sentindo culpado, olho para ele e pergunto:

— Qual a sua opinião sobre karaokê?

O bar karaokê não é um bar típico de Boston. É no estilo asiático, em que se aluga uma sala só para os amigos e a equipe deixa os clientes a sós, a não ser quando alguém chama para pedir comida ou bebidas. Não somos maiores de idade, mas Inaya ficou amiga dos funcionários no verão passado, quando trabalhou aqui, e trazemos nosso próprio álcool escondido. O lugar tem um tema confuso, uma mistura de um estúdio de filmes antigos e camuflagem. A equipe usa calças cargo. É superpomposo. O melhor é o nome: Barítonos Inglórios.

Nossa sala de sempre é a primeira, que também é a menor. Tem duas portas para o caso de a polícia bater e pedir a identidade e precisarmos sair correndo. A equipe do lugar, ao me reconhecer, gesticula para nós em meio à multidão em frente às portas do elevador. Inaya veio de carro com May, o que quer dizer que chegaram antes. Luca e eu paramos no drive-thru do Burger King para comprar batata frita.

May e Inaya já começaram e não interrompem o dueto por nossa causa. Elas fazem a gente participar e nos empurram para os sofás para vermos o final caótico de *Let It Go*, de Frozen. Quando terminam, fazem reverências e batemos palmas exageradamente. Um funcionário do lugar entra, coloca alguns lanchinhos na mesa e, depois que ele sai, May tira algumas cervejas que trouxe de casa. Bebemos, comemos, e Inaya fala dos bastidores da exposição. Nós a enchemos de elogios, os quais ela aceita, e então chega a hora de cantar.

Me pergunto: E agora? Geralmente eu pego o microfone, pronto para gritar *Moon Pride*, de Momoiro Clover Z, mas com Luca aqui fico tímido. Se eu cantar, ele ficará sozinho com as meninas. Decido me sentar e assistir para ter certeza de que ele vai ficar de boa, mas todo mundo fica surpreso quando Luca é quem pega o microfone.

Ele está olhando para mim quando diz:

— Essa vai para... — ele dá uma piscadela e continua —... May. Não nos conhecemos muito bem, mas algo me diz que você vai gostar dessa.

E, como mágica, as primeiras notas de *Sora Ni Utaeba* tocam. May grita. Essa é a música favorita dela, de um de seus animes favoritos: My Hero Academia. Na verdade, é uma das músicas favoritas dela para cantar, mas o fato de que Luca sabe disso, e se preparou com antecedência para cantar, me deixa arrepiado. Inaya me encara com os olhos arregalados, como se dissesse: *Onde você achou esse garoto?*

Luca acerta cada palavra em japonês sem nem olhar para a letra, e até imita algumas das poses icônicas dos personagens enquanto a animação passa na tela atrás. May assiste com o queixo apoiado nas mãos até Luca a arrastar para o palco. Eles terminam de cantar juntos, de mãos dadas. O som é terrível, mas também é maravilhoso, e estou aplaudindo de pé. Aplaudindo e gritando sem pudor, porque eu não apenas gostei do que vi. Não só adorei. Eu amei.

Percebo que eu estava com medo desse momento: de tirar Luca do nosso mundinho secreto e deixá-lo entrar no mundo dos meus amigos, mas as coisas estão indo bem. Estou empolgado, e aliviado. É a minha vez, e não estou mais nervoso.

Por dentro, já estou até cantando.

Treze

Agora

É a noite que antecede às Finais, e não sonho.

Mas também não deixo de sonhar.

A noite inteira fico prestes a dormir, a sonhar, mas sempre suspenso ali, ansioso demais para me deixar levar pelo cansaço, e teimoso demais para levantar e me arrumar. O resultado é um grande nada até o sol nascer e ser impossível negar que é sábado.

Amanhã se torna hoje. E hoje vou competir nas Finais.

Mando uma mensagem para May, guardo os últimos itens de que vou precisar e depois vou andando para a casa dela bem cedinho. A maioria das minhas coisas já está na casa dela, onde deixei depois do nosso teste de maquiagem. É mais seguro assim. O dia está claro e quente — incomum para o clima de outubro, mas não impossível. Paro em uma Starbucks para tomar um café gelado e mando mensagem de novo para May, para ver se ela quer algo. Quando chego na porta da frente, ela ainda não respondeu e estou ficando irritado. Toco a campainha. Com força.

O pai dela abre a porta.

— Ela disse que ia encontrar alguns amigos para tomar café perto da convenção — diz ele, confuso com a minha presença ali.

Ele está acostumado a nos ver juntos. Fico confuso também.

— Ela disse com quem?

— Disse que você os conhecia. Vocês não estavam juntos ontem à noite?

— Estávamos — confirmo.

Esse brilho é meu

May sabe que vamos competir hoje. Por que é que iria para a convenção sem mim? Ela sabe que temos um cronograma apertado. Onde ela poderia estar? Por que não me disse nada?

Respiro em meio à ansiedade crescente e digo para mim mesmo que está tudo bem. Estou *bem* adiantado, afinal. Temos muito tempo. Vamos conseguir nos vestir, fazer a maquiagem e nos preparar para a pré-avaliação sem problemas. Nosso horário é apenas às quatro e meia.

— Ela disse quando voltaria? — pergunto.

— Não. Mas acho que não deve demorar. Pode esperar aqui se quiser. Vamos para o porto mais tarde para vê-la, se quiser uma carona.

— Que horas?

— Acho que daqui a uma hora. Vamos terminar de tomar café. Quer entrar? Fizemos bolinhos de batata.

Eu amo bolinho de batata. Quem diria não para isso? Além do mais, continuo tentando me acalmar e relaxar. Então, aceito e me sento à mesa da cozinha de May enquanto os pais dela perguntam sobre nosso último cosplay e a respeito de como o dia de ontem foi estranho. Depois, uma coisa esquisita acontece. Recebo uma mensagem de Inaya, mas não foi ela quem escreveu.

> Aqui é o Luca. Acho que ainda estou bloqueado. Desculpa por usar o telefone de Inaya, mas a que horas você chega? A gente pode conversar?

Luca já está na Controverse. Inaya também. Tenho certeza de que estão fantasiados. De repente, estar sentado, conversando sobre cosplay enquanto como bolinhos parece ser o equivalente a cavar minha própria cova. A ansiedade toma conta de mim e me levanto num rompante.

— Obrigado pela comida — digo e corro para o quarto de May.

Nossas coisas estão onde as deixei, todas prontas para levar, mas esvazio a bolsa para ter certeza de que tudo continua ali. Depois, bufando, guardo tudo de volta.

Se May não está aqui para se arrumar, vou levar as coisas até ela. Hoje pode ser o dia mais importante da minha vida e não tenho como perder tempo sendo paciente ou comendo bolinhos de batata. No que eu estava pensando quando me sentei lá para comer?

Saio correndo da casa de May, entro no Uber que me espera, e a primeira coisa que faço ao fechar a porta é deletar a mensagem de Luca.

Uma hora se passou e nenhuma técnica de relaxamento no mundo seria capaz de acalmar o pânico latente em mim. Qualquer vestígio de um Raffy racional evaporou. Tive que esperar em, tipo, três filas de segurança para entrar na convenção com essa mala idiota e uma bolsa cheia, depois desempacotar para conferirem, e guardar tudo de novo, e May ainda não respondeu às minhas mensagens. Mas sei onde encontrá-la. Quando a encontro em meio às pessoas no Corredor de Artistas, estou à toda velocidade, como um meteoro prestes a se chocar contra a Terra.

— Que merda é essa? — pergunto para a lateral da cabeça dela, interrompendo sua conversa com alguém.

May não olha para mim na hora, mas vejo o choque da minha chegada fazer com que ela semicerre os olhos.

— Desculpa, um minuto — diz ela para o homem com quem estava conversando.

Ele me lança um olhar nervoso, mas puxo May para longe, e minha bolsa bate no ombro de alguém quando me viro.

— Meu Deus, Raffy. Qual é o seu problema?

— Qual é o *seu* problema? Tive que trazer todas as nossas coisas hoje porque você saiu sem mim.

May olha para a mala.

— São, tipo, dez da manhã. Achei que a competição fosse só à tarde.

— Esqueceu da pré-avaliação? E de que precisamos criar um *hype*? Luca e Inaya já devem estar vestidos e nós, não. Não acredito que você veio e nem me avisou!

Mal tenho a chance de falar mais alguma coisa porque May se vira e volta a andar em direção às mesas. Ela está meneando a cabeça e parece estar soltando fumaça. Ela está com raiva? *Por quê?* Ela não tem o direito.

Eu a sigo e finalmente a alcanço no começo do próximo corredor.

— Eu não vou deixar você fazer isso na frente dessa galera — diz ela, com o rosto vermelho e os lábios apertados.

— Fazer o quê?

— Me repreender como se eu fosse uma criança. Nunca faria isso na frente dos *seus* colegas.

— Do que você está falando?

May cruza os braços sobre o peito em uma imitação perfeita da minha postura e, ao vê-la, começo a perceber como eu estava agindo feito um babaca. May me imita com uma voz irritante:

— Maaaaay, você *sabe* o quanto isso é importante para *mim*! Não *acredito*! Como você pôde fazer algo para *você* sendo que estamos aqui para *me* ajudar a lançar a *minha* carreira? É um absurdo você tirar *cinco minutos* para conversar com artistas! Você não sabia que temos que estar sempre de cosplay? Porra, você não sabe que ainda temos — ela olha para o celular sem interromper a mímica — *seis horas* para colocar a merda da fantasia?

Fico em choque.

Alguma coisa se prende na minha bolsa e a rasga, fazendo uma nuvem de tule rosa-choque cair aos meus pés. As pessoas ao meu redor mal percebem enquanto passam pisando pelas nossas fantasias. Caio por cima da bagunça e vou juntando tudo aos meus pés. Estou desesperado. Não é apenas uma fantasia para mim. São meses de trabalho. E dinheiro. Anos de conhecimento que, sozinho, coloquei para funcionar. Sempre sozinho, até Luca aparecer. Até Inaya aparecer. E agora eles se foram e eu só tenho May, e sinto como se ela fosse outra bolsa que acabou de estourar. Outro composto de tempo, lembranças e amizade se desfazendo, mas estou aqui no chão, onde só posso consertar uma coisa ou outra.

— Toma — diz May enquanto me entrega um sapato que saiu rolando.

Juntamos as peças e depois, porque estou soluçando de choro, May me leva para um canto. Ela fica em silêncio enquanto dobramos de novo as partes das fantasias, nos certificando de que tudo está em ordem antes de colocar junto com o que sobrou da bolsa. Quando terminamos, May cruza as mãos sobre o colo e olha para mim.

Nós dois pedimos desculpa ao mesmo tempo.

— Não, escuta — ela me interrompe. — Eu fui uma otária. Sei que isso é importante e você está sob muita pressão, mas...

— Mas nada.

May aperta os lábios, mas eu consigo continuar a falar antes de a raiva dela voltar.

— Não peça desculpas. Eu mereço. Mereço coisa até pior. Você tem razão. A Controverse é uma oportunidade tão grande pra você quanto é pra mim. E você está fazendo o favor enorme de competir como minha dupla. Me desculpa por ter ficado tão chateado. E desculpa por ter gritado com você, ainda mais aqui. É que eu fico tão focado, e quando fico com raiva é difícil sair do transe.

— Raffy, eu sei.

— Que eu fico puto por motivos idiotas?

— Não, eu sei que a parada é séria. Sei que se você tiver que escolher entre a sua arte e qualquer outra coisa, vai escolher sua arte. É parte de quem você é, e eu admiro pra caralho a sua determinação.

Não sei por que ela está me falando isso. Eu nem acho que seja verdade. Sinto como se estivesse sempre buscando mais tempo para trabalhar, escolhendo qualquer outra coisa, e depois ficando com raiva de mim mesmo.

— Mas você está deixando a competição mexer contigo. Está levando isso tão a sério que nem está mais se divertindo. Mas não precisa ser tão sério. Você precisa me ajudar a te ajudar — fala May. — Eu pensei que se pudesse chegar cedo o suficiente aqui, poderia ver quem eu queria. Depois poderíamos nos arrumar juntos lá em casa, como o planejado. Te mandei mensagem ontem à noite, mas acho que você não viu.

Pego o celular e, antes da minha enxurrada de mensagens desesperadas, há uma de May, me avisando de que ela chegaria em casa meio-dia. Eu nem vi a mensagem por causa da pressa de começar logo o dia.

— Não viu, né? — diz ela.

Meneio a cabeça. E depois resmungo, concordando com o plano dela, que era muito bom. Devo ter dormido ontem à noite, afinal, e claro que consegui não ver a única mensagem que teria me poupado de surtar, buscar vingança e começar uma briga com minha melhor amiga no meio do evento.

— Que merda, desculpa — digo de novo. — Geralmente eu fico preparado para qualquer coisa. Mas, depois de ontem, não sei o que vai acontecer.

— Você já parou pra pensar que não pode se preparar para todos os futuros, mas que todo o trabalho que já fez te preparou para o que vier no presente?

Eu lhe dou um olhar confuso.

— Quando foi que você ficou tão inteligente?

May sorri.

— É de *Cherry, Cherry*, seu besta.

Óbvio que já li todos os quadrinhos da HQ de May. Tenho alguns deles pendurados nas paredes do meu quarto, em tamanho A3. Tenho camisetas e *pins* também. Tudo que May faz eu compro.

Penso a respeito da citação e digo:

— San Diego diz isso para Março quando Março está surtando sobre as visões não estarem certas, né?

O rosto de May se ilumina de surpresa.

— Isso! Você lembra!

— Claro que lembro. Eu amo *Cherry, Cherry*.

May me ajuda a levantar. Ela pega a mala para eu poder carregar a bolsa toda enrolada em meus braços. Andamos devagar entre os corredores de artistas, escolhendo as coisas de que gostamos e cumprimentando alguns dos novos amigos de May enquanto passeamos. Ao final do corredor seguinte, me sinto muito melhor.

— Então, escuta... — May começa a falar devagar. — Algumas das pessoas que eu quero conhecer só chegam mais tarde e, calma, não vai surtar, deixa eu terminar, ouviu? Eu vou competir. Eu prometi que iria e vou, ok?

Ela espera eu concordar. Concordo.

— Ok, beleza. Mas você promete que, assim que terminarmos hoje à noite, eu estou livre? Tem gente falando que vai ter uma sessão de fotos obrigatória do Craft Club no domingo, o dia todo, para quem se classificar. Você disse que eu podia ficar livre no domingo para fazer coisas de arte e eu preciso que você prometa que não vai pirar se eu fizer isso. Ok? Domingo vai ser, tipo, minha única chance de me encontrar com algumas pessoas e eu tenho uma mesa confirmada. Passei o verão todo preparando coisas para vender, e essa é uma grande chance para mim também. Se eu esperar até o fim do dia para montar, não vai vir ninguém. Ok?

May espera eu surtar, mas eu a surpreendo (e a mim mesmo) quando fico tranquilo. Ainda não contei para ela sobre minha viagem de última hora com Evie no domingo. Não vou poder participar da sessão de fotos se nos classificarmos.

— Tudo bem — digo. — Domingo é o dia da May. Nada de cosplay.

— Sério? Sério mesmo?

— Eu prometi, não prometi?

Pelo menos devo a May essa garantia. Mas verdade seja dita: agora estou bem estressado de pensar que, mesmo se a gente se der bem, talvez nós não estejamos por aqui para curtir os louros do nosso sucesso. Mas controlo o meu pânico, ciente de que devo me preocupar com isso depois, quando estiver sozinho. May tem razão quando diz que parte de ser bom no que se faz é ter ciência de que vamos saber o que fazer não importa o que vier; e eu tenho que ser bom agora, e preciso ser bom independentemente do que aconteça.

— Combinado. Depois de hoje, você está livre. Prometo.

— Beleza. E Raffy?

— Oi?

— Tem bem mais coisa na Controverse além de cosplays, lembra? Acho que você iria gostar bastante de algumas coisas que estão rolando esse ano. Eu sei que você está nervoso, mas talvez, se você explorasse um pouco, as coisas não pareceriam tão estranhas. Tenho um tempinho livre agora. Se quiser, a gente pode dar uma volta. A gente costumava só vir e falar com as pessoas, lembra? Sem segundas intenções, só por diversão.

— Sim, eu lembro. — Levanto minha bolsa rasgada, — Mas tenho que fazer uns ajustes de última hora. E, sinceramente, já desperdicei tempo demais do seu dia. Quero que você aproveite o máximo que puder também.

May aperta os lábios de novo e percebo que respondi errado, mas não sei por quê. Achei que ela quisesse conhecer gente. Que quisesse ficar livre. Não passo muito tempo refletindo sobre a expressão dela porque já estou pensando em tudo que preciso para me preparar para hoje. De repente, a convenção ao nosso redor parece barulhenta demais e o ar, pesado. O que Evie diria se soubesse que eu estava tão próximo da vitória e decidi tirar algumas horas para... fazer o quê? Me divertir?

— Te encontro na sua casa mais tarde, pode ser? — digo, dando um abraço rápido em May enquanto pego a mala de volta. Dá para ver que ela está um pouco preocupada. — Desculpa de novo. Aproveita o dia.

Praticamente saio correndo e a mala vai batendo em meus calcanhares por todo o caminho.

Catorze

Antes – Doze meses atrás

É uma manhã nublada de outubro. Falta uma semana para o Halloween, e estou preocupado com a possibilidade de que Luca termine comigo assim que descobrir que o enganei. É domingo, o último dia da Controverse, e faz séculos que não o vejo. Estou terminando a Sereia de Plasma para que possa estreá-la no sábado, na convenção, em toda a sua glória crustácea. No fim das contas, até que deu tudo certo! Principalmente considerando que eu tive que refazer metade da roupa depois que minha mãe a cortou para virar um vestido de festa. Graças a Deus ela perdeu o interesse no assunto depois disso.

De qualquer forma, agora a Sereia está embrulhada e escondida atrás do meu armário, e é um novo dia. Um dia para Luca e Raffy. *Só nós dois.*

Ou pelo menos é essa a mentira que contei para ele. Daqui a pouco, quando sairmos da linha vermelha na South Station, em vez de mudar para a linha verde na Park, ele vai perceber que não vamos fazer um passeio pelo Fenway. Estou contando muito com o amor dele por surpresas, o que é uma aposta segura. E, quando chegamos na South Station, eu o levo para fora do trem e ele nem mesmo ergue uma sobrancelha.

Então deve saber que há alguma coisa rolando. Talvez não saiba exatamente o quê, porque ele ficaria puto se soubesse. Luca prefere quando ficamos só nós dois, de mãos dadas em um cinema escuro ou no fundo de uma multidão. Como um segredo; é assim que Luca gosta de nós. A exposição de arte foi algo fora da curva. Geralmente, ele fica longe quando tem pessoas ao redor, mas, quando estamos só nós, é ele quem pega minha mão primeiro. E nesses momentos é como se o tempo parasse para a gente, como se o resto do mundo congelasse e estivesse alheio enquanto andamos por ele. É como se existíssemos em um loop, em um sonho, em um mundo que é criado quando nossas mãos se juntam e desaparece quando nos separamos.

Tenho certeza de que ele descobre para onde estamos indo quando uma multidão de cosplayers passa por nós. Ele ergue uma sobrancelha para mim.

Cruzamos a ponte para chegar no porto e, de repente, chegamos ao centro de convenções. Luca me segue com um sorriso preguiçoso no rosto. A essa altura, já deve ter entendido tudo. E fico aliviado por ele parecer levar numa boa. Luca é a pessoa mais flexível que conheço. Ele consegue ficar confortável em qualquer lugar. Tem um jeitinho de fazer o mundo vibrar, como se fosse um ímã e nenhuma partícula fosse imune à atração dele. Tudo — pessoas, plantas, bichinhos — se anima quando ele passa. Acontece sempre. Então, se preciso passar um dia sem segurar a mão dele para apresentá-lo à outra parte do meu mundo, que assim seja. Ele vai me agradecer depois.

Nos aproximamos da Controverse, e a multidão fica maior; há pessoas fantasiadas por toda parte. Um grupo de cosplayers vestidos com trajes de Zelda toca acordeões na frente do pavilhão.

— Eu sabia, porra — diz Luca.

De repente, Inaya e May correm até nós com copos da Starbucks nas mãos. Elas entregam um para Luca.

— Domingo! Diversão! — as meninas cantam juntas.

Inaya entrega uma credencial para Luca, que está me olhando com uma raiva latente.

— Essa é a surpresa? Vamos para a sua *convenção de nerds*?

— Não é uma convenção de nerds. — Inaya empurra a credencial contra o peito dele. — É um baile de nerdice. Um bacanal de quadrinhos. Um conclave de otakus.

— *Conclave de otakus* seria um ótimo quadrinho da vida real — diz May. — Posso usar?

— É uma CONVENÇÃO DE NERDS! — Luca grita, e acho que talvez eu tenha estragado tudo.

Ele tem sido compreensível concordando em não me ver essas últimas semanas enquanto eu me concentrava e focava, e talvez veja hoje como mais um dia perdido para cosplay.

Mas então vejo que a raiva é de mentira e a mágica da Controverse está tomando conta dele. Eu me pergunto: será que ele sabia que isso ia acontecer? Será que estava esperando por isso? Agora empolgado, Luca observa a multidão. Acima de nós, no prédio, pessoas vestidas de cosplay e todo o tipo de fantasia aparecem nas janelas de vidro. Os cantos da boca de Luca se levantam enquanto ele continua com o teatrinho, reclamando. Reclamando só para comprar briga. É uma negação meio obscura, mas animada.

Ah, já era. Ele está *muito* animado.

Luca e eu conversamos muito sobre ele vir para a Controverse. Por muito tempo, ele se recusou firmemente a acreditar que seria divertido, então precisei mostrar uma série de vídeos de todos os cosplays superintensos. Isso o deixou interessado, mas mesmo assim ele se recusava a comprar um ingresso. Ficava dizendo:

— Se meu pai vir a cobrança no cartão, ele vai sacar na hora que tem algo errado. Aí *já era* pra mim.

Então, eu e as meninas dividimos o valor de um ingresso para ele, e eu o enganei. Precisei fazer isso para ele continuar tendo uma desculpa plausível. Me sinto mal pela traição, mas quando vejo os olhos dele brilharem, também sinto algo diferente. Vitória. Redenção. Decido que era *isso* que ele estava querendo.

Pego a credencial da mão dele, passo o cordão pelo seu pescoço e o puxo na minha direção. Luca não resiste dessa vez e aperta minha cintura com as mãos. Seu rosto preenche meu campo de visão à medida que ele se aproxima e vai abaixando a voz até ser apenas um sussurro meio brincalhão e meio ameaçador.

— Você planejou tudo isso? Conseguiu uma credencial e tudo?

— Aham.

— Você deve querer muito que eu esteja aqui, né?

— Aham.

— Então eu topo. Mas, se eu vir alguém que eu conheço, vou sair correndo.

— Eu corro com você.

— E... — Ele olha para Inaya, que está usando uma peruca — ... não vou vestir essas paradas estranhas. Eu tô de boa.

— Pode deixar.

O roteiro de uma convenção é como um almoço de família. Todo mundo tem seu próprio jeito de fazer, e todo mundo gosta de ficar justificando por que o seu é melhor. Para Inaya, May e eu, o plano é baseado nas nossas programações. A maioria das convenções são sexta, sábado e domingo, com um grande baile ou competição de cosplay no sábado. É por isso que tentamos fazer nossas compras na sexta, quando todos os artistas estão com o estoque cheio, e depois passamos o sábado em nossos melhores cosplays. Por fim, no domingo, fazemos um cosplay mais casual para socializar. Fazer contatos. Cumprimentar outros competidores, jurados e amigos.

Não havia a menor chance de o Luca matar aula com a gente na sexta, e toda a esquisitice da competição de cosplay poderia assustá-lo se o trouxéssemos no sábado. Domingo de Diversão era nossa melhor opção, e tenho um plano para apresentá-lo a esse mundo.

Não dá para simplesmente levar alguém para uma Controverse ou uma convenção desse nível. É demais para a mente humana. É absurdamente impressionante. É preciso entender que a pessoa está vendo tudo isso pela primeira vez e, portanto, tem que deixar que ela veja tudo. O negócio é ir devagar, guiá-la pela curiosidade, como um bordado feito livremente à mão em vez de seguir um padrão pronto.

O saguão está lotado, como sempre, então ficamos nas laterais e entramos nos estandes. Passei o fim de semana inteiro fazendo uma lista de lugares que acho que Luca vai amar; montando uma rota do tesouro para seguir quando o trouxesse aqui. Mas, pelo visto, não precisamos seguir rota alguma. Luca é uma estrela cadente que brilha de empolgação assim que entramos no pavilhão.

— Raffy, *olha!*

Ele está segurando meu braço e me puxando de um estande de livros até prateleiras de vidro que mostram bonecos colecionáveis de monstros pintados à mão. Ele começa a listá-los como se eu não soubesse quem são, como se não estivessem todos etiquetados. Mas não olho para os bonecos — olho para cima, para ele, para seus olhos curiosos. Toda vez que ele reconhece algum personagem, seus olhos se abrem por uma fração de segundo antes de ele falar o nome, e meu coração chega até a errar a batida.

Entramos em algumas exposições de animes, onde Luca fica mais tranquilo. Uma é uma casinha que parece ser feita de waffles. As pessoas se espremem por todos os cantos, tirando fotos em cima de pufes que parecem bolas feitas de geleia e manteiga. Quando chega nossa vez, Inaya e May se jogam no pufe mais próximo.

— Tira uma foto! — elas gritam, quase derrubando o pufe de manteiga.

Tiro um milhão de fotos. Paro quando Luca toca no meu ombro.

— Podemos tirar uma foto juntos?

Olho para ele.

— Tem certeza?

— Não pra postar. Só pra gente.

Dou um sorriso. As meninas se levantam, e é minha vez de ficar na frente da câmera. Não consigo não rir quando Luca fica só parado, sorrindo, fazendo um joinha para a câmera. Tenho quase certeza de que toda foto dele deve ser assim. Deixo que tire algumas assim, depois, quando as meninas gritam com ele para mudar de pose, eu o puxo para as almofadas comigo. Primeiro, ele fica inseguro, mas depois que coloco o braço ao redor dos seus ombros e minha coxa por cima da sua, ele sabe o que fazer.

As fotos ficam ótimas, coloridas e felizes, registrando o momento em que Luca foi de estar nas minhas fotos para eu estar nas dele. Ao final da sessão de fotos, tudo o que dá para ver são meus pés, um deles sem sapato, enquanto rolo para a beirada da pilha de almofadas. Luca continua no topo, intocável, sorrindo com uma inocência demoníaca no olhar.

Visitar os estandes consome toda a nossa manhã porque Luca insiste em tirar foto com tudo o que reconhece. O que é bastante coisa. Porque ele é um nerd encubado.

— Onde você vai postar essas fotos? Numa conta fechada?

— Não precisa postar tudo, sabia? — diz ele, escolhendo entre duas fotos praticamente idênticas dele com uma cosplay vestida de uma versão adulta da Hello Kitty.

— Então, é tudo para uso pessoal? — brinco.

Luca dá zoom nos músculos do braço, definidos de um jeito que eu amo.

— Ou talvez sejam para o *seu* uso pessoal, Raffy?

Eu finjo timidez. Luca fica me olhando em vez de se voltar para as fotos, esperando que eu note a expressão sonhadora e curiosa em seu rosto perfeito.

— O que foi?

— Está feliz por eu ter vindo?

— Eu amo que você esteja aqui — respondo.

Fazemos compras nas barraquinhas de produtos autorizados e depois passamos pelo Mercado de Arte. Passo um tempão encarando um *print* da Sailor Moon no qual ela está de costas com as marias-

-chiquinhas icônicas balançando em frente à lua minguante amarela. Eu quero, mas já gastei demais esse ano. Na próxima mesa, procuro por Luca e o vejo conversando de segredinho com May e Inaya. Há algum segredo rolando, então desvio o olhar para lhes dar privacidade. Depois, May se aproxima de mim.

— Olha esses — diz ela, pegando alguns marcadores de página com Pokémons felpudos em cima.

Sei que ela está me distraindo e eu deixo; acho divertido que minhas amigas pensem que é só me mostrar alguma coisa relacionada a animes para que eu preste atenção. Mas então vejo um marcador com Jellicent. Ela é um Pokémon da quarta geração e tem forma masculina e feminina. Esse artista tem as duas. Um achado! Começamos a conversar sobre isso e a distração de May funciona perfeitamente.

Só quando nos sentamos na praça de alimentação para almoçar que me lembro de Luca e Inaya saindo escondidos. Fiquei tão absorto em analisar os cosplays passando que só percebi Luca me entregando um envelope grande quando já estava nas minhas mãos.

— Abre, Raffy.

Luca me cutuca.

Eu vejo o formato e o tamanho e sei exatamente o que é: o *print* da Sailor Moon. Sei que não devo deixá-lo perceber, então tento abrir rápido o bastante para dar um motivo para as lágrimas se formando em meus olhos.

— Vi você namorando isso — diz Luca, me cutucando de novo. — Sei o quanto você gosta dela. Vai ficar ótimo na sua parede.

— Luca.

Não sei por que estou chorando. Na verdade, sei, sim. É a primeira vez que um cara compra algo pra mim. E sempre achei que ganharia rosas ou chocolates algum dia, mas Luca achou algo que eu não comprei para mim mesmo e me deu mesmo assim. Não de aniversário ou Natal. Só porque ele sabia que eu queria.

— Eu amei — digo, com toda a sinceridade, e guardo o envelope para não sujar.

Luca olha ao redor, decide que é um espaço seguro, e então me dá um beijo rápido. Quando se afasta, seus olhos param em algo atrás de nós.

— O que é aquilo?

Ele não espera por uma resposta, só sai andando até a multidão que se forma no centro da praça de alimentação. Deixo nossas coisas com

May e Inaya, que estão olhando as fotos, e alcanço Luca quando ele começa a se enfiar na frente da muvuca.

Ficamos em uma fileira de pessoas na borda de um palco invisível onde seis cosplayers estão fazendo uma dança complexa ao redor uns dos outros. Suas armas balançam no ar em câmera lenta, emulando uma batalha dramática sem causar impacto. É luta teatral, uma cena de um jogo que reconheço, mas nunca joguei. As pessoas mais próximas estão aplaudindo mais alto do que todas. Aos pés deles, há alto-falantes tocando a música que ouvimos da nossa mesa.

— O que estão fazendo? — pergunta Luca, com a voz tomada de curiosidade.

— É luta de mentira. Não é real — respondo.

— Eu sei, mas por quê?

Aponto para as câmeras. Não apenas os celulares que as pessoas estão usando para gravar, mas o equipamento de vídeo nas extremidades do palco.

— As pessoas fazem vídeos para as convenções mostrando cosplayers famosos — explico. — Alguns competem, mas muitos fazem para conhecer gente. É uma coisa mais social. Outros vêm fotografar e gravar, em vez de fazer cosplay. Geralmente tem vários ensaios fotográficos rolando aqui.

Luca começa a se mover de novo, dessa vez até as escadas rolantes. Eu o sigo, correndo para ficar ao seu lado assim que chega no último degrau. Logo antes de alcançar a sessão de fotos que avistara, ele para de repente.

Percebo o que lhe chamou a atenção. Christina Wynn, de pé em cima de uma muretinha, sob vários refletores enquanto uma fileira de fotógrafos aponta câmeras imensas para ela. Eles tiram fotos e giram ao seu redor, como se fossem peixes tentando comer migalhas.

Ela não está voando de verdade, mas do ângulo que está sendo fotografada, sei que vai parecer flutuar nas fotos. A luz ilumina perfeitamente cada detalhe do seu cosplay, mas ela poderia estar escondida nas sombras e eu ainda reconheceria cada curva e escama. Ela está vestindo sua armadura de Sacerdotisa Dragão, que eu a vi construir pelos últimos seis meses no Ion. Pessoalmente, é deslumbrante.

— Quem é essa?

— Christina Wynn. Ela é do Canadá. É "Christina, A Rainha" no Ion.

— Você conhece ela?

— Não, ela é uma cosplayer das grandes. Passou para as Finais da Controverse ontem à noite.

Luca mal escuta o que falo. Ele está olhando ao redor, de repente absorvendo os cosplayers brilhando no meio da multidão. O foco de toda afeição, adoração, atenção.

E algo clica na mente dele. Quase consigo ver seus pensamentos se conectando, como uma constelação de ideias.

— A gente vai fazer isso — ele me diz. — Ano que vem, vamos vir competir.

Quinze

Agora

Espero na casa de May enquanto passo um soprador térmico em uma armadura de isopor para esquentar as rachaduras e amassados que tenho certeza de que apenas eu consigo ver. Arrumo a peruca de May e começo a fazer minha maquiagem e colocar as próteses cedo. Encontro coisinhas de última hora para eu fazer enquanto o relógio se aproxima do meio-dia.

May chega em casa na hora, brilhante de empolgação. Enquanto nos vestimos, ela conta sobre as pessoas que conheceu e as colaborações que vai começar a fazer. Ela até recebeu uma oferta para expor com outro artista que gosta do trabalho dela, o que é uma grande oportunidade. Uma oportunidade *incrível*! A conversa tranquiliza meus pensamentos e meus miniataques de pânico. Mergulho na minha eficiência pensativa de sempre enquanto escuto e, quando dou por mim, estamos prontos. Nos observamos no espelho; a quantidade de detalhes é quase demais para as dimensões pequenas do quarto de May.

Estou vestido como ELE, o icônico vilão do desenho clássico dos anos noventa, *As meninas superpoderosas*. É um personagem demoníaco, esguio e vermelho, com pelinhos rosas na roupa e uma bota salto alto que vai até a coxa. E tem garras de caranguejo. Bizarro, eu sei, mas será facilmente reconhecido pelos jurados que são majoritariamente *millennials*. *Millennials* amam uma boa referência e *todos* assistiam a esse desenho. Vão me reconhecer na hora, e eu sei que a reação vai ser boa.

Estou coberto dos pés à cabeça por uma maquiagem vermelho--cereja, que brilha com qualquer movimento. Próteses deixam meu nariz e queixo pontudos de um jeito diabólico, e eu fiz as maçãs do rosto saltarem para dar a impressão de que meu crânio está esticando a pele.

ELE é icônico por vários motivos, e eu adaptei todas as principais referências — a pele vermelha, as botas, a saia e o colarinho, e as garras — para um estilo Elizabetano. Eu estou com uma renda rosa-bebê costurada em um espartilho com brocados vermelhos e uma faixa amarrada na cintura. Fiz até uma coquilha de verdade, o que pode parecer meio audacioso, mas acho que o júri vai gostar. E, claro, estou com as botas. Pretas, mas não de couro envernizado (não iriam combinar), e contam com uma amarração linda na parte de trás. São o que se imaginaria encontrar debaixo das várias saias da Rainha Elizabeth caso ela quisesse dar uma de safadinha.

O melhor de tudo são as garras gigantes que fiz. São hiper-realistas e de um tom vermelho-fogo. Parecem ter sido arrancadas de um crustáceo monstruoso, algo com uma carapaça forte que sobreviveria às chamas do inferno.

Em suma, é um look que mistura Lady Gaga com uma lagosta gigante, uma vibe meio Shakespeare no submundo. Estou foda para caralho.

May está ainda melhor.

Ela está vestida como outro vilão, também de *As meninas superpoderosas*: Princesa MaisGrana, uma infame menina mimada com cabelo ruivo bufante que usa o dinheiro do pai para construir uma armadura que lhe dá todas as habilidades das meninas superpoderosas.

Basicamente, ela é uma versão infantil e feminina do Homem de Ferro. E essa é a piada da fantasia. Eu peguei a armadura batida do Homem de Ferro e recriei os detalhes dourados e brilhantes no corpo de May, que tem mais curvas. E, para conectar com a minha fantasia, fiz o design da armadura para se parecer com um cavaleiro Elizabetano. May parece antiga e moderna. Mortal e majestosa. Espero que todo Tony Stark que encontrarmos literalmente saia voando da frente dela quando chegarmos na Controverse.

— Cacete, Raff, a gente está demais — diz May.

Estou arrumando os tufos de cabelo vermelho que ficam ao redor da cabeça dela, me certificando de que a base de escultura que criei fique no lugar. Vai ficar. Olho para May e fico tão feliz de ser ela quem está aqui comigo.

— Estamos *mesmo* demais, né?

Os pais de May insistem em tirar fotos de nós como se estivéssemos indo para um baile. Eles não vão postar, uma regra que sabem que precisam respeitar, mas dizem que querem revê-las quando May e eu formos artistas famosos. Suas palavras de apoio fazem com que eu sinta um aperto no estômago durante todo o trajeto de carro até o porto, e fico o tempo inteiro mexendo em minhas garras gigantescas. Enquanto o rádio toca, me deixo levar pela ansiedade dizendo que tudo pode dar errado, mas May me tira dessa quando pede para eu coçar um ponto no ombro dela entre as placas da armadura.

— Bem princesinha mesmo — eu brinco.

— Isso aí. Um pouco mais para cima. Dá para usar a sua garra?

— Sua esquisita!

— Ué!— ela ri.

Seguindo as instruções do e-mail que recebemos ontem à noite, entramos pelos fundos do centro de convenções, onde várias pessoas da organização nos recebem. Somos guiados pelos mesmos corredores escuros até a sala de pré-avaliação de ontem, onde competidores estão em pares, esperando ansiosos pela sua vez. Restam apenas treze equipes, então logo encontro Luca e Inaya, e passo o resto do nosso tempo de espera fingindo que não consigo vê-los. Olhei para eles tão rápido que nem processei o que estão vestindo, então me convenço de que não me importo. May e eu estamos causando em meio aos competidores, e eu foco em fazer com que essa onda de agitação continue se expandindo; quem sabe ela atinge Luca e bagunça os cabelos perfeitos dele.

Fora isso, tudo está normal. Normal demais.

— Não tem câmeras aqui — May comenta.

Ela tem razão. Ninguém está filmando.

Pulo quando ouço meu celular tocar dentro da bolsa. Nossa vez está chegando, então me apresso para silenciar o toque antes de os jurados nos chamarem. Tiro uma das minhas garras e me abaixo com cuidado, me equilibrando nos saltos altos, mas quase caio para trás quando vejo quem está ligando. É Evie. Mas por quê?

— Raffy, o que você está fazendo? — May pergunta, com a voz agitada.

— Alô? — digo ao atender o telefone.

Evie não me cumprimenta.

— Onde você está?

May toma o celular de mim, desliga e o joga para trás de nós quando o grupo de pré-jurados se aproxima. Alguém da organização vem junto, com um tablet em mãos, gravando tudo.

Coloco a garra de volta. Me recomponho, e May e eu começamos a dar nossa explicação ensaiada das fantasias. Atrás de nós, alguém pergunta:

— Ei, você deixou o celular cair?

Eu ignoro.

— A armadura d'ELE foi inspirada na moda Elizabetana porque eu queria dar um contexto histórico para os detalhes na gola e as mangas bufantes na armadura dourada de cavaleiro da Princesa MaisGrana. E também porque os tecidos da época são maravilhosos de trabalhar. Além disso, ELE sempre teve uma teatralidade que me parecia bem Shakespeariana, então tudo se encaixou. E ajuda que o contraste grotesco com as garras fique incrível.

— Com licença, isso é seu? — a pessoa atrás de mim pergunta. — Tem alguém ligando.

May pega o celular, coloca no silencioso e o joga no meio das nossas coisas. Um dos jurados pede mais detalhes sobre o espartilho.

Estou distraído. Mal consigo responder:

— O *corset* foi feito à mão.

May pigarreia, e eu continuo:

— Não usei osso de baleia de verdade, porque não parecia uma boa ideia matar uma baleia inteira por causa de uma peça de roupa. Em vez disso, usei abraçadeiras para fazer a estrutura do *corset*, depois reforcei a estrutura do espartilho, que foi feito com um tecido brocado que encontrei no Craft Club e restaurado com pérolas pretas costuradas à mão. Tudo foi feito ou restaurado por mim de alguma forma, incluindo o babado e as saias. Eu não as fiz, mas engomei e pintei com corante ácido e depois fiz as dobras à mão para ter esse efeito.

— E os sapatos?

Seguro a mão de May para mostrar aos jurados minhas botas cuidadosamente amarradas, mas meus olhos vão para a tela do meu celular, que acende de novo e de novo. O que está acontecendo? Será que Evie sabe que estou aqui? Ela sabe que não estou acampando, e eu me esqueci completamente de criar uma nova mentira para hoje. Esqueci. Merda. *Merda.*

Mal me ouço tentar explicar como fiz as botas. E demoro tanto para responder que não consigo falar de mais nada porque nosso tempo acabou.

Os jurados vão para a próxima dupla, deixando May em pé ao meu lado com as mãos na cintura e uma cara de preocupação que lembra um professor ou um policial.

— Raffy, não fica chateado, viu? Você se perdeu um pouco, mas tenho certeza de que foi bom o suficiente. E lembra que vencer não é tudo, ok?

Começo a tirar minha garra para pegar o celular, mas May o arranca de mim de novo.

— Para. Só vai te deixar mais ansioso — ela me avisa.

— Você está me tratando como se já tivéssemos perdido.

— Você está agindo como se quisesse que isso fosse verdade. Nem falou da sua coquilha personalizada. Não era justamente esse o *motivo* de usar uma coquilha?

Dou alguns passos cambaleantes para trás com meus saltos.

— Achei que você não se importasse com nada disso.

— Bom, eu me importo com *você*!

Ela não consegue cruzar os braços, mas sei que gostaria de fazer isso. Ela não consegue fazer muita coisa com essa armadura. Qualquer um vendo de fora acharia que estamos tendo uma luta bizarra em câmera lenta.

— E sei que isso é muito importante para você, mas o mundo não vai acabar se você não ficar em primeiro lugar. Você chegou às Finais. Com certeza vai ter no mínimo uma menção honrosa. E estamos *fo-das*. Não é o suficiente?

Me sinto forçado a refletir sobre essa palavra: *suficiente*. Será que é o suficiente? Será que eu sou o suficiente?

Ficar em segundo lugar é o suficiente para meus seguidores? Talvez fosse se eu estivesse postando regularmente nos últimos tempos. Eles me procuram para aprender, para observar, mas com tudo que aconteceu com Luca, eu mal tenho feito *lives* no Ion. Estive com vergonha e raiva demais para me expor. Fiz tudo sozinho. Essa era para ser minha grande e vitoriosa revelação.

E Evie? O segundo melhor nunca seria suficiente para ela. Na verdade, o meu melhor nunca seria também. Me lembro do ano passado, quando ela olhou para meu cosplay de Sereia de Plasma, o chamou de poesia e depois o picotou inteiro. Então, será que essas roupas seriam suficientes para ela? Uma menção honrosa seria suficiente? Não, claro que não. É inevitável, Evie vai me ver fazendo cosplay um dia, e, se eu não for o melhor possível até lá, é melhor que ela nem me veja.

E nada além de ganhar vai ser o suficiente para *mim*. Tudo que eu faço é medido por quem estou tentando me tornar, e os padrões dele são os maiores do mundo. Ele é forte e inabalável, gentil e alegre. Se eu puder me tornar ele, me tornar *isso*, sei que o resto vai se encaixar.

Mas ainda não sou ele. Eu sou eu. Ansioso, emotivo, fraco. Não importa o quanto eu tente me convencer de que estou pronto, de que consigo, uma única ligação perdida de Evie já ativa minha ansiedade e me transforma em um menino idiota vestindo fantasia. Não sou suficiente para provar o contrário para ninguém. A única coisa que posso provar é que não estou pronto para ser o filho que Evie quer ou a pessoa que meus sonhos precisam para se realizarem.

— Não pensa nela — May diz, tarde demais.

Tiro uma das minhas garras e estico a mão.

— Me dá o telefone.

May me entrega o celular com o rosto coberto de arrependimento.

Pego o aparelho, desligo e o deixo no chão ao lado das nossas coisas. Espero que seja roubado. Seria a desculpa perfeita para nunca ouvir nenhuma das mensagens de voz de Evie.

— Foda-se — digo.

— Foda-se — May sorri.

Damos as mãos, já que um abraço de verdade seria mortal com essas roupas.

— Chegamos aqui, e isso é o suficiente.

— Chegamos *aqui* — repete ela — e isso é *tudo*. Você fez isso tudo, Raffy. E aí, pronto para ganhar?

— Sim.

Dou um sorriso.

Madeline entra na sala e pede para todos prestarem atenção enquanto explica os próximos passos. Nos diz que haverá câmeras e que não devemos olhar diretamente para elas. Depois, lê alguns lembretes de como funcionam as Finais. Haverá as três categorias padrão: armadura, costura e efeitos especiais. Cada categoria vai ter primeiro, segundo e terceiro lugar. Depois, os jurados vão premiar o melhor conjunto da obra e nomear o segundo e o terceiro lugares da competição. Esses são os grandes prêmios, os que todo mundo quer.

Os looks serão julgados individualmente em cada categoria, mas os pares serão julgados juntos para as colocações de melhor conjunto da obra. May está na categoria armadura. Estou em costura.

Então, como se fôssemos o desfile mais bizarro do mundo, somos levados para o auditório montado para as Finais. Nos bastidores, nos dizem para ficarmos em pares enquanto a organização corre de um lado para o outro em silêncio. É difícil enxergar, mas conseguimos ouvir tudo pelos alto-falantes enquanto os apresentadores animam o público. Passam anúncios da nova linha de perucas do Craft Club e mais alguns conteúdos patrocinados de alguns filmes e jogos que têm ganhado muita atenção este ano. Depois, os jurados — os de verdade, com Waldorf Waldorf e tal — aparecem, e cada um é apresentado com uma lista imensa das suas conquistas, habilidades e expertises. O júri fala de como está empolgado para a Controverse inteira ver os looks, e o público come na mão deles.

O show de verdade vai começar. Geralmente eles separam os looks por categoria, mas este ano vão fazer as duplas desfilarem juntas. Sabíamos disso quando entramos, e May e eu sussurramos para confirmar nossas poses enquanto os primeiros pares entram. Estamos preparados e prontos para ir.

— Raffy e May, é a vez de vocês — Madeline sussurra quando nos aproximamos da cortina.

A adrenalina está nas alturas.

E então, uma voz familiar ressoa das sombras.

— May, você precisa de ajuda com a sua bateria?

Inaya e Luca estão atrás dela. A dupla na nossa frente é chamada.

— Obrigada — diz May enquanto Inaya prende a bateria de forma mais firme em seu ombro.

— Não toca nesse microfone — Madeline sussurra para Inaya, e logo as duas estão mexendo na roupa de May.

Não consigo ouvir o que estão falando porque a multidão está gritando agora que os cosplayers à nossa frente terminaram. O que quer dizer que vamos ser chamados.

O medo do palco, que durante esse tempo todo ficou formigando na minha garganta, é empurrado para longe por pânico quando vejo fios aparecendo nas costas de May. Em uma fração de segundo, tiro Madeline e Inaya da frente, pego o microfone e a bateria e os coloco em um espaço abaixo do ombro de May.

— Pronto — digo, assim que nossos nomes são chamados pelos alto-falantes.

— Espera! — Luca empurra algo para May.

A capa dela, que eu tinha completamente esquecido. May a veste bem a tempo.

— Obrigado — sussurro para ele e Inaya.

E então é nossa vez.

Entramos atrasados, na metade da introdução que escrevi.

— ... conhecido no Ion como Arte do Raffy, com inscrições nas categorias armadura e costura — o apresentador fala e alguém da organização afasta as cortinas para passarmos.

Eu assisti a esse momento um milhão de vezes, pessoalmente, por *lives* e *stories* nas redes sociais de outras pessoas. Mas, quando fico de frente com a multidão, sinto como se fosse tudo inédito, esse lugar, esse momento, esse look. Não sou Raffy: sou ELE. May não está aqui. É a Princesa MaisGrana que está ao meu lado. E, sobre os gritos e aplausos, a narrativa da nossa criação é contada, transmitida em meios aos céus escuros como se o narrador fosse um deus onisciente.

— ELE e Princesa MaisGrana voltaram para acabar *de vez* com *As meninas superpoderosas* — lê o apresentador.

May e eu chegamos ao centro do palco, e esse é o grande momento.

— As garras d'ELE foram feitas para ter esse visual sinistro e realista, mas são de EVA. A armadura da Princesa MaisGrana é equipada com um circuito de luzes LED. Apenas o que há de melhor para a Princesa!

Essa é a deixa de May. Ela faz a pose característica da personagem — mãos nos quadris, como uma menina mimada e soberba. Um sensor no quadril se conecta com outro na mão dela e as luzes da armadura se acendem.

Quer dizer, deveriam ter acendido.

Só que nada acontece.

May faz a pose de novo e nada acontece. Tenho certeza de que foi porque mexeram na bateria no último minuto, mas não há tempo para consertar. Por causa disso, perco o timing da minha pose em que eu deveria fingir pegar o público com minhas garras. Eu me atraso e a faço ao mesmo tempo que May balança a capa ao seu redor, e de repente ficamos enrolados com o tecido de veludo preso em minha garra crustácea.

May e eu nos movemos para nos soltarmos ao mesmo tempo, mas estou de salto alto. Sinto o palco girar sob meus pés enquanto tropeço e tento aliviar a queda, mas lembro que minhas mãos são garras gigantes de caranguejo. Eu caio de peito no chão com as mãos esticadas para a frente e solto um gemido terrível. As garras saem voando e logo em seguida ouço um barulho quando caem perto da equipe de filmagem.

O barulho é horrível, dá claramente para perceber que soa como várias coisas caras caindo, e solta até um pouco de faíscas.

O apresentador faz uma piadinha, e as pessoas riem. Enquanto tento me arrumar e levantar, caio de novo com os saltos.

Alguém se joga no meio da confusão para pegar as garras. As luzes do palco se apagam e a equipe corre para ajudar a gente a se levantar. Estamos quase saindo do palco quando a multidão começa a chamar nossos nomes, mas não os vejo. Não consigo ver nada em meios às lágrimas que com certeza vão acabar com a minha maquiagem. Estragamos tudo da pior forma possível, e a única coisa que consigo ver é a derrota inevitável.

As luzes se acendem de novo e os gritos viram aplausos. Não vejo nada. Meu mundo continua no escuro, assim como meu futuro.

Não sei o que seria suficiente, mas o que rolou aqui não foi. Eu não sou suficiente.

Dezesseis

Antes – Dez meses atrás

O fim de ano! Uma época de luzes, amor e, para a maioria das famílias, festas. Não somos diferentes no quesito festas, a questão é que nunca são em família. Em vez disso, nossos convidados são artistas. Pessoas do mundo da minha mãe, um povo diferente que parece ter caído do céu sem saber como voltar para as nuvens. Eles só aparecem, ficam para sempre e, não importa quantas placas eu deixe na porta do meu quarto, nunca batem antes de entrar.

Assim fica difícil me esconder e trabalhar; não que eu tenha muito o que fazer. Depois da Controverse, estou em uma época tranquila, um período em que normalmente fico construindo as fantasias para a primavera e verão. Então eu deveria estar fazendo os designs, pesquisando e juntando materiais, mas escolher o que fazer em seguida parece impossível agora. Com Luca em cena, tudo parece empolgante e assustador, rápido demais e superlento.

Na maior parte do tempo, trabalho sozinho. Trabalho para mim. Trabalho com minha visão em mente. Ter que de repente acomodar duas visões me paralisa, desacelera minhas mãos e esvazia minha mente, tudo de uma vez. Parece que estou com medo de começar porque sei que o trabalho não vai ser apenas meu. E nem faz muito sentido porque, ao mesmo tempo, estou empolgadíssimo que Luca vai fazer cosplay comigo.

Luca quer fazer cosplay! Já dá até para imaginar como vai ficar incrível quando terminarmos, mas não consigo nem começar.

Meu celular acende com mais algumas mensagens de Luca. Enquanto passei o mês seguinte à Controverse em uma ressaca artística, Luca entrou no buraco de vídeos de artesanato do Ion. Desde que o levei para a Controverse, ele mudou de uma forma maravilhosa. Seu ceticismo com cosplays virou de cabeça para baixo e agora se transformou em uma empolgação digna de alguém obcecado. Misturando isso com sua energia normal, fica difícil acompanhar todas as perguntas e ideias dele.

Talvez seja por isso que eu não consiga escolher um projeto. Qualquer um teria dificuldade se o talvez-namorado mandasse, todo dia, por semanas a fio, pelo menos umas seis ideias incompletas. E pode até parecer irritante, mas não é. É uma oportunidade.

Luca e eu somos feitos de matérias diferentes. Se Luca é forrado por entusiasmo, eu sou encapado com ambição. Se fôssemos pelo menos um pouquinho mais parecidos, a diferença nos prejudicaria, mas nosso contraste é forte e lindo. O confronto de nossas personalidades nos dá poder. Um poder no qual estou aprendendo não apenas a confiar, mas a acreditar também.

Não consigo parar de pensar em como dois meninos *queer* seriam dentro do mundo cosplay. Estou sonhando com o final. Fixado nisso, e não consigo evitar. Não há como negar que Luca é gostoso, assim como eu sou indiscutivelmente talentoso. Juntos, vamos ser um ícone.

Vamos ser.

Isso se eu descobrir uma maneira de começar. Tenho passado a maior parte do tempo jogando videogame, como agora, e dizendo a mim mesmo que é "pesquisa".

Chega outra mensagem de Luca, dessa vez com o link de um tutorial de maquiagem protética de zumbi.

> Bambi-zumbi?

Ele está mencionando uma das minhas mais bizarras ideias de cosplay em dupla. Um animal que se parece com a versão da Disney de Bambi e a mãe dele, mas, na minha interpretação, ela voltou como um zumbi e mordeu o filho. Bizarro, eu sei, mas com certeza chama a atenção. E Luca ama qualquer roupa que mostre o corpo dele. Não que eu me importe, sabe como é.

Mas a visão para aí. Nunca passa de um vislumbre do glamour. Dessa vez, porém, consigo ver um pouco além e percebo algo: tudo o que vejo são esses momentos de glória, mas depois disso há uma escuridão que não consigo evitar. Não uma escuridão maligna. Uma escuridão *vazia*.

Não importa o tamanho da empolgação de Luca agora, sei que tudo isso vai acabar quando ele entender o que vai acontecer quando entrarmos juntos na convenção fazendo cosplay. As pessoas vão criar teorias. Vão nos *shippar*. Quer queira, quer não, a internet vai nos expor como um casal antes de ele estar pronto para isso. Pelo que entendi da relação dele com os pais e do que os dois acham de quadrinhos, convenções e cosplay, seria o pior pesadelo de Luca. Assim que ele perceber que esse novo sonho terá que coincidir com o processo de se assumir, o sonho vai morrer. E o meu também, eu acho. Eu deveria abrir o jogo logo, mas tenho medo demais.

Essas verdades se acumulam sobre mim como um cobertor de lã gélido e molhado. O peso me desacelera e eu morro no jogo. Fico cada vez mais lento, menos meu coração, que bate rápido, como se estivesse com soluço. Talvez eu não consiga começar porque sei que não tem como isso acabar bem. Talvez seja mais difícil começar coisas que sabemos que vão terminar.

Luca me manda outra mensagem.

> Brincadeira. Não vou me vestir de cervo. Nem por você, seu doido. ;)

Deixo meu controle de lado e jogo as pernas para fora da cama. Depois, me levanto e me alongo, com uma vontade repentina de fazer algo.

Por muito tempo tenho tido cuidado com Luca, preocupado que o relacionamento estranho que temos se desfaça bem na minha frente. Mas Luca fica desarmando os meus medos. Ele continua a me surpreender, como na exposição, como agora, ao persistir em me mandar ideias. Eu preciso dar a ele — a nós — uma chance, não preciso? Se tudo isso for só ansiedade me impedindo de curtir algo bom, nunca vou me perdoar.

Se Luca está preparado, eu também posso estar. Não vou deixar meu medo do futuro definir como vou me comportar no presente. Luca finalmente, *finalmente,* entrou no meu mundo, e eu não vou deixá-lo ir embora só porque estou com medo.

A campainha da porta toca e mal dá para ouvi-la com a música (agora, Dolly Parton). Ela toca de novo um minuto depois, e mais uma terceira vez. Corro para atender e mal reparo nos adultos (incluindo Evie) sentados em círculo no chão da sala de estar, bolando algo que deve ser um tipo de barato químico. Eca. Artistas velhos são tão carentes.

Assim que a campainha toca de novo, chego à porta e encontro uma entregadora com pelo menos uns oito pacotes de comida. Assino, pego os sacos com os braços e fico irritado pelo que essa entregadora passou. Estou levando o último pacote para a sala quando Evie, com o cabelo bagunçado, se senta e pergunta:

— Raphael, que comoção é essa?

— Suponho que seja o jantar de vocês que chegou, né?

— Deve ser — diz ela, pensativa.

Está chapada, com certeza. Provavelmente nem lembra que pediu toda essa comida indiana. Me viro para sair, mas ela se levanta num piscar de olhos e vai abrindo os sacos.

— Vem, senta e come com a gente, Raphael. Você passa tempo demais naquele quarto olhando para telas. Vem olhar para rostos. Telas não podem sorrir, chorar ou fazer perguntas.

Exato, eu penso.

Olho para os outros adultos. Estão todos num estado de delírio. Seus rostos estão vermelhos e com expressões de surpresa, depois de fascínio pela comida que preenche a casa com aromas de *naan* e curry. Alguém pega um recipiente e o balança para ouvir o conteúdo.

— Vou pegar pratos — digo, mas do nada vários convidados saem da cozinha com pratos e talheres em mãos.

Como Evie, estão vestindo algum tipo de pijama espacial, como se fossem do turno da noite na Enterprise. Não sei por quê. Não me importo. Se não fossem pijamas espaciais, seria outra coisa esquisita. Conheço alguns deles de outras festas, e outros parecem impossíveis de diferenciar dos que já conheci. Em pouco tempo, todos estão sentados na sala de estar, compartilhando histórias dos seus jeitos apáticos.

— E então abriram aquele fast food — um deles diz, como se estivesse fazendo um discurso em um funeral. — E foi quando eu percebi... Percebi que a cidade estava definhando. Então pensei: fique. Fique, Margaret, e pinte a morte. Encare a morte. Diga "morte" e preste atenção no sabor da palavra.

Duas pessoas no público de Margaret murmuram: Moooooooorteee.

— Tem gosto de sopa de cebola — conclui Margaret. — Então, fiz uma coleção sobre tigelas de pão. Chamem de *Carb-o Diem*. Aproveite os carboidratos.

E isso continuou por uma meia hora. Comi um prato inteiro de comida sem ninguém vir falar comigo, ainda bem. Meu erro foi tentar sair de fininho ao terminar.

— Raphael, você tem o quê, uns quinze anos?

Sento de novo e me viro para o homem que sabe meu nome. Ele e minha mãe têm o mesmo corte de cabelo. É bizarro.

— Tenho dezessete.

— Ah, quase terminando o ensino médio, não é mesmo? E depois?

— O muuuuuuundo — entoa Evie, que eu nem percebi que estava prestando atenção à conversa.

Há um tom de piada na forma como ela prolonga a palavra. Sarcasmo, eu acho. Como se eu achasse que fosse capaz, mas não sou, e ela soubesse disso.

— Sua mãe disse que você tem um talento nato para costura. Já pensou em virar aprendiz de alguém?

— Não — responde Evie. — Não consigo fazer ele estudar com ninguém a menos que seja um curso formal. Ele quer passar *mais* tempo na escola.

— Ah, mas por que ser tão pragmático? Você é tão jovem — pergunta uma moça muito alta chamada Rocky.

Rocky é trans; ano passado fez uma série de esculturas com objetos perdidos que registrava sua transição. Ela é uma das poucas artistas de que eu gosto de verdade.

Faço questão de olhar para Evie quando respondo:

— Eu quero aprender o máximo que puder enquanto busco minha perspectiva artística. Não tenho certeza do que quero fazer ou o que quero dizer, então vou fazer de tudo até ter certeza.

— Ah, ele é inteligente, Evie — diz Rocky, mas ela diz como se estivesse retrucando, como se Evie tivesse dito o contrário não muito tempo atrás.

— O que você gosta de fazer agora? — pergunta Rocky.

Quando não respondo de imediato, Evie diz:

— Ele faz muitos trabalhos manuais. Conte para eles sobre o seu *projeto escolar*, Raphael.

E sei que ela sabe que não era um projeto escolar, o que deixa o fato de ela o ter cortado ainda pior. Talvez porque esteja chapada ou talvez porque queira ser cruel, ela une a ponta dos dedos e diz:

— Raphael gosta de se fantasiar.

O rosto de Rocky se ilumina.

— Drag?

— Não, não. — Evie foge do assunto drag como se nossa conversa infame não fosse digna de mencionar a nobre arte de fazer drag. — Como personagens de desenhos animados.

Não sei de onde tiro forças para dizer:

— Cosplay.

— Sim, isso, meu filho, um cosplayer.

Se outros ali sabem o que é cosplay, não admitem. Se não sabem, não vão perguntar. Evie está pronta para atacar e qualquer um pode ser uma vítima.

Rocky é a mais corajosa.

— Meu sobrinho faz isso — ela diz, com um tom afetuoso, como se conseguisse ver que estou prestes a surtar. — Ele gosta de se vestir de raposa.

— Uma raposa?

— Aham, ele tem uma fantasia de raposa. Ele me disse que a comunidade é bem ativa. Tem *todos* os tipos de animal. São muito abertos.

— Isso é outra coisa — digo. — Eu crio e monto fantasias baseadas em filmes, quadrinhos e videogames.

— Eu vi uma raposa em um filme — diz o homem que achava que eu tinha quinze anos. — Tenho certeza.

— Foco, Boris — responde Evie. — Isso é sério. É artesanato. Raphael é muito bom *nessas coisas*.

— Ah, você já foi no Craft Club? Meu sobrinho adora — diz Rocky, o que não ajuda em nada a situação.

— Já foi lá, Raphael? — pergunta Evie. — Quando Boris e eu estávamos arrumando o estúdio, encontrei *várias* sacolas do Craft Club escondidas no roupeiro.

Lanço um olhar desesperado para Rocky, e ela o devolve com um olhar apavorado, como se pedisse perdão. Ela está tentando me ajudar, mas o que eu preciso de verdade é sair daqui. Evie pode passar horas fazendo piada do Craft Club.

— Evie, você é elitista demais. O Craft Club é muito fofo — diz Rocky.

— Sim. Fofo.

Evie solta um suspiro longo e repleto de decepção.

Tenho muito a dizer. As palavras estão na ponta da língua e fazem meus dentes tremerem de raiva. Eu as engulo e sinto um nó intenso no estômago. Nunca vi minhas ambições e minha arte como coisas que entrariam em conflito, mas Evie parece ter certeza de que são uma destruição certa. Mídias que não podem ser misturadas. Sei que poderia argumentar que são a mesma coisa para mim, mas não vale a pena. Ou não seria possível.

Não caio nessa. A conversa continua. Tento ficar e ouvir para mostrar que não me afetei, mas minha mente já está lá no segundo andar. Está no meu quarto, onde meu celular está carregando e se enchendo de mensagens do menino pelo qual estou me apaixonando.

Que quer fazer cosplay.

Comigo.

Acho que nós dois estamos indo atrás dos nossos sonhos apesar das nossas realidades. Me pergunto quem vai ser forçado a encarar essa realidade primeiro: Luca ou eu.

Ainda me sinto péssimo pelo jeito como Evie falou comigo, e já se passaram dias. Não consegui trabalhar em nada. Bom, eu fiz dever de casa, pelo menos. Mas nada manual. Que ódio.

Sem falar que estamos em dezembro. Que, normalmente, eu amo, porque é uma ótima desculpa para ficar em casa direto, mas o clima tem sido superameno. É por isso que, naquela quarta-feira, quando estou saindo da escola, não fico surpreso ao receber uma mensagem de Luca.

> Vem para o campo. Me encontra debaixo das arquibancadas.

Moro em Boston desde sempre, mas nunca fui a nenhum campo até conhecer Luca. Agora, conheço a maioria e sei que ele está falando do que fica perto da Praça Magoun, em Somerville. Mesmo assim, não sei ao certo onde ficam as arquibancadas, muito menos como ir para debaixo delas. Mas, enquanto estaciono, já descobri e fico pensando no que Luca está tramando. Mando uma mensagem para May dizendo para ela me esperar no Donut, Janet! (uma loja de *donuts* temática de *Rocky Horror Picture Show*, na Praça Davis, que a gente adora).

Paro perto do campo. Luca está lá, jogando bola com alguns amigos. Ele me vê, mas não para, o que é normal. Alguns amigos do Luca sabem sobre ele, mas a maioria, não, e fazemos o possível para manter as coisas assim. Foco meu olhar em um ponto longe e passo reto pelo jogo. Qualquer pessoa observando não enxergaria nada entre nós, nenhuma tensão, nenhuma relação.

Então, chego debaixo das arquibancadas. Não espero muito tempo e Luca aparece ao meu lado, me dando um abraço suado.

— Você tá muito *molhado*.

— Agora você também! Quer jogar?

— Como se você fosse me deixar jogar.

Luca franze as sobrancelhas.

— Como se você *quisesse* jogar.

Dou de ombros sob as tiras da mochila.

— E aí? Aconteceu alguma coisa?

Luca se senta na grama, de pernas cruzadas, e gesticula para eu me juntar a ele. Me ajoelho porque não quero sujar a calça. Ele também está com uma mochila nas costas, e tira dela um caderno que tem FÍSICA escrito na capa. Ele folheia o caderno até os números complexos sumirem e, de repente, estou olhando para desenhos que ocupam páginas.

— Andei pensando no que vamos fazer e decidi: Phobos e Deimos de *Pantheon Oblivia*.

Demoro um segundo para entender que ele está falando sobre um possível cosplay, e mais um pouco para controlar o pânico que sinto.

Mas para Luca isso não é apenas uma possibilidade. Depois das centenas de ideias que ele me mandou, sendo que a maioria eu nem tive tempo de responder até ele mandar a próxima, ele decidiu ir com essa. Percebo pela forma como seu corpo inteiro foca em me mostrar que ele está falando sério.

Penso naquela conclusão terrível a que cheguei, e os detalhes do que concluí viram um borrão que vou ignorar por ora. Então, não demonstro reação alguma. Só sigo em frente e digo:

— Os deuses corvos gêmeos?

— Aham, com asas. Imaginei asas gigantes que abrem e fecham. E uma armadura muito foda. Nada grande demais, mas superdetalhadas. E...

— Luca, espera aí. Por que eles?

Eu sei o motivo, mas quero que ele diga. E ele responde:

— São perfeitos, Raff. Eu juro. Pensei muito nisso, e vai ficar incrível como uma fantasia em dupla. Eles têm armaduras legais que combinam, e se parecem com a gente. Você ficaria lindo vestindo a túnica mágica de Deimos, e Phobos é tipo...

— Ele fica praticamente pelado — eu termino a frase.

— Bom, sim, exceto pelo peitoral e... Acho que chamam de coquilha?

— Então você quer ser um deus corvo sexy e eu vou ser o pombo gordo ajudante e feiticeiro?

— É pra eles serem *iguais*, Raffy.

— Luca, não somos...

A palavra aqui é *iguais*? Somos tão diferentes que é difícil ver no que combinamos. Eu espero Luca olhar para o meu corpo, que definitivamente não é o mesmo corpo dele, mas ele não o faz. Só olha para mim e dá de ombros.

— Não vejo o problema.

Esse é o problema, penso. Artisticamente falando, pelo menos. Tem mais um problema, ainda maior: é uma fantasia bem, bem gay. Talvez seja a intervenção terrível de Evie, ou talvez eu só fique ranzinza quando não consigo trabalhar, mas sinto um ímpeto de gritar isso para Luca, uma urgência que quase destrói de dentro para fora.

Eu me controlo. O menino ao meu lado está brilhando, cheio de energia, vento e eletricidade, uma tempestade estática se formando por causa de uma fantasia. E perguntar se ele sabe o que está fazendo seria o mesmo que pedir para acabar com tudo isso, o mesmo que nunca deixar começar por causa de como vai acabar.

Dou de ombros.

— Eu topo. Me mostra o que você pensou.

Ele empurra o desenho para mim e começa a explicar:

— Acho que podemos usar materiais de hidráulica para prender as asas nas costas, mas não sei como vamos prendê-las no tecido. Dá para aparafusar malha?

Eu me aproximo e analiso o trabalho dele. Os desenhos são crus, mas na mesma hora entendo o que ele tem em mente, e meu cérebro começa a resolver o problema que ele encontrou.

— Olha para essa parte aqui — digo, tocando na parte de trás da fantasia. — Se cruzarmos essas duas alças, podemos colocar uma faixa de apoio entre a parte de cima e de baixo, e então prender uma placa aqui.

— O quê? Como? Me mostra.

Luca me entrega uma caneta. Não consigo nem imaginar como seria pedir para alguém mexer nos meus desenhos, mas ele não se importa. Rapidamente, desenho o que quero explicar.

— Entendi, mas onde vamos conseguir essas coisas? — pergunta ele.

— Na minha casa, né? — respondo.

— Sabia. Podemos ir agora?

— E o futebol?

— Ah, o pessoal vai entender. — Luca gesticula para eles. — Mas você está livre agora?

— Era para eu encontrar a May e a Inaya para comer *donuts*.
Luca assovia.
— Só pode entrar no Donut, Janet! com convite, por acaso?
Olho ao redor e então me aproximo. Ainda tenho meus medos, mas decido viver no presente.
— Cola em mim — digo. — Tenho meus contatos.
Se alguém visse a gente andando pelo parque, veria dois meninos com um espaço minúsculo entre seus ombros e, ao mesmo tempo, um mundo inteiro os separando.

A felicidade dura até precisarmos começar a trabalhar, de fato.
Luca fica maravilhado enquanto andamos pelo Craft Club em uma tarde de sábado. Ainda estou uma pilha de nervos depois do que Evie disse sobre o Craft Club ser fofo, mas ele não parece perceber. Está brilhando de empolgação. Esse sentimento o cobre, um brilho doce e resplandecente que se espalha pela ponta dos dedos enquanto ele corre para tocar cada textura que a loja tem para oferecer.
Tento sentir o mesmo, mas a verdade é que estou meio frenético para começar esse projeto novo *e* ter a grande missão hercúlea de guiar Luca pelo processo. Se fosse apenas eu fazendo isso, já teria terminado. Mas, para Luca, não estamos procurando por materiais: estamos comprando ideias. Eu também me inspiro com materiais, mas Luca faz isso em um nível totalmente elevado; novos conceitos de cosplays escorrem dele enquanto caminhamos pelos corredores.
— Esse lugar é incrível pra caramba — diz Luca enquanto dança coladinho com um Papai Noel gigante. — Mal consegui aproveitar da última vez antes de você me encontrar com aquelas pedrarias e... aqueles pontinhos brilhantes.
— Lantejoulas.
— Lã de joulas?
— Lan-*te*-joulas.
— Lã de quê?
— Luca, fala sério.
— Relaxa, Raff, eu sei o que são lantejoulas. Só estou brincando.
Luca vai para o corredor de tricô e logo encontra o novelo extragrande. Alguém o desenrolou um pouco e Luca me faz fechar os olhos para fazer uma surpresa com aquilo.

— Tá, pode abrir.

Quando abro os olhos, Luca está completamente esparramado no chão do Craft Club com um braço debaixo do corpo e o outro segurando um grande volume em cima da barriga. Por baixo da barra da camiseta levantada está um monte de lã, como se fossem tripas.

E eu rio. É uma bela surpresa. Esqueço que deveria estar introspectivo e tiro uma foto enquanto ele rola de um lado para o outro e solta gemidos de dor dignos de pena. Ele estica essa piada por tempo demais e aí uma família para no fim do corredor, olha para ele e decide não comprar lã.

— Raffy — ele sussurra. — Estou fraco. Vem aqui. Está tão escuro.

Se fosse qualquer outra pessoa, eu iria ignorar. Melhor ainda: sairia correndo. Mas é o Luca, alguém que eu tenho certeza de que foi feito sob medida em um laboratório secreto para me ensinar a relaxar um pouco. Então, talvez esse processo não seja perfeito e eficiente, mas, se estivermos juntos, qual o problema? Cedo, me ajoelhando ao seu lado. Suas mãos estão tremendo quando encontram as minhas, como se tivesse pouco tempo de vida.

— Raffy — diz ele, em meio a tosses lamentáveis. — Pega meus intestinos de lã. Quero que fique com eles.

— Para fazer o quê?

— Costurar um suéter. Para minha mãe.

— Meu Deus, Luca.

— Salmão é uma cor que cai muito bem nela.

— Luca, que nojo.

Ele olha direto para mim e agora me segura com mais força.

— Diga a ela que fica ótima em roupas salmão. Nada de rosa. Nem pêssego. Salmão! Prometa!

Espero um segundo.

— Acabou?

Luca dá um sorriso. Depois, coloca a lã de volta na caixa da melhor forma que pode com apenas uma mão, porque continua segurando a minha. Eu o ajudo a levantar.

— Você nunca vai entrar para os Vingadores — diz ele.

Depois de horas no Craft Club e mais algumas horas trabalhando com Luca no estúdio, finalmente fico só. Todas as visitas foram embora também, então tenho que trocar os lençóis e toalhas do loft. Com certeza vou acabar dormindo aqui, e talvez isso aconteça em alguns minutos. Estou exausto. Fazer uma fantasia é uma coisa, mas trabalhar com Luca é outra completamente diferente. Ele perde o foco muito fácil; sua concentração é tão firme quanto uma cola barata. Depois de ter finalmente conseguido tirá-lo do Craft Club, foi uma luta para fazer com que ele ficasse quieto e começasse a trabalhar. Ele não parava de drapear um monte de tecido sobre a cabeça para imitar um cabelo sedoso e ficava me perguntando se deveria fazer uma franja.

— Você está surtando?

— Não.

— Então não. Franjas são para pessoas em crise.

Não fizemos nada e ainda assim estou exausto.

Mas estou sorrindo. Tento não pensar muito a respeito.

Como todos os meus projetos, acho que vou documentá-lo no Ion. Mas dessa vez vou ter a chance de documentar o trabalho de Luca. Quer dizer, na verdade sua mágica inabilidade de trabalhar. Sorrio enquanto passo pelas fotos no meu celular até chegar na primeira. É a foto de Luca com a lã, e solto uma risada ao me lembrar do quão ridículo foi aquilo. Quando a posto no meu feed do Ion, coloco a legenda: "Últimas palavras: lã me vou", o que, para mim, parece superengraçado. Vejo a quantidade de visualizações e comentários nas outras fotos de hoje — algumas repostagens da Sereia de Plasma e um close da maquiagem dela. É meu ritual de sempre, como se cuidasse de um pequeno jardim. Estou com quase dez mil seguidores, o que para mim é uma grande conquista.

Luca, claro, me rende muitas visualizações. Ele é uma pessoa nova no meu feed, e é bonito para caramba. Recebi um monte de comentários de amigos cosplayers perguntando quem é o menino novo. Um primo? Um amigo?

Respondo todo mundo de forma misteriosa e indireta, o que considero uma indicação bem clara de que estamos namorando. De alguma forma, isso me energiza e eu finalmente me levanto do sofá. Sou supercuidadoso na hora de limpar dessa vez, e só checo o celular de novo depois de voltar para a casa e tomar um banho.

Tenho dezesseis ligações perdidas de Luca. A décima sétima faz meu celular vibrar em minhas mãos.

— Tira agora — diz Luca quando atendo.

— O quê? A foto?

— Todas as fotos. Tira todas.

— O que aconteceu?

— Meu irmão viu e contou para minha mãe. Tira a foto.

— Ok, vou tirar. Aguenta aí.

Deleto as fotos do feed. Todos os comentários e o suspense somem com elas.

— Pronto — digo para Luca.

Sinto um nó na garganta. A sensação é horrível, mas também me deixa com raiva. Nunca abri mão de algo por alguém com tanta facilidade. Mas é Luca, e eu entendo. Tenho que entender, se vamos ficar juntos.

Mas, se ele não sabe como lidar com isso, como vai lidar com fazer cosplay ou com a gente?

Me concentro de novo em Luca. A raiva na voz dele não é direcionada a mim nem sou eu quem preciso responder a ela. É puro desespero.

— Desculpa — digo.

É automático.

— Tudo bem. Preciso ir.

A ligação termina, e minha tela fica preenchida pelo vazio das fotos que deletei. Minha galeria mostra um aviso de erro: *Opa! Parece que não há nada aqui.*

Me sento no chão apenas de toalha e a alegria do dia se desfaz como papel molhado. Sinto, mais uma vez, o equilíbrio impossível que me mantém firme. Eram apenas fotos. Como Luca espera equilibrar o recente fascínio por cosplay com seu próprio segredo?

A raiva arde em mim. O Ion é meu lugar, onde não preciso me esconder. O fato de que os problemas de Luca chegaram até esse espaço é tão injusto. E me sinto culpado por pensar assim, ciente de que não sou a vítima real da situação. Mesmo assim, fico na defensiva. Quase de um jeito territorialista.

Não, digo para mim mesmo. Não pensa assim. Nenhum projeto é automaticamente fácil. É preciso pensar fora da caixa, não ficar se afundando nas circunstâncias. Precisa criar uma forma de seguir em frente. Relacionamentos são reais. Nem sempre são só diversão. Não têm apenas momentos fofos.

Fofo. Como Evie disse. Odeio essa palavra.

Não sou fofo. Sou de verdade. Sou Raffy e, se alguém é capaz de arranjar um jeito para fazer isso dar certo, esse alguém sou eu.

Dezessete

Agora

Para o último anúncio das Finais, o júri reúne todos os competidores no palco. Eu não choro. Nem faço careta. Não porque não quero, mas porque não consigo. Estou flutuando fora do meu próprio corpo. Toda a minha raiva, toda a decepção, paira no ar quente do auditório, flutuando em meio aos aplausos e risos da multidão. De certa distância, vou me assistir perder. De longe, vejo May arrastar meu corpo vazio e rígido até o lugar marcado com fita no chão. Ficamos perto da ponta do palco, quase fora do alcance das luzes. Provavelmente a pedido dos pobres câmeras que quase matei.

— Ora, ora, ora — diz o apresentador. — *Essa* é a competição que a Controverse merece! Mais uma salva de palmas para nossos competidores!

O público grita e aplaude enquanto somos guiados para uma volta ao redor do palco. Tropeço no caminho, sem conseguir ver para onde ir, porque não paro de me encarar nos monitores ao redor do auditório. Depois, voltamos para as sombras e fico aliviado por não conseguir sentir nada.

Será que Inaya realmente nos sabotou? Ou foi Luca que fez isso ao entregar a capa para May? Esses pensamentos passam pela minha cabeça, mas não reflito sobre eles, porque sei que o problema não foi os LEDs quebrados. Foi a apresentação. A queda foi culpa minha e de May. Ninguém nos empurrou. Não foi preciso. Se eu me permitisse sentir um quinto do fracasso desse momento, derreteria a fantasia ao meu redor.

Talvez minha mãe tenha razão. Estremeço ao me lembrar das ligações dela. Como se o dia já não estivesse ruim o suficiente, vou ter que lidar com ela mais tarde.

— Treze equipes competiram nas Finais da Controverse. Como nos anos anteriores, os vencedores de cada categoria serão individuais, mas o primeiro, segundo e terceiro lugar do conjunto da obra deste ano serão em pares. Este ano também vamos deixar o público ser ouvido pela primeira vez na história do evento através de um aplicativo para votar. As notas finais serão dadas pelos jurados, mas a participação do público com certeza vai ter um impacto. Esperem e verão. Bom, estão prontos para conhecer nossos vencedores?

A plateia pira. Os prêmios de armadura são os primeiros. O nome da May não é mencionado. Costura é o próximo e sou ignorado. O último é efeitos especiais e já nem me dou ao trabalho de continuar escutando.

— Chegou o grande momento. Vamos chamar as quatro equipes com as maiores notas. Estão prontos?

A plateia fica em silêncio.

— Luca e Inaya, por favor, um passo à frente.

— Equipe Gêmeos Satoh, por favor, um passo à frente.

— Equipe Cristina, a Vencedora, por favor, um passo à frente.

Minha mente está longe daqui, em um avião com minha mãe, indo em direção a uma carreira no ramo da moda. Meu hobby fofinho completamente esquecido.

— E Equipe Arte do Raffy, por favor, um passo à frente.

May e eu quase não ouvimos a deixa, mas alguém da organização nos faz dar um passo à frente, ainda bem. Trocamos olhares nervosos antes de conseguirmos sorrir para o público animado. Fico chocado que conseguimos uma pontuação alta o suficiente para chegar no top quatro, mas minha esperança é destruída ao perceber que não temos chance alguma de conseguir pontos suficientes do público para chegar em primeiro ou segundo lugar.

Os outros times vão para trás e nos deixam a sós no palco. Quero correr atrás deles e me unir à tristeza em vez de ser forçado a ficar ali, tão perto do meu objetivo, obrigado a ver alguém alcançar tudo com que sonhei no meu lugar. É cruel demais.

Encaro Luca nos monitores que mostram nossos rostos em alta definição. Pela primeira vez, reparo no que ele está vestindo. É uma fantasia de Raiden, de *Metal Gear*; uma armadura preta cobre seu corpo musculoso dos pés à cabeça e seu cabelo moldado com gel forma espinhos. Ao lado dele, Inaya veste algo completamente diferente: um vestido azul, todo bordado, com uma fenda que vai quase até o quadril, uma capa branca, e... aquilo é um chapéu de palha? O conjunto não parece fazer sentido até ela jogar a cabeça para trás para rir, e aí vejo seus olhos azuis e brilhantes — um tipo de máscara, talvez? — e entendo.

Raiden de *Metal Gear* e Raiden de *Mortal Kombat*. Genial.

Luca e Inaya parecem confiantes. Leves. Acenando para a plateia e posando para fotos. O olhar de Luca encontra a câmera que está transmitindo o evento, e ele manda um joinha para o mundo. Penso na jornada que ele teve para chegar até aqui. Penso em como deveríamos ser nós dois nessa competição, juntos.

De repente, Irma Worthy aparece na nossa frente. Nem a ouvi ser apresentada. Ela está com um microfone em mãos e sorri com seu penteado loiro-acinzentado gigante. Suas pulseiras e anéis fazem barulhos quando ela acena para o público.

Por sua vez, o público fica em choque com quem acabou de chegar. Luca e Inaya se entreolham, chocados. May me dá uma cotovelada e aponta para os corredores escuros, e vejo lentes de câmeras mirando na plateia para capturar suas reações.

— Alguma coisa vai acontecer — May sussurra.

Irma pede silêncio. Os monitores trocam nossos rostos pela logo do Craft Club, o que significa que estamos todos observando o sorriso de Elizabeth Worthy.

— Aqui na Competição de Cosplay da Controverse, homenageamos a criatividade de diversas formas — diz Irma, piscando. — Ano após ano, esse palco recebe fantasias impressionantes, apresentações maravilhosas, e, devo dizer, algumas surpresas bem planejadas.

Então, ela se vira para o palco cheio de cosplayers, como se quisesse absorver nossas reações diante do que diz em seguida.

— E agora é hora de uma última surpresa. Hoje, não teremos ganhadores.

A plateia fica em choque.

Eu fico em choque. Não um choque normal. Um choque bem *gay*. Um choque de gay que faz *teatro*.

— No Craft Club, acreditamos no poder da criatividade e no poder de criar por diversão. Por isso, este ano, o Craft Club vai patrocinar uma rodada final especial da Competição de Cosplay da Controverse. Enquanto falamos, uma arena está sendo montada no pavilhão principal do centro de convenções, com um estoque completo de tecidos, materiais, ferramentas e acessórios. Tudo de que vocês podem precisar para criar seu próximo cosplay, seu melhor cosplay.

Enquanto ela fala, os monitores passam a mostrar uma montagem de cenas de equipes instalando prateleiras de materiais em um pavilhão enquanto pessoas curiosas são mantidas longe por grandes biombos claros que formam um semicírculo enorme. Quatro mesas grandes foram montadas como teclas de piano, cada uma com duas máquinas de costura, duas pistolas de cola quente e rolos de tecido.

Ela se vira para nós.

— Essa terceira rodada será um último desafio televisionado no qual nossas quatro equipes terão que criar um novo cosplay por time. Do zero a alguma coisa, e de alguma coisa até a vitória. A rodada final acontecerá amanhã. Aqueles que aceitarem o desafio terão doze horas para completar uma montagem com seu parceiro escolhido, trabalhando sob pressão e com um prazo apertado enquanto o mundo inteiro assiste.

Ao meu redor, os outros cosplayers sussurram, confusos. Alguns parecem empolgados. Outros, assustados. Inaya parece estar com raiva. Câmeras sobem no palco e gravam nossas reações. Consigo senti-las dando zoom em meu rosto. Não sei qual é a minha expressão. Não sei o que sentir. Em seguida, minha ambição começa a ferver, e então a brilhar. De repente, volto a mim mesmo e estou sorrindo.

A organização sobe no palco e espalha almofadas de quatro cores diferentes. Em cima de cada uma há um cristal brilhante de mesma cor.

— Equipes, essa é a sua chance de aceitar esse desafio ou desistir. Se um ou dois membros da equipe desistirem, a próxima equipe com a nota mais alta poderá participar. Se um membro da equipe não puder participar, outro poderá ser escolhido. Os finalistas também podem formar novas equipes.

— Agora, dê um passo para frente se quiser aceitar esse desafio.

As joias brilham para nós, como se estivessem piscando.

Não podemos participar. Prometi à May que ela teria o domingo livre e tenho uma viagem planejada com Evie.

Não podemos.

Os gêmeos Satoh são os primeiros a se mover e pegar uma das pedras. Me viro para May.

— Não podemos — digo para ela.

May dá um passo para a frente, pega uma pedra e eu me junto a ela logo em seguida. Ela se inclina para a frente e, com seu cabelo volumoso cobrindo nossos rostos, sussurra:

— Vamos dar um jeito. Depois a gente combina.

Nos viramos para ver por que os outros times estão demorando tanto. Luca está olhando para Inaya com uma expressão de choque enquanto ela diz algo.

Em seguida, Inaya cruza o palco até uma das outras competidoras. Cristina, a Vencedora, a cosplayer campeã do ano passado. As duas dão as mãos e sussurram entre si. Enquanto a multidão fica confusa, elas se aproximam da terceira joia e a levantam, juntas.

— É sério isso? Temos duas competidoras que largaram suas equipes e formaram uma nova superdupla cosplay?

A plateia perde o fôlego, e o som da surpresa é tão alto e repentino que quase caio para trás. O parceiro de Cristina sai pisando forte do palco. Luca fica sozinho, piscando incrédulo para Inaya, que está ocupada demais posando com Christina para se importar com ele.

Olho para a multidão, depois para Irma Worthy. Ela está com um sorriso presunçoso no rosto, como se soubesse que isso iria acontecer. Então me pergunto se a conversa que tivemos foi a única conversa secreta que ela teve com competidores. Ela queria o drama e com certeza conseguiu ao fazer eu e Luca ficarmos na competição. Essa revelação tem a cara de seus dedinhos artísticos.

Demora um pouco para descobrir quem ficou com a última joia. Parece que o próximo time com a maior nota foi uma dupla de costureiras que competiram na categoria Costura. Elas estão usando vestidos de festa que foram feitos para parecer fast food — uma delas é Taco Bela (de *A bela e a fera*) e a outra é Subway-rella (*Cinderella*, claro). Elas choram e dão as mãos ao pegarem a última joia.

— *Cosplayers*, vejo vocês amanhã de manhã!

Irma Worthy sorri para nós. Posso jurar que seu olhar se demora em mim, me obrigando a me lembrar da promessa que fiz ontem. De um jeito ou de outro, ela vai ter um show.

— Vejo vocês de manhã, meu amado público da Controverse! — diz ela para a plateia.

E as luzes no teto se acendem atrás de nós e nos guiam para fora do palco.

Dezoito

Antes – Oito meses atrás

Luca e eu estamos no estúdio em uma rara tarde de sábado em que nós dois estamos livres, no meio de fevereiro. O climão da foto postada já passou. Luca não é de pedir desculpas, mas ele pediu no dia seguinte. E no dia depois também. E ainda me deu um presente de Natal no tema de "desculpas"; foi quando eu finalmente disse para ele parar com isso. Ele não tem culpa de os pais ficarem desconfortáveis com cosplay, mesmo que a reação dele ao post tenha sido um tanto grosseira. E a Blitz Con vem aí em maio. A Blitz é meio que uma prévia da Controverse. É onde todos os grandes nomes participam e aparecem pela primeira vez na temporada; temos muito a fazer para as fantasias ficarem boas. Eu prefiro ele aqui comigo, me ajudando, do que com medo de me ter por perto.

— Que coisa mais estranha — diz Luca enquanto o embrulho com plástico filme.

Respondo apenas com:

— Continua virando. Tenho que embrulhar seu torso inteiro.

Luca obedece e fica girando enquanto passo o plástico pela barriga, costelas, pelo vale raso entre as escápulas... Depois, começo a passar fita isolante por cima de tudo.

— A fita vai nos dar um molde flexível do seu corpo. Usamos o plástico para não arrancar seus mamilos no processo — explico.

Luca pensa nisso enquanto crio um casulo de fita ao redor do seu peitoral.

— Não vou conseguir sair daqui — ele reclama. — Está muito apertado, Raff.

— Tem tesoura aqui.

— Se você vai cortar, por que fazer tudo isso?

— Você vai ver. Confia em mim.

Luca para de girar e faz aquele lance de ficar me encarando em silêncio até eu olhar para ele. Me aguento por um pouco mais de tempo do que o normal antes de lhe dar um beijo no rosto. Ele sorri e continua a girar. Mais alguns minutos se passam em silêncio enquanto termino de embrulhar seu torso inteiro, inclusive os ombros. Depois, pego uma caneta permanente e começo a desenhar o contorno da armadura usando uma foto gigante de Phobos como referência.

— Sabe — diz Luca, quebrando o meu silêncio de concentração —, todo mundo sempre diz isso, mas eu realmente achei que areia movediça fosse ser algo relevante na vida real.

— O quê?

— É que... — Ele se afasta de mim para tomar um gole de água da sua garrafa, e faz esse movimento de um jeito muito estranho por causa do *corset* de fita. — Sabe quando a gente era criança e nos filmes as pessoas sempre ficavam presas na lama, piche ou areia movediça? Eu jurava que nunca ficaria preso assim. Mas, tipo... — Luca gesticula para o estúdio iluminado e limpa uma gota d'água do queixo. — Cadê a areia movediça, Raff? Cadê?

Sei que Inaya iria ignorar essa tentativa de distração. May iria rir. Mas penso nisso e entendo o que ele quer dizer.

— Redemoinhos aquáticos — digo.

— O que tem redemoinhos aquáticos?

Me sento no chão onde tenho folhas de EVA espalhadas com desenhos de penas nelas para Luca ter o que fazer. Temos que cortar as penas para montá-las e finalizá-las hoje à noite, depois deixá-las secando amanhã. Evie vai viajar essa semana e preciso aproveitar.

— Redemoinhos aquáticos não fazem sentido — respondo depois de alguns minutos.

Luca já se acostumou com minhas pausas longas. Ele fica em pé sobre mim e me observa desenhar mais penas enquanto tenta beber mais um pouco d'água.

— É tipo a areia movediça para você. Eu morria de medo de redemoinhos quando era pequeno. Nunca quis entrar no mar.

— Hum.

Luca me dá um daqueles sorrisos preguiçosos dele. Esqueço do que estava falando, porque, nesse exato momento, o sol baixo do inverno está atrás dele, escondido na curva entre seu ombro e o pescoço. Como sempre, ele está vestindo o short curto do uniforme de futebol. O sol ilumina todos os pelos de suas pernas. Atrás de suas orelhas, brilha um tom vermelho vibrante que ilumina sua barba por fazer.

— Por que redemoinhos não fazem sentido para você, Raffy?

Desenho, viro o molde e desenho de novo.

— Piratas viviam sendo sugados para dentro desses redemoinhos no meio do oceano, né? Primeiro que isso é terrível. Segundo, é para eu acreditar que o oceano simplesmente... se abre assim? Cria um buraco gigante? Tipo, redemoinhos são uma sucção, né? Mas eles precisam sugar algo para *algum lugar*. Tipo, para onde toda essa água está indo? Onde os piratas vão parar? Eu consigo prender a respiração por um bom tempo. E ficaria de boa se fosse sugado por um redemoinho e soubesse onde ele vai dar. Como se fosse Oz, mas debaixo d'água.

— Tipo Atlântida?

— Sim! Tipo isso. Mas ninguém sabe. Imagina só que merda? Ser sugado por um redemoinho e aí... ser cagado a um zilhão de quilômetros no fundo do mar?

Luca pensa a respeito.

— Você seria esmagado.

Ele solta a garrafa e pega uma caneta que deixei em cima da mesa. Entendo a indireta e tomo a caneta dele, trocando meu desenho no EVA por contornar a fita que o envolve. Com certeza não deve ser muito confortável ficar enrolado em plástico. Ele deve estar todo suado. Assim de perto e com a luz do sol, consigo ver cada músculo articulado de seu braço. Controlo o impulso de empurrá-lo para outro canto do estúdio onde a luz não poderá tocá-lo assim.

— Com certeza — respondo.

Passo mais alguns minutos pensando no desconhecido fundo do mar e, depois de toda aquela escuridão, o denso e ainda mais escuro núcleo da Terra. Sempre mudando. Sempre se moldando e desfazendo. Penso em que tipo de rachadura misteriosa e terrível pode se abrir no fundo do oceano e engolir tudo em um redemoinho inescapável.

Os dedos de Luca puxam meu cabelo, descem pela minha bochecha e levantam meu queixo para que eu olhe na direção dele.

— Ainda pensando na sucção?

Dou uma risada, mas ela é meio forçada. Tomo cuidado para não me mover. Não quero perder nem um milímetro quadrado da conexão entre a mão de Luca e meu queixo.

— Vai lá, continua desenhando — diz Luca, me beliscando.

De repente me sentindo tímido, continuo. Geralmente sou *eu* quem precisa lembrá-lo de voltar ao trabalho. O inverso parece estranho e me faz começar a tagarelar.

— Estou quase acabando. Depois vou tirar isso de você; só um corte simples antes de recortarmos as partes para criar um molde. Acho que vou usar Neoprene para fazer a base da fantasia, e aí podemos fazer as partes maiores com EVA. Para as partes ornamentais é óbvio que vamos usar Worbla, mas não sei qual. Acho que quero assistir a alguns tutoriais de armaduras de Worbla antes de...

— Worbla! Se eu ouvir mais uma palavra sobre esse térmico plástico...

— Termoplástico.

— Tanto faz. Não vou chegar nem perto do soprador.

Luca odeia o soprador térmico, e eu entendo. Tem uma marca no formato de uma lua crescente no meio de sua (ridiculamente perfeita) nádega direita de quando, há algumas semanas, ele se sentou nele sem perceber. Na verdade, rolou para cima dele. Nós dois estávamos rolando. Chegou uma hora na nossa sessão de trabalho que nenhum dos dois estava muito vestido ou trabalhando. Era Luca quem estava usando o soprador antes de começar a me beijar. Também foi ele quem o deixou à mostra, mas ainda não me perdoou pelo que vai ser uma cicatriz (ridiculamente fofa).

— Ah, eu queria te perguntar — digo, com um sorriso no rosto, enquanto passo a ponta da tesoura pela fita isolante com cuidado para não cortá-lo. — Como tá sua bunda?

— Ninguém nunca reclamou — responde Luca.

— Idiota. Estou falando da queimadura.

Luca olha para mim com uma sobrancelha arqueada.

— Pergunta pra ela — ele diz enquanto sobe e desce as sobrancelhas.

Estou prestes a voltar a cortar quando, ao perceber a fragilidade do meu foco, Luca diz:

— Espera, espera! Para um pouquinho. Olha para mim.

Eu paro, já que não confio em mim o suficiente para cortar sem olhar. Olho para ele e agora o sol desenha feixes neon sobre seus ombros e cabelo.

Ele sorri.

— Você nunca me deixa te distrair de primeira.

— Eu sei que não vou conseguir voltar ao trabalho se você não conseguir o que quer — respondo.

— Ah, então você acha que não tem por que adiar o inevitável?

— Eu acho. — Pauso enquanto solto a tesoura. — Eu acho que o mínimo que posso fazer é te dar o que você quer.

— E o que é que eu quero? — pergunta Luca.

Seu tom é gentil, mas, como sua mão voltou para meus cabelos, o puxão no meu couro cabeludo sugere intenções nada gentis.

Arrumo a postura e adiciono ainda mais pressão ao puxão dele.

— Tipo, não é isso que você quer?

Vejo um brilho nos olhos de Luca. Desejo, mas um pouco de hesitação também. E uma pitada de medo.

— Tenho camisinha. — Vou direto ao ponto. — Caso você queria embrulhar outras partes suas com plástico.

Nada na expressão de Luca muda. Ou talvez a pitada de medo tenha virado pavor.

— Espera, espera. — Eu recuo um pouco. Será que entendi errado? — Não precisamos fazer nada. Desculpa. Eu achei que... É que... você sempre tenta me distrair e eu achei que...

Em um só movimento, Luca chega do meu lado e seus braços fortes me puxam até seu corpo ser o foco de todos os meus sentidos. Ele tem uma habilidade de me preencher, de me cativar por inteiro. Mesmo coberto de fita, ele ainda exerce esse efeito sobre mim, e então nos beijamos. Eu me levanto, ainda fixo no beijo, triste quando nos separamos para ele falar:

— Sua mãe só volta na segunda à noite, né?

Eu assinto com a cabeça.

— Então temos o dia todo?

— A noite também. E amanhã. E amanhã à noite também.

Luca se aproxima, seus lábios tocam levemente minha orelha e ele sussurra:

— Eu poderia te levar para a cama agora. Poderíamos fazer o que você quiser. Tudo, talvez. Mas a sua mente ainda estaria aqui no estúdio, trabalhando. Então, não acha melhor fazermos tudo que pudermos agora? E aí depois a gente se pega?

Pisco para Luca, chocado. Ele se aproxima mais e sussurra de novo.

— Além do mais, o seu boquete é muito ruim quando você está distraído.

Eu o empurro. Ele fica rindo enquanto se equilibra com o *corset* de fita e arruma a bermuda. Eu preciso fazer o mesmo, mas não é algo simples para mim. Fico com vergonha, tímido. Ficar tão próximo de um cara por tanto tempo é algo novo para mim. Luca é quem costuma provocar e eu sou quem pisa no freio. Porém, dessa vez, parece que o jogo virou.

Orgulhoso de si mesmo, Luca me entrega a tesoura e volto a cortar essa porcaria de molde.

— Eu disse.

— Disse o quê?

— Que isso é sério pra mim. Não sou só mais um curioso.

Nem me dou ao trabalho de responder. Depois, com um tom mais gentil, Luca continua:

— Mas é bom saber que você ainda quer ficar comigo.

— O quê? É óbvio. Você é mesmo inseguro quanto a isso?

— Que nada — diz ele, mas ainda tem algo ali, esperando para ser dito.

Talvez seja só brincadeira. Finalmente corto até suas axilas e a carapaça de fita isolante se solta. Eu o ajudo a tirá-la, e ele se alonga.

— Na real, às vezes eu fico pensando, sabe? — ele admite, enfim, e agora está na cara que ficou desconfortável. Só um pouquinho, mas para mim é óbvio que ele estava guardando essas palavras para um momento assim. — Você está sempre trabalhando ou querendo trabalhar. É bom saber que ainda consigo te distrair. Que às vezes você me quer mais do que quer trabalhar. Sei que deve ser irritante, mas não consigo me controlar. Você fica muito fofo quando está concentrado.

Imploro a mim mesmo para não provar o argumento dele, mas inconscientemente minhas mãos já se voltaram para as penas de EVA. Eu congelo e encaro Luca. Não faço ideia do que falar, e talvez ele saiba disso, porque se senta ao meu lado, pega o lápis da minha mão e continua a traçar.

— Temos que terminar isso e criar a textura com a retificadeira — diz ele. — Depois a gente devia passar aquele verniz de madeira. Demora mais para secar, mas, se passarmos uma demão agora, podemos fazer outra antes de ir dormir hoje. — Ele olha para mim. — Se você quiser, no caso. Posso ir para casa se achar que vai render mais sozinho. Não quero te estressar.

Fico imóvel, olhando para Luca até ele olhar de volta para mim, e então o faço me ver largando o trabalho. Trabalhar com ele é caótico e devagar, mas também é divertido e maravilhoso. A alegria que ele traz para esse processo todo agora já é essencial. Eu amo essa energia, inclusive. Não sei se já falei isso, mas quero que ele saiba agora.

Uma incerteza tremula em seu olhar como a chama baixa de uma vela. Me aproximo e o beijo com força e concentração. Sinto a chama se apagar brevemente quando Luca se afasta.

— Podemos continuar trabalhando — ele repete. — Estou falando sério. Não quero que você tenha que escolher.

É isso que preciso ouvir. Que não tenho que escolher. Com isso, me vem uma onda de felicidade e alívio. Pelo menos dessa vez, minha ansiedade me deixa curtir o momento.

Me aproximo dele, me afasto do EVA, da fita isolante, dos lápis e das lâminas. Meu trabalho pode esperar um pouco, mas, de repente, eu já não posso mais. Empurro Luca e fico sobre ele até virarmos um emaranhado de EVA, desenhos e materiais.

Pego nós dois de surpresa quando finalmente digo:

— Eu te amo.

Luca se levanta tão rápido que quase batemos as cabeças. Em seguida, ele fica em pé e, como é o cara mais atlético do mundo, me levanta junto. Quando dou por mim, estou sentado na mesa.

— Ama *mesmo*?

Estou morto de vergonha agora.

— Desculpa. Saiu do nada.

Luca me dá as costas e deixa minhas pernas balançando no ar. Ele levanta os punhos fechados para cima e solta um "UHUUUUL", como faz nos jogos de futebol. Não entendo o que está acontecendo até ver o alívio no rosto dele.

— Raffy, eu te amo há, tipo, *meses*. Mas não sabia se você sentia a mesma coisa. Mas você me *ama*.

Eu devo estar com uma expressão muito confusa no rosto, porque ele se aproxima e começa a usar aquela voz de narrador que usa para me explicar enredos complicados de animes.

— Tá, nosso relacionamento é assim. Primeiro, eu praticamente te *stalkeei*, e você me descobriu, então, tipo, não foi um bom começo para mim. Mas depois nós finalmente começamos a nos ver, e tudo na sua vida é legal. Sua mãe é famosa, e você tem esse estúdio e amigos artistas legais, e você vai para exposições legais e veste roupas legais que *você mesmo faz.* E, além de tudo isso, você é, tipo, um gênio artístico. Tipo, eu nunca vi você fazer nada ruim. Em contrapartida, eu mal consigo fazer bonequinhos palito, mas por algum motivo você não se importa. E *aí* começamos a criar cosplays juntos e eu tinha *certeza absoluta* de que você iria odiar, porque eu sou devagar, carente e fico te distraindo, mas de alguma forma você consegue me ensinar as coisas e não me odiar. Em vez disso, agora de repente você *me ama?*

Luca solta outro grito e rio quando ele me puxa para um abraço de urso. Finalmente fico livre e explico:

— Não foi de repente. Eu só não sabia quando falar.

— Meu Deus, Raff, você estava me deixando em banho-maria. Eu achei que você, tipo, mal me tolerava.

— Nem pensar — sorrio.

Dá para sentir meu pescoço e rosto corando. É a mesma sensação que tive na noite em que Luca apareceu fantasiado na exposição de Inaya e cantou músicas de anime. O sentimento de conhecer o amor. De ser *tão* suficiente para alguém a ponto de a minha ansiedade não ser capaz de me convencer do contrário. Pelo menos não agora.

Luca se senta na mesa ao meu lado. É a mesma mesa onde demos nosso primeiro beijo.

— Olha para eles — Luca diz para nossos reflexos nos armários.

Fazemos caretas para nós mesmos. Luca me bate com o ombro.

— Eu amo eles.

Bato nele de volta.

— Eu também.

— Quer voltar a trabalhar? — ele oferece.

— Que nada — respondo, imitando-o. — O seu trabalho é muito ruim quando você está distraído.

— Nossa. Essa doeu. Mas beleza. Quer fazer outra coisa, então? — ele pergunta, com uma malícia na voz.

— Algumas coisas — digo enquanto deslizo minha mão pela coxa dele até entrar naqueles shortinhos de futebol.

Estava mesmo na hora de um intervalo.

Dezenove

Agora

May e eu nos sentamos no chão do quarto dela em meio ao restante das nossas fantasias. Ela não para de bocejar e, apesar de estar exausto, não me deixo abalar. Tem uma caixa de pizza pela metade na nossa frente. Estou usando lenços de maquiagem para tirar o resto do vermelho atrás das minhas orelhas. No notebook dela, há várias recapitulações dos eventos da Controverse hoje no Ion, mas eu não consigo assisti-las por nada no mundo, já que a maioria mostra nós dois caindo várias vezes com efeitos sonoros de explosões.

— Raffy, pensei no assunto e não dá pra deixar passar uma oportunidade...

— Para.

— Qual é. Estou falando sério. Eu faria isso por você.

— Eu sei que faria, por isso que disse para parar.

Até agora, May já se ofereceu para participar do desafio amanhã um milhão de vezes. Eu disse que não um milhão de vezes e de um milhão de jeitos diferentes.

— E aí? — ela pergunta. — Você vai mesmo desistir?

Passei um bom tempo pensando nisso. Bom, na verdade, só pensei por alguns segundos naqueles momentos insanos depois do anúncio de Irma, e fiquei refletindo sobre minha decisão desde então. Não vou desistir. Vou crescer. E seguir em frente.

— Eu preciso — digo, dando de ombros. — Prometi que não te faria fazer cosplay no domingo e vou cumprir minha promessa. Além do mais, Evie e eu vamos para Nova York encontrar um amigo dela que trabalha com moda. Ela me deixou umas seis mensagens quando estávamos no palco.

A maioria das mensagens era apenas ela exigindo que eu ligasse de volta e dissesse qual era meu tamanho de calçado, de camisa ou algo relacionado a roupas. Está na cara que ela não acha que eu sei me vestir, então foi fazer compras. É assim que eu sei que ela está nervosa para amanhã. Ela nunca compra coisas para mim.

May se aproxima de mim.

— Não parece que eu tô falando com o Raffy. O Raffy nunca desiste.

Dou de ombros.

— A gente praticamente perdeu, né? Christina e Inaya formaram a equipe mais foda possível. Não tem como competir com aquilo.

— Talvez não você e eu, mas e se for você e...

— Nem se atreva.

May sorri. Ela faz toda uma cena para começar a falar o nome de Luca, mas eu a derrubo. Quase rolamos sobre a caixa de pizza enquanto rimos.

— May, eu juro, se você sugerir o que está prestes a sugerir...

— Tá bom. Tá boooooom — ela reclama enquanto se afasta. — Mas se tem algo que faria vocês conversarem de novo, seria a oportunidade de destruir Inaya. Tipo, pensa em como isso seria bom para a marca Arte do Raffy.

Estremeço ao ouvir isso. Não quero pensar em Luca, triste e abandonado por Inaya. E com certeza não quero pensar em *lives*, *hype* ou seguidores. Mas ainda não estou pronto para me despedir de todos esses sonhos para sempre. Nem dos meus sonhos de fazer arte e talvez nem do sonho de fazer as pazes com Luca. Não sei o que fazer, com o voo para Nova York se aproximando. Só sei que estou cansado e descrente, e mal posso esperar para nunca mais usar salto alto.

— Certeza que a Irma disse para Christina e Inaya se juntarem. Ela estava sorrindo. Era tudo uma armação para o Craft Club — digo enquanto volto a esfregar minha pele. — É mais um jeito de ganharem dinheiro. Quanto mais drama, mais visualizações.

— Mesmo assim, a gente devia participar. Ou pelo menos você devia. Aposto que te deixariam competir sozinho.

— Quê?

May boceja.

— Você é melhor do que todo mundo que eu conheço. Você daria conta sozinho, se quisesse.

Eu... não havia pensado nisso. Queria que May não tivesse falado. Assim que ela fala, sinto minha velha ambição voltar à vida em minhas veias. Será que consigo sozinho? Devo tentar?

É a última coisa em que penso antes de cair no sono ao lado dela no chão.

De manhã, May pega o carro do pai emprestado para me dar uma carona até a Controverse, apesar de ser tão cedo que os postes da rua continuam acesos e o dia não passa de uma mancha azul-escura no horizonte. Não falamos nada. Está cedo demais para falar. Deveria ser cedo demais para a ansiedade bater, mas estou nervoso com o que vai acontecer.

Quando chegamos no centro de convenções, há equipes de filmagem e colaboradores do evento prontos para gravarem nossa entrada. Enquanto o sol nasce, estacionamos onde mandaram, pegamos nossas coisas e entramos para o último dia de Controverse.

May me dá um abraço de despedida.

— Obrigada — ela diz — por não me fazer tomar uma decisão difícil. Continuo aqui para tudo e ainda sou sua fã número um. Vou torcer por você o tempo todo.

— Se me deixarem competir — digo.

— Quer que eu fique até saber se vai dar?

— É melhor não.

O pavilhão está vazio a essa hora; só vai abrir para o público geral às oito. Nos disseram via e-mail que teríamos um tempo para nos prepararmos, uma sessão de orientação e um teste de som. Depois, as gravações começariam às oito. Sozinho, ando até o grupo de organizadores ao redor de Irma Worthy. Ela está passando algumas instruções. Quando me vê sem mais ninguém, ela franze o cenho.

— Raphael, bem-vindo de volta. Onde está May? Ela precisa chegar em vinte minutos.

— Ela... — Controlo o impulso de olhar para as portas. — Ela não vem.

As rugas no canto dos olhos de Irma ficam mais fundas.

— Ela teve a chance de desistir ontem à noite no palco. Ela se comprometeu. Não me diga que ela ficou com medo.

— Sinto muito, mas...

— Você sabe quanta gente vai assistir, não sabe? Não pode estar pensando mesmo em desistir logo agora, quando estamos prestes a começar. Você entende o nível de preparação necessário para fazer isso? Você entende o trabalho que tivemos para montar tudo para vocês? E agora você aparece minutos antes de entrar e diz que não conseguiu convencer sua amiga a *querer* isso?

Irma dá uma volta ao meu redor. Educadamente, sua equipe nos dá as costas. Não consigo encará-la. Toda a receptividade que vi no outro dia se foi, agora substituída pela determinação severa de uma mulher de negócios. Ela percebe que estou evitando seu olhar e diz:

— Estou surpresa. Achei que tínhamos nos entendido quando te dei aquela segunda chance. Achei que você quisesse isso de verdade.

— Eu quero — respondo. — Mais do que tudo. Estou disposto a competir sozinho.

Irma balança a cabeça, o que faz seu cabelo gigante balançar também.

— A Controverse é um esporte em equipe. Você sabe disso. Talvez tenha mais alguém que estaria disposto a trabalhar com você? Um certo garoto que foi abandonado no palco ontem à noite?

— Não vou ligar para Luca — digo, curto e grosso. — Por favor. Deixa eu trabalhar sozinho.

— E por que eu faria isso? Se você quer ter um futuro nesse mundo, vai ter que aprender a trabalhar em equipe. Não pode fazer tudo sozinho. E de jeito nenhum vai participar desta competição sozinho.

Me afasto ao mesmo tempo que Irma se aproxima. É estranho o fato de ela estar sorrindo. É estranho que ela continue com essa atuação simpaticíssima, como se estivesse de volta ao palco.

— Vou deixar você pensar, ok? Arranje um parceiro ou desista. Você está aqui porque eu queria que estivesse, mas não posso te convencer a fazer o que precisa para continuar. Essa parte é com você.

Ela me deixa aos cuidados de Madeline, que está ocupada digitando no celular. Provavelmente ligando para outros competidores-reserva.

Agarro meu telefone também. Sei que se ligasse para May agora, ela viria me salvar. Mas isso iria acabar com a confiança entre nós. Depois de hoje, como ficaria nossa amizade?

Chegou a hora de desistir. Hora de seguir em frente. Tem uma mala vazia em casa me esperando, pronta para me levar para uma vida na qual sou chique, focado e deixo a bagunça das artes manuais para trás para sempre.

— Dez minutos — diz Madeline enquanto escuta mensagens de voz.

Mexo no celular. Será que eu devo ligar para Luca? Talvez eu tenha desistido dele rápido demais. O que me impede de ligar agora para ele? Pode ser orgulho; pode ser medo. Seja lá o que for, fico ali parado, deixando minha oportunidade escapar.

— Dois minutos.

Tarde demais. O tempo tomou a decisão por mim.

— Raffy!

Um vento gelado me atinge quando as portas atrás de mim se abrem, seguido pelo calor de um braço sobre meus ombros. Ele parece cansado, como se não tivesse dormido nada.

— Fiquei sabendo que você precisa de um parceiro.

Encaro Luca como se ele não fosse real.

— A May te ligou? O que está fazendo *aqui*?

— Salvando sua carreira. Depois a gente conversa — ele sussurra.

Depois, dá um sorriso brilhante para Madeline e diz:

— Estamos prontos para nossa segunda chance.

Rola uma conversa entre os organizadores e Irma, que parece completamente satisfeita com essa solução.

— Maravilhoso — ela diz para mim e ligeiramente coloca uma mão cheia de anéis no meu ombro. — Sabia que iria fazer a escolha certa.

Deixo ela acreditar nisso.

Somos levados pela segurança para o Craft Club de mentira. Eles trouxeram camisas para usarmos sobre nossas roupas e nos mandaram colocar tudo o que trouxemos em uma área envolta por cortinas. Por um instante, ficamos em silêncio, olhando um para o outro.

— Luca, por que você está fazendo isso? — pergunto.

— Porque eu quero.

— Mas depois de tudo que aconteceu, você disse...

— Eu sei o que eu disse.

— Silêncio — ordena o coordenador. — Venham, rápido.

Somos levados para a área principal, onde os outros times já estão esperando. Inaya me vê primeiro, depois vê Luca, e sua expressão vai de surpresa para entretida. Engulo minha inveja de sempre. Inaya é a pessoa mais focada que conheço, e agora preciso de foco também.

— Vamos filmar Irma explicando as regras daqui a pouco, mas primeiro algumas informações básicas antes de começarmos.

A pessoa explica que as câmeras foram montadas por toda a arena e transmitem ao vivo no Ion. Na *página inicial* do Ion, na verdade. Vamos ser filmados por todas as doze horas e seremos julgados no final. Os times só precisam criar uma fantasia, mas ela precisa estar completa. Podemos sair da área de filmagem sozinhos para descansar, mas nunca com o colega de equipe junto. Conversar com outros times fora do alcance das câmeras é proibido. Há apenas um banheiro na lateral, e cada time tem um camarim perto da sua estação de trabalho que pode ser usado para vestir a fantasia.

— Vai ser transmitido para o mundo inteiro — digo para Luca.

— Eu sei.

— Seus pais sabem que você está fazendo isso?

Luca arqueia uma sobrancelha.

— A Evie sabe?

Justo. Eu forjei a assinatura dela em todos os formulários. Acho que Luca fez o mesmo com a dos pais dele. É como nos velhos tempos: nós dois nos escondendo juntos. Mas isso com certeza está prestes a mudar.

Os organizadores passam com uma caixa para coletar nossos celulares. Antes de tomarem o meu, mando uma mensagem rápida para minha mãe.

> Apareceu um compromisso. Não vou poder ir para NY. Desculpa.

Não me dou ao trabalho de falar mais nada. Nem que estou na Controverse. Nem que estou empolgado. Muito menos que vou aparecer na TV. Não vai fazer diferença nenhuma.

Em seguida, entrego o celular, a pessoa desaparece e Irma é preparada para entrar. Os cosplayers são levados para trás das prateleiras e nos dizem que vamos sair um time de cada vez. Tento prestar atenção nas orientações, mas não consigo parar de pensar no ombro de Luca colado ao meu.

A equipe de filmagem vai embora e, por alguns instantes, ficamos completamente a sós.

— Então, quer dizer que meu casal favorito está de volta — Inaya fala para Luca, cheia de sarcasmo.

— Dá um tempo, Inaya — responde Luca. — Aquilo que você fez ontem à noite foi cruel.

— Desculpa — ela ri. — Mas eu disse que faria o que fosse preciso para ganhar, não disse? Não vem dizer que não te avisei.

Luca cruza os braços.

— Foda-se. Estou no time do Raffy agora.

Inaya ri. Me lembro da nossa amizade perdida e me pergunto se em algum momento eu cheguei a realmente compreender tanto nossa amizade quanto a própria Inaya. Estava sempre tão maravilhado por ela e seu talento, mas será que fomos mesmo próximos? Havia um respeito mútuo, mas nosso relacionamento sempre pareceu meio profissional. Cosplay, artesanato e pouco contato depois que a Blitz Con acabou. Inaya escolheu Luca, e agora ela escolheu Christina. Talvez seja só o jeito dela.

— Vocês deviam desistir agora — Inaya diz, num tom de brincadeira. — A menos que realmente amem ficar em último lugar.

— Me poupe, você só está com medo do Raffy — responde Luca.

Inaya dá de ombros.

— Talvez, mas só tem um Raffy na sua equipe. Christina e eu passamos a noite inteira planejando. Essa é uma competição para artistas de verdade. Sem ofensa, Luca, mas acho que você não vai chegar muito longe quando tivermos que trabalhar de verdade, sabe?

Não rio. Luca e eu temos nosso histórico, mas os comentários de Inaya são simplesmente maldosos. Sei que ela só está dando sua opinião, mas vejo Luca murchar um pouco.

— É um show, Inaya — diz ele. — Tudo isso aqui é um show. Você pode fazer a melhor fantasia do mundo, mas acho que a Irma não vai prestar atenção no seu trabalho se ninguém quiser te assistir.

— E por que as pessoas iriam querer assistir a vocês dois mais que nós?

Com isso, Luca tira a camisa, o que assusta todo mundo. Ele desdobra a camiseta que nos deram e veste apenas ela. Como foi feita para May, fica minúscula nele, e o resultado é uma visão bem interessante do seu peito e abdômen por baixo do tecido fino. Seus braços nus ficam maiores quando ele os flexiona.

— Bom, pra começar, eu tenho isso aqui — diz ele.

Fico do lado de Luca.

— É, pra começar, ele é um gostoso.

Inaya revira os olhos.

— Vai usar apelo sexual, é? Em uma competição de artesanato?

— Vou usar apelo sexual em uma competição de *cosplay* — corrige Luca. — Todos deveriam saber que mostrar um pouco de pele ajuda bastante. Não foi por isso que você me aceitou na sua equipe, para começo de conversa?

A organização volta e nos manda ficar em silêncio. A equipe de áudio termina de ligar nossos microfones, e as luzes na arena se acendem. É hora das apresentações.

As duas primeiras equipes são chamadas.

— Nervoso? — Luca me pergunta.

Estou. Não faço ideia do que vamos encontrar. Não nos preparamos. Não há nada planejado. Luca e eu mal conversamos nos últimos meses, e temos tanto a conversar. Mas o relógio está correndo e todo mundo está se preparando, então por onde começar?

— Estou muito feliz por você estar aqui — digo para ele.

Luca olha para mim.

— Mesmo?

Eu assinto. É verdade. Quando ele passou por aquelas portas, me senti aliviado. É a primeira vez em um bom tempo que eu o vejo sem ficar triste, com raiva ou agoniado.

A equipe seguinte entra. Vamos ser os últimos.

— Sei que não é o melhor momento, mas quero muito conversar sobre o que aconteceu — diz Luca. — Eu até escrevi o que diria, mas nunca parecia o suficiente para você. Nada do que eu fazia parecia, na verdade.

Isso não parece coisa minha. Parece Evie.

— Você já pensou em tentar de novo?

— O tempo todo — eu admito.

— Aposto que não pensou que seria aqui e agora. Parece que todo mundo está torcendo para nos darmos mal — diz Luca.

— Não se preocupa. Não vamos. Vamos dar um jeito — digo quando nos chamam para entrar.

— É, vamos mesmo.

Estou falando do trabalho, mas, como sempre, Luca está falando de nós dois. Ele pega a minha mão e é assim que entramos na arena. Dois garotos, de mãos dadas, prontos para enfrentar o mundo.

Vinte

Antes – Sete meses atrás

Sinceramente, não fazia ideia do que iria acontecer se eu contasse para Luca que o amava. Dizer foi tão assustador quanto cortar um tecido novo. Eu sempre meço, sempre traço, sempre sei o formato do que eu *quero* criar. Mas nunca sei ao certo como vai ficar. *Eu te amo* foi um salto. Um corte. O compromisso com aquele formato final, seja lá qual for.

Muitas coisas entre mim e Luca aconteceram sem palavras — *tiveram* que acontecer sem palavras. Sem nomes, sem rótulos. Aquele tempo todo que dois garotos passaram juntos, às vezes pintando, às vezes colando coisas, às vezes costurando, mas sempre se tocando? Eu tenho um nome para isso, mas Luca, não. E sempre soube que não ter rótulos era importante para ele.

Não tem problema não ter um nome. Mas se é amor... Se é amor, é alguma coisa e, se é alguma coisa, não pode ser nada. Não pode simplesmente sumir quando a situação complicar.

Eu não sabia o que iria acontecer, mas sabia que precisava descobrir se haveria um "depois". Então, eu disse. Fiz o corte.

Pelo visto, o que aconteceu depois foi um monte de beijos. Pelo menos, nesse caso, minhas medições, desenhos cuidadosos e planejamentos deram certo.

Para citar as palavras sábias de Luca: UHUUUL!

Luca e eu estamos andando de mãos dadas no Craft Club numa tarde de domingo. Evie está em casa, então precisamos sair um pouco do estúdio. É estranho não estar trabalhando e mais estranho ainda andar de mãos dadas em público, mas me sinto estranhamente à vontade. Talvez seja porque estou exausto, ou então porque estou chegando no fim do meu copo de café gelado do Jurassic Perk. Ou talvez eu esteja aprendendo a aproveitar momentos de descanso. Sei lá. Não me sinto ansioso pela primeira vez desde... sempre? E, já que não estou à beira de um ataque de pânico, não me importo que Luca nos guie para o que quer que chame a atenção dele. Claro, tenho uma lista — estou apaixonado, mas ainda sou Raphael Odom —, mas Luca mudou a forma como lido com projetos, e acho que foi para melhor. Agora, minha prioridade não é progresso. É ver Luca se inspirar.

— Estava pensando que podíamos pegar, tipo, umas tachas ou algo assim? Vi um vídeo de uma menina colando tachas na gola dela — Luca diz enquanto pega um pacote de tachas geométricas de latão, prata e cromadas. — Mas precisamos de cobre. Acho que podemos usar algumas daquelas suas tintas, que tal?

Ele está falando das tintas metálicas. É possível usá-las para dar um visual mais gasto, ele está certo. Eu estava pensando nisso também.

— Onde iríamos colocar as tachas? — pergunto.

— Nos punhos das armas. Ou talvez nas alças?

As ideias de Luca estão ficando cada vez menos fantasiosas e mais estratégicas. Ideias com as quais consigo trabalhar. Boas ideias, na verdade.

— Podemos usar cola para as tachas chapadas nas armas, mas não vão funcionar nas alças — afirmo. — Precisamos pegar algumas que dê para usar em materiais flexíveis.

— Tem isso aqui?

— Luca, é o Craft Club. Tem tudo aqui.

Ele aperta minha mão e dá um beijo quente na minha têmpora.

— Ok. O plano é o seguinte — diz ele, sabendo que tem poucas coisas que eu amo mais do que um bom plano.

Os de Luca são bem simples, estão mais para uma lista de tarefas, mas tudo bem. É o esforço de se organizar que conta. Faço uma expressão séria, uma saudação e espero pelas ordens.

— Você pega o tecido. Não sei como fazer isso. Vou pedir as tintas e tachas que dê para a gente costurar.

— Procura por tachas com rebites. Olha no corredor de couro.

— Beleza. Rebite. Tachas. Couro. Estou gostando disso.

Outro beijo e ele vai embora. Marcho até os fundos da loja, onde os rolos de tecido formam uma selva de estampas e cores. Reviso a lista no caderninho que uso para os projetos. Estou procurando por Neoprene, ou um tecido que pareça roupa de mergulho com um acabamento fosco. Não vai dar para vê-lo muito por baixo da armadura, mas vai criar uma superfície fácil de trabalhar para prender peças leves de EVA.

Também estou procurando por uma malha para o lenço de Deimos. Isso me lembra de comprar ímãs — um ponto importante para montar um cosplay durável é ter pontos de quebra intencionais para que coisas como capas saiam com facilidade caso fiquem presas em algo. Coloco isso na lista de coisas que vamos comprar na loja de ferramentas depois.

Pela primeira vez na vida, não estou com pressa. Sinto todas as texturas, esperando a inspiração chegar em minhas mãos quando elas passarem pelo rolo certo. Encontro o Neoprene que queria, depois a malha, mas continuo explorando. Descubro um rolo de couro sintético marcado com escamas. Sem pensar, imagino a fantasia em Luca e não em mim. Esse tecido cairia nele como uma segunda pele. Talvez eu consiga fazer um macacão e vesti-lo como um Heartless de *Kingdom Hearts*. Esguio e atlético. Ágil, sombrio, perigoso.

Encontro um segundo tecido que poderia funcionar também: um rolo de couro de patente brilhante. É bem elástico, mais do que Lycra. Melhor ainda.

— Posso ajudar?

Me viro para o atendente e seu colete magenta me tira do meu devaneio de tecidos escuros e roupas coladas.

— Na verdade, sim. Posso pegar alguns cortes desse e desse?

Puxo o tecido que vim buscar e escrevo as medidas. Depois, espero na mesa de corte enquanto os atendentes ajudam outras pessoas na minha frente. Mexo no celular. Inconscientemente, abro o Ion. Meu feed de recomendados é cheio de pessoas se preparando para a Blitz.

O título de um dos vídeos é "Toques finais para Blitz!". Outro diz "Segundo teste de maquiagem para Blitz".

A *vibe* preguiçosa do meu dia acaba instantaneamente. Aqui estou eu, pegando meus cortes de tecido, e as pessoas já quase terminando? Antes que consiga me controlar, começo a avançar por outros vídeos e fotos, e vou devorando novas publicações que me fazem sentir cada vez pior. Depois, olho no meu calendário quantos dias faltam para a Blitz.

Não quero ser dramático, mas, matematicamente falando, estamos *fodidos*.

Tento fazer aquele negócio de respirar fundo. Tenho que me acalmar antes que Luca me encontre, senão vou arruinar o dia de nós dois. Mas não consigo me acalmar e, de uma hora para outra, não aguento estar dentro do Craft Club. Deixo meus tecidos para trás, corro para as portas e me jogo para fora antes que a abundância da loja me esmague.

Eu costumo tremer assim? Costumo ter calafrios? Ando pela praça até uma voz gélida interromper meus pensamentos.

— Raphael?

Levanto o olhar. Estou em frente ao Jurassic Perk. Há poucas pessoas sentadas do lado de fora nesse dia frio de março. Uma delas é um homem que reconheço vagamente, talvez algum colega de Evie. Mas aí ele se mexe e a pessoa que está junto dele entra em foco. É Evie, me encarando como se eu tivesse acabado de cair do céu.

— Oi — digo.

— Ah, então *esse* é o jovem Odom que Evie sempre esconde — diz o homem, brincando.

Evie lhe dá um sorriso forçado e esconde a própria surpresa bem a tempo. Acho que deve ser um colega de trabalho da galeria. Provavelmente não é a pessoa que ela gostaria que descobrisse meu péssimo hábito de fazer cosplay.

— Você estava no Craft Club? — o homem continua falando, preenchendo o silêncio entre mim e Evie. — No que você está trabalhando? Admito que estou muito curioso para saber o que a cria da grande Evie Odom faz em seu tempo livre.

— Estou fazendo...

Evie sai do transe.

— Ah, o Raphael é muito reservado. Vamos respeitar o processo dele, sem perguntas, Marc.

Marc dá de ombros. Evie se levanta.

— Nos dá licença um instante?

Marc dá de ombros de novo enquanto Evie me leva para longe. Lanço um olhar de desespero, mas ele está mexendo no celular.

Evie para em frente ao Craft Club. As portas se abrem, mas não entramos. Ela só olha para mim, de braços cruzados, como se tivesse me levado para a cena de um crime que ela sabe que cometi.

— Não se atreva — diz ela.

— Me atrever a quê?

— A me envergonhar na frente de um dos meus colegas. Você ia contar a verdade. Eu sei que ia.

Evie se aproveita do meu choque para arrancar o caderno da minha mão. Ela folheia os desenhos e diagramas e seu desgosto aumenta a cada página.

— Não é vergonhoso — digo, baixinho.

— Ah, é, sim — ela responde. — Eu pesquisei esse negócio de cosplay, sabia? Achei que pudesse estar errada depois do que Rocky falou no Natal. Mas meus instintos, como sempre, nunca erram. São fantasias. Não é nem drag. É só se vestir de personagens de desenho animado.

Bom, sim, é isso mesmo, mas, se for para pensar assim, então pintura é só espalhar qualquer merda numa tela. Não digo isso. Não consigo encontrar minha voz.

As portas tentam se fechar, mas abrem de novo porque estamos ativando o sensor. Uma pequena família com sacolas rosa para perto de nós ao tentar sair e acaba passando no meio. Evie enxota eles com a mão, como se não pudessem vê-la ou ouvi-la.

— Você não poderia ter escolhido um hobby mais desagradável, Raphael. Sinceramente. Pelo que entendi, cosplay é nada mais nada menos do que imitações baratas do design de alguém. Achei que, se eu cercasse uma criança talentosa com originalidade, ela iria se maravilhar com a singularidade do que apenas ela pode criar. Mas, não, encontro você em uma loja para *casuartistas*, provavelmente copiando o trabalho de outro artista e brincando de super-herói. Minha vontade é de gritar, Raphael, de sair gritando por aí.

E, como é de Evie Odom que estamos falando e não confio nenhum pouco que ela *não sairia* gritando por aí, finalmente falo:

— Para, por favor — eu imploro. — Não é besteira. Sou bom nisso e levo a sério. Milhares de pessoas...

— A sério? — Evie bate os nós das mãos em meu caderno. — Tudo que eu sempre quis foi que você levasse a sua arte *a sério*, Raphael. Isso não é sério. Isso é lixo. E pensar em tudo que você poderia criar e não cria. É um desperdício.

Já ouvi o discurso de Evie sobre arte um milhão de vezes. Esse um milhão somado ao de agora finalmente se condensam em uma mágoa sombria e intensa que sai jorrando de mim.

— Por que minha arte só é algo sério se eu fizer o que você quiser? Por que não posso fazer coisas para mim mesmo? Como assim a arte não é relevante a menos que se encaixe nos seus critérios ínfimos do que vai expor na galeria? Talvez não seja isso que eu queira. Talvez não seja o que eu faça. Talvez o que eu faça não seja para você, e talvez você não possa controlar isso.

O rosto amargo de Evie fica congelado em uma expressão de desgosto enquanto falo. Nós dois estamos gritando. Uma pequena multidão de curiosos se formou dos dois lados da entrada do Craft Club.

— Não é controle. É orientação, Raphael. A casa, o estúdio, sua educação... O seu mundo inteiro existe graças ao que eu ganhei ajudando artistas a se tornarem as melhores versões que poderiam ser. Você cria fantasias e eu, carreiras. E sou boa nisso e não vou me desculpar por ser boa no que faço. Pedir a você que se leve a sério o suficiente para criar *arte de verdade* não é essa coisa abusiva que você está criando na sua cabeça. Isso se chama ser mãe.

Abusiva. Sempre penso no relacionamento que tenho com minha mãe, e a palavra "abusivo" me vem à cabeça de vez em quando. Não parece se encaixar exatamente para minhas vivências, mas também não consigo descartá-la.

Evie funga. Ela olha ao redor e várias pessoas desviam o olhar da sua expressão severa. Se ela fica envergonhada, não demonstra. Só suspira e me entrega o caderno.

— Toma. Vai. Preciso voltar para minha reunião. Depois a gente conversa.

Sei que não vamos conversar coisa nenhuma. Lá em casa não falamos das coisas que odiamos. Pego meu caderno, ou pelo menos tento. Evie o segura por uma fração de segundo a mais, como se estivesse me testando.

— Chega de usar o estúdio — diz ela, com um tom casual. — Aquele espaço é para artistas. Você pode usar de novo quando superar essa merda plagiadora.

Evie me deixa processando o que disse em frente à multidão que criou. Pela primeira vez, não consigo pensar em um plano ou no que fazer em seguida. Considero simplesmente me jogar no chão, que é o que gostaria de fazer, mas aí uma mão segura a minha e Luca me leva para dentro do Craft Club. Paramos em um corredor aleatório e ele me abraça.

Demora alguns segundos para minhas emoções superarem o choque. Acima de tudo, sinto raiva. Mas também me sinto humilhado. Não sei o quanto daquilo Luca ouviu, mas, pelo jeito que faz carinho nas minhas costas e fica em silêncio, presumo que tenha sido bastante.

— Então... — murmuro contra o peito dele. — Essa é a Evie.

— Ela é... — Luca começa, mas para de falar. — inacreditável, não é mesmo?

— Pois é.

— May tinha razão. Baita mulher assustadora.

— A pior de todas.

Atrás de nós, alguém pigarreia. Por um segundo, tenho medo de que seja Evie de novo, mas é alguém da loja. A pessoa está segurando um saco e vejo ali os tecidos que escolhi, cortados e dobrados.

— Toma, Raffy. Um presente do Club — diz a pessoa, com um sorriso simpático no rosto.

Imagino que tenha visto o que aconteceu. Pego a sacola e mal consigo murmurar um *obrigado*. Esse ato de empatia me dá um aperto no peito. De um jeito bom, mas que é demais para mim. De repente, as lágrimas que estava segurando caem e escondo o rosto entre as mãos. A pessoa desaparece e ficamos apenas Luca e eu de novo.

Evie acabou de jogar tanta coisa na minha cara — causou uma briga, fez acusações, fez drama —, mas o pior de tudo é essa maldade gratuita. Ela sabe ser severa quando quer. Estou chorando por causa dela, mas também por causa da bondade dos atendentes da loja de materiais, que são muito mais compreensíveis do que minha própria mãe. E eu nem sei os nomes deles.

Luca não me solta até o pior ter passado. Depois, pega algo da prateleira.

— Ei, olha, olha — diz Luca. — Espuma do Mar dos Sonhos, número 6.

Ele segura um pacote de pedrinhas. Percebo que estamos no corredor de pedrarias. Por algum motivo, isso me acalma. Enxugo as lágrimas com os pulsos.

— Eu só quero criar coisas — digo. Arrasado.

Luca beija minha cabeça várias vezes.

— Você é bom criando coisas. O melhor de todos.

— Evie disse que não podemos mais usar o estúdio.

— Tudo bem por mim — ele sussurra em resposta. — Vamos dar um jeito. Vai dar tudo certo, viu? Você sabe que vai, né?

Olho para ele. Não sei de nada, mas ele parece acreditar no que disse.

Concordo com a cabeça e me estico para ficar mais aconchegado em seu abraço.

— Vamos dar um jeito.

Vinte e um

Agora

Luca e eu estamos de frente para nossa mesa. Não nos tocamos, mas o ar entre nós vibra. Literalmente. Há drones com câmeras voando lá em cima enquanto a equipe de filmagem faz imagens dos competidores. Me mandaram olhar para frente e manter uma expressão determinada, mas fico dando umas olhadas ligeiras para o pessoal da organização. Eles estão de cenho franzido, apontando para Luca e encarando seus braços e a camiseta pequena demais, mas já começamos, então agora é tarde demais para regravar a entrada. Vão ter que o deixar competir assim mesmo. E Luca, desse jeitinho aqui, chama atenção.

Impeço o sorriso de chegar na minha boca e, com os lábios franzidos, o transformo em uma expressão de orgulho. O nervosismo de antes permanece, circulando em mim por bobinas neon, mas agora estou flutuando em uma fantasia. Voando para longe da realidade que abriga minha tristeza de sempre. Acho que surtei de vez. Acho que não tem mais volta para mim.

O drone com a câmera vai embora e a equipe filma Irma Worthy apresentando as regras enquanto ela passeia pelos corredores de materiais. Enquanto fazem isso, os organizadores vêm ligar e testar nossos microfones. Um deles lança um olhar de desprezo para Luca e coloca a camisa que ele tirou em cima da nossa mesa.

Luca pisca para eles. Depois, olha para mim e dá de ombros.

Dou de ombros também.

Ficamos dando de ombros um de cada vez.

— Parem com isso — diz o organizador.

Irma deve ter terminado sua introdução porque a equipe de filmagem volta para nós. Uma pessoa chamada Ginger nos faz ficar em pé, lado a lado, e começa a fazer perguntas.

— Pode falar da sua decisão de trocar de equipe? Esse foi o plano desde o começo? — Ginger empurra um microfone felpudo na nossa cara.

Não tenho ideia do que fazer, na real nem sei mais como uma boca funciona, mas Luca está preparado.

— Inaya e Cristina são uma dupla poderosa, mas Raffy e eu já trabalhamos juntos antes e estamos empolgados para criar algo incrível hoje. Não vão se decepcionar.

Depois de uma pausa, Ginger pergunta:

— E que tipo de relação vocês tinham antes?

— Nós já criamos cosplays juntos — responde Luca, com um sorriso no rosto.

— E qual é o relacionamento de vocês agora? Não são apenas colegas de trabalho, são?

— A gente... — Luca para de falar e olha para mim.

Ele dá uma risada. É seu riso de nervoso.

— A gente vai ganhar — respondo.

— Bom, então tá bom! — diz Ginger. — Já dá até para sentir que o negócio com esses dois está pegando fogo! Vamos ver o que as outras equipes estão fazendo.

Ela sai e Luca me lança um olhar de agradecimento.

— Essa foi boa — ele sussurra quando se inclina perto de mim para pegar um tablet.

— O que estamos fazendo aqui? — pergunto para ele.

— Eu vim para você poder competir, para ganharmos da Inaya.

— Mas por quê? Até sexta-feira achei que tinha alguma coisa rolando entre vocês.

— Quê? Tipo, que a gente estivesse *junto*?

— Bom, talvez não *junto* assim. Mas é que vocês fazem tantos vídeos e posts e passam muito tempo juntos.

— São fotos, Raff. De personagens. Não é real. É cosplay. Inaya e eu nunca saímos do campo profissional. Eu era só o modelo. Ela nem me deixava fazer nada.

Sinto uma raiva antiga surgir.

— Então por que ficou com ela?

Luca toca no tablet e espera uma câmera se afastar.

— Éramos uma boa equipe. Eu deixo ela me vestir, ela me deixa participar das convenções e tal. Meus pais gostam muito dela. Se eu vou fazer essas coisas, é com ela que querem que eu faça.

— Eles gostam que ela seja uma garota, então?

Luca assente. É uma merda ouvir isso. Sempre soube, mas agora tenho a certeza, e a sensação é ainda pior.

— Então se vocês são uma equipe tão boa assim, por que ela te largou?

Luca dá um sorriso triste quando olha para o outro lado do salão, onde Christina e Inaya já estão desenhando.

— Christina é a melhor de todos. E Inaya quer mesmo ser melhor do que a melhor. Ela é ambiciosa, que nem você. E eu sou só...

Ele olha para mim, e então depois desvia o olhar, como se quisesse terminar a frase ali.

— O quê?

— Um peso morto.

Agora ele olha mesmo para mim. É como se estivesse pedindo desculpas, não pelo nosso passado, mas por ser quem é. Sinto um aperto no peito e corro para defendê-lo de si mesmo.

— Você não é um peso morto. Você é...

— Bonito? É o que a Inaya sempre diz. Ela dizia que sempre que minha cara aparecia, os números aumentavam.

— Você é *carismático* — eu o corrijo. — Você tem algo que ninguém pode fazer. As pessoas se sentem atraídas por você. É impressionante e importante. Não se sinta mal por isso.

Luca olha ao redor e então bate com o ombro em mim. Como costumava fazer.

— Desculpa, não me aguentei — ele murmura, baixinho.

Uma câmera se aproxima e temos que parar de conversar. Quer dizer, parar com a conversa de verdade, no caso.

— Vamos começar? — diz Luca.

Olho ao redor do salão. Os outros times estão conversando também, menos Inaya e Christina. Elas estão correndo para as pilhas de material e pegando tecidos dos rolos nas paredes. É óbvio que as duas têm um plano em mente. Provavelmente os outros times estão bem mais preparados do que nós. Tudo que Luca e eu temos é uma folha em branco e muito a conversar.

— Você está disposto a ser modelo para qualquer coisa que a gente fizer? — pergunto.

— Sim, mas o que vamos fazer? — ele questiona. — O que *podemos* fazer?

Ando me perguntando isso desde quando viramos um time. Queria ter sabido que ele viria. Se eu tivesse tido pelo menos uma hora para me organizar, poderia ter pensado em algo. Poderia lhe dar uma lista de tarefas. Mas, agora, todo segundo que gasto pensando e planejando é um segundo a menos para montar tudo. Esse desafio é para quem passou a noite passada planejando tudo. Não para dois garotos que mal se falaram nos últimos quatro meses.

Não podemos errar. Não podemos fazer experimentos. Não podemos adivinhar. Ou ter dúvidas. Temos que saber o que vamos fazer. Temos que criar algo melhor do que tudo que já fizemos antes. E temos apenas doze horas. Menos, já que eu gastei um tempo parado aqui, hiperventilando.

Expulso as emoções da minha área mental de trabalho. Hora de começar.

— Precisamos pensar em algo simples que possamos enfeitar — digo. Nem é um plano de verdade, mas acho que é um bom lugar para começar. — Algo conceitual, talvez. Se criarmos algo que ninguém está esperando, podemos ganhar pontos pela criatividade para compensar o que não vamos conseguir fazer de estrutura.

Luca concorda com a cabeça, mas do jeito que meninos fazem quando não estão prestando atenção. Ele está com uma caneta na mão, desenhando no tablet enquanto falo as opções. Ginger volta à nossa mesa depois de uma deixa do câmera.

— As outras equipes já começaram a construir. Por que a demora, meninos?

— Temos muitas ideias — digo para ela.

Não consigo parar de olhar para as câmeras, mesmo depois de terem dito para olharmos só para Ginger.

— Muitas ideias? Parece que estão desenhando aí... Já decidiram o que vão fazer hoje?

Olho para Luca, que está apertando o tablet contra o peito. Com um sorriso malicioso no rosto, ele vira o desenho e mostra para a câmera uma imagem com asas.

— Vamos fazer um visual que mistura Deimos e Phobos, de *Pantheon Oblivia*. Os deuses corvos, fundidos em sua forma final.

Vinte e dois

Antes – Seis meses atrás

Estou, como diziam antigamente, estressado para caralho.

Não sei, talvez eu esteja sendo meio dramático. Não descanso desde que Evie gritou comigo do lado de fora do Craft Club. Ela está viajando de novo, mas Luca e eu estamos evitando o estúdio de qualquer forma. Nós levamos tudo para o meu quarto. É muito pior do que o estúdio, mas minha porta tranca e pelo menos, quando caio no sono no meio do trabalho, estou a poucos passos da minha cama. Não que eu a use muito. Faltam apenas três semanas para a Blitz Con e estamos muito atrasados. Me recuso a gastar minutos preciosos dormindo.

Mas eu tenho fantasias sobre dormir, sim, e geralmente com Luca. Não é sexo. Literalmente dormir. Ficar de conchinha em uma cama quente, em uma cabana confortável no meio do nada com a luz do dia passando pelas persianas fechadas. Um sono profundo. Um sono maravilhoso.

Enfim, estou só o bagaço.

— Mas você é o *meu* bagaço — diz Luca, massageando minhas mãos.

— Desculpa, não percebi que estava falando em voz alta.

Minhas mãos estão rígidas e cansadas, como argila mexida demais que ficou secando por acidente. Estamos sentados no meu chão e deixamos *Demon Slayer* passando no notebook enquanto trabalhamos. Estou bordando o capuz de Deimos. Luca está... Não sei bem o que Luca está fazendo. Provavelmente eu lhe dei uma tarefa a fazer e, em vez disso, ele está assistindo a *Demon Slayer* e achando desculpas para tocar em mim. Por mim tudo bem. Mas também gostaria de terminar isso logo para poder dormir.

— Me dá a outra mão — ele diz, e eu dou.

Uma compulsão familiar me chama atenção. Quando fico agitado assim, preciso fazer listas.

— Beleza, então o que falta? As asas precisam ser polidas e provavelmente retocadas com o aerógrafo; a estrutura está quase pronta, mas devíamos fazer uma prova; depois essa maldita capa que estou fazendo. Acho que vou fazer a parte com musseline antes para acertar os ombros. Mas não se preocupa, não precisa medir nada. Posso usar meu boneco.

— O que é esse boneco? Tenho até medo de perguntar.

— Não, relaxa, não é, tipo, um fetiche. É aquele manequim sem cabeça que você sempre tira para dançar. É só um torso em uma vara.

— Você é muito mais do que um torso em uma vara pra mim, Raffy.

— Cala a boca. Ok, depois que terminarmos com o musseline, podemos ver o que vamos ter que...

— Mussolini?

— *Musseline*. Com "e".

— Mas Mussolini é com "o".

— Luca, por favor, estou tentando pensar.

Sinto o sorriso dele tocar minha mão. Levanto a outra mão para ele pressionar a bochecha ali também. Minhas costas doem de ficar curvado, trabalhando. Sinto elas estalarem quando me alongo.

— A costura não deve demorar, porque os acessórios são bem simples, mas o corte tem que ser perfeito, senão vai ficar estranho por baixo da armadura.

— Quando vamos fazer a armadura?

— Estava pensando que você podia começar enquanto eu costuro.

Sinto Luca ficar ansioso.

— Tipo, fazer sozinho?

— Nem pensar. Só começar. Posso te mostrar o que fazer.

Ele resmunga.

— Mas eu já cortei tantas coisaaaaaaaaaas.

— Ok. Beleza. Você costura, então.

— Não sei costurar. Você não me ensina.

— Não tenho *tempo* pra te ensinar.

Luca se senta no chão ao meu lado e está um pouco irritado quando diz:

— *Nós* não temos tempo.

Olho para ele e minha visão está um pouco turva de tanto cansaço.

— Luca. Essa é a questão. Por isso que eu costuro e você corta. Não entendo qual é o problema.

— O problema é que... — Luca começa a falar, mas para.

Sinto algo quente subir minha garganta. Raiva? Medo? O que ele ia falar?

A garganta de Luca também parece ter fechado, porque ele decidiu não falar o que estava pensando. Quase consigo vê-lo engolindo as palavras. E sei que deveria abrir a boca dele e fazê-lo sussurrar de leve, fazer com que aquilo saia para que não se acumule lá dentro e vire ressentimento. É esse tipo de coisa que faz as pessoas terminarem.

Mas não tenho tempo para sussurros. Nem para conversar *ou* brigar. Não tenho tempo nem para dormir. Mais do que nunca, tenho consciência do tamanho do que estou tentando alcançar e de como é difícil fazer isso com Luca como parceiro. Apesar de gostar da ideia de vencer com Luca, momentos assim me fazem ter a impressão de que vou vencer *apesar* dele. Luca está resistindo a fazer algo que ele mesmo começou, e isso me coloca em uma situação impossível. Fazer tudo sozinho seria difícil em dobro, mas mesmo assim parece que seria até mais fácil.

Ele reclamar não ajuda em nada. Tipo, nadinha. Trabalho criativo é uma coisa, mas não é isso que me incomoda. Se eu surtar, se eu chutar o balde, será por causa do esforço emocional de segurar as pontas por nós dois.

E quem vai recolher meus pedaços quando eu desmoronar? Quem vai me reconstruir? Será que ele vai ficar ofendido também? É por isso que eu trabalho sozinho. Por isso que eu *deveria* trabalhar sozinho.

Saio desse buraco.

— O problema é que estou exausto — digo. Esses pensamentos ruins são marca registrada do Raffy Cansado. Não são o que quero pensar ou quem quero ser. — Nós dois estamos. O fato de termos perdido o estúdio não ajuda. Isso é culpa da Evie, não nossa.

Sempre me lembro de que isso é culpa dela, não do Luca. Pensar assim me ajuda a reorganizar todo o trabalho a mais que não vou conseguir fazer nessas fantasias; com sorte, vamos conseguir pelo menos terminar. Não vai ser o meu trabalho perfeito de sempre. E tudo bem. Nossos personagens serão reconhecíveis. Vai ser de boa qualidade. Não tem graça fazer um cosplay tão bom se você estiver cansado demais para aproveitar.

— Ela falou mais alguma coisa para você depois daquele dia? — pergunta Luca.

— Nada.

— Isso é bom ou ruim?

Não sei, então não respondo. Luca brinca com meus dedos.

— É interessante como nenhum dos nossos pais gosta de cosplay, mas por motivos diferentes. Evie acha que é simples demais, e meus pais acham que é estranho demais.

Também não ajuda muito o fato de que provavelmente os pais de Luca têm razão. Afinal, o medo deles de cosplay e convenções é mais ligado à bissexualidade do filho, e aqui está ele, criando um cosplay para uma convenção com o crush secreto dele, que é um cara. E nenhum de nós dois está usando calças.

Pobre Luca Vitale. Mais um jovem seminu, corrompido pela arte e pelo artesanato.

Luca levanta e se alonga. Perco minha concentração quando vejo um pouco de sua barriga por baixo da camiseta amassada. Ao me flagrar encarando, ele pega a barra da camiseta e passa por cima da minha cabeça, me sufocando, e caímos juntos no chão. Ele ri. Minhas dúvidas somem enquanto tento me soltar. Ele é mais forte e definitivamente mais pesado, mas finge que sou feito de ouro quando me deixa prendê-lo contra o chão. Ainda por baixo da camiseta dele, encontro a gola folgada e passo minha cabeça por ela para nos tornarmos um monstro de duas cabeças e dois pescoços. Passo os braços pelas mangas também, juntando nossas mãos. Me ajeito para que minha cabeça fique na curva entre sua orelha e ombro, e minha respiração soa alta até para mim enquanto respiro no pescoço dele.

— Raffy, o que você está fazendo?

— Sinceramente? Nem sei. Parecia engraçado.

— Uau. Você está mesmo exausto.

— O que quer dizer?

— Você nunca me deixa ficar te abraçando. Sempre tem que fazer coisas.

Alguém tem que fazer. Quase digo em voz alta, mas o rancor já sumiu. Está se derretendo com o calor da pele de Luca, que penetra pela minha camisa e entra na minha pele. Estou tão, tão cansado. Já fiz tanta coisa. Quem sabe já tenha feito o bastante por hoje. Talvez não tenha problema descansar um pouco. Ele me faz querer descansar.

— Eu só quero isso aqui — digo.

— Acho que você quer muito mais.

Alguém olhando de fora pensaria que ele está falando de algo físico, mas eu o conheço.

Solto um suspiro.

— Eu quero muito mais, sim, mas às vezes também só quero isso.

Me aconchego um pouco mais no nosso calor. Talvez seja o cansaço, mas eu nunca imaginei que fosse tão confortável deitar em cima de Luca. A costura foi com Deus. O musseline pode esperar mais um pouquinho.

— Só isso? — ele pergunta.

Só nós dois, eu penso. Espero para falar. Espero tempo demais. Pego no sono esperando, e Luca me deixa dormir.

Vinte e três

Agora

Estou acostumado a trabalhar em frente a uma câmera. Fazia isso sempre no Ion. Eu trabalhava, falava, brincava. Deveria ser fácil participar de uma rodada televisionada da Tricê, mas é claro que é muito diferente sob as luzes brilhantes da Controverse. Primeiro, tem mais do que uma câmera. Há pelo menos uma dúzia. E, em vez de falar apenas comigo mesmo, estou falando com todo mundo. É o trabalho mais público possível. Criação para consumo. É complicado, rápido, real e assustador. E, quando Luca e eu começamos a trabalhar, percebo uma coisa.

Senti falta para caralho disso.

Isso. *Isso.* Só... fazer coisas. Só escolher coisas, montá-las, e criar algo sem ficar questionando cada passo. Ser livre. Quando Luca e eu nos conhecemos, me lembro de me sentir assim. Ele mudou a forma como eu crio, para melhor. E agora a alegria de criar voltou, ironicamente, no cenário mais competitivo do mundo. Acho que tem algo a ver com Luca, que sempre reparou na magia do que consigo fazer. Agora, em meio ao nosso mais novo desafio, começo a sentir essa magia de novo.

A Controverse desperta ao nosso redor; multidões ficam grudadas nas barreiras transparentes, observando a estrutura da gravação. Pessoas gritam o nome das equipes, implorando para as câmeras darem zoom no que estamos fazendo para verem nas telas acima de nós. Quando me permito olhar para a multidão, vejo que eu e Luca temos um bom público. Lanço um sorriso para eles, que acenam de volta. Luca acena também, e o público pira.

Na maior parte do tempo, porém, ficamos trabalhando. Trabalhamos como se nosso passado não estivesse bem aqui, no meio de nós dois. Ou melhor, trabalhamos como se nosso passado fosse a única coisa entre nós; o tecido da história que compartilhamos se rasgando e virando pedaços de retalho que se unem de novo através da costura para formar algo novo, algo estranho, algo muito melhor. Por causa das câmeras, não podemos conversar. Só nos concentramos no que está acontecendo aqui e agora, e trabalhamos juntos para construir algo incrível.

E eu sinto aquela magia, aquela alegria, a empolgação que me deixei esquecer nos meses que antecederam a Controverse. É inebriante me sentir eu mesmo de novo. Será que é por causa de Luca aqui comigo? Ou da ausência de Evie? Ou da falta de sono?

Não sei. Não penso muito a respeito. É hora das minhas mãos pensarem. Continuo trabalhando, criando, torcendo para não endoidar. Ao meu lado, Luca me mantém presente. Eu lhe dou instruções aos poucos e as adaptações do nosso antigo processo vão fazendo sentido na minha mente enquanto o cosplay toma forma sob nossos olhos.

— Já que estamos montando uma fantasia que combina características dos dois personagens, vamos fazer a base com tons neutros — falo para Luca quando terminamos de traçar as penas. — Assim não vamos ter que pintar todo o enchimento, só os detalhes coloridos. Podemos fazer os detalhes com a retífica e o aerógrafo.

— Então a fantasia vai ser em preto e branco?

— Vamos usar cinza-claro e preto-fosco, mas podemos colocar azul e branco pra criar profundidade. Me passa o estilete.

Mudo o formato da asa para ficar mais simétrico, ciente de que não teremos tempo de consertar nada que for desenhado ao contrário por engano. Usando o esboço como referência, desenho rapidamente as principais formas maiores que quero e as entrego para Luca.

— Dezesseis desses, oito desses, vinte desses. Um conjunto preto e outro cinza.

— Sério?

— Sei que é muito, mas acho que minhas contas estão certas.

— Não, digo, tudo bem pra você eu cortar tudo? Não tem medo de que eu estrague tudo?

Sei o que Luca está dizendo. *Você confia em mim?* E a forma como ele pergunta faz com que uma ardência desconfortável volte a latejar em velhas feridas. Será que sempre fui tão exigente assim?

— Faz o melhor que puder — digo.

— Estou tentando. De verdade. Não quero te decepcionar de novo — ele responde.

Não estamos falando sobre a fantasia de pássaro. Estamos falando de nós dois.

Uma câmera passa por cima do nosso trabalho. Falo em voz baixa:

— Não vai. Nem se quisesse. Você apareceu, não apareceu?

— Não queria que você trabalhasse sozinho. Eu devia ter vindo muito mais cedo, Raff. Desculpa por nem sempre ter aparecido quando você precisava.

Meu nariz coça. Vou começar a chorar? *Não*, não vou chorar coisa nenhuma. Fujo do assunto ao gesticular para o público. Para o mundo fora das competições de cosplay, para longe dessa conversa cheia de camadas.

— Você teve que lidar com outras coisas. Pessoas que precisavam que você fosse outra pessoa.

Ver Luca e Inaya se juntando partiu meu coração, mas parte de mim entendia o porquê. Eram meios para chegar a um fim em que os dois pudessem fazer o que amavam. Eu não deveria culpar Luca por se aproveitar da facilidade de ter uma parceira que se apresenta como heteronormativa. Eu deveria culpar as pessoas homofóbicas que exigem que esse tipo de fingimento seja necessário. Mesmo assim, queria que as coisas tivessem acontecido de forma diferente.

— Mas estou aqui agora — diz Luca, com urgência. — Estou aqui. Por nós.

Olho para os esboços em minhas mãos — nas mãos dele também, porque nenhum de nós quer desistir desses desenhos idiotas. Minha respiração treme quando respiro. Meu coração aperta, meu pulso acelera.

— Posso confiar em você com isso?

Não estou falando do trabalho.

— Adoraria se me desse uma chance — ele responde.

Luca também não está falando do trabalho.

E então, do mesmo jeitinho de antigamente, o tempo para só para nós dois. Não ouço a multidão, não vejo as câmeras, nem sinto o frio da arena quando Luca diz algo que faz todo o resto esvanecer:

— Quero te beijar.

Largo os desenhos e Luca os joga na nossa mesa de trabalho sem tirar os olhos de mim. Será que ele me beijaria na frente de tanta gente? Ele deve ter percebido a pergunta no meu olhar, porque vejo um brilho provocador em seus olhos. Antes que eu possa impedi-lo, ele se aproxima e dá um beijo na minha bochecha direita. Mais perto da mandíbula, logo abaixo da minha orelha. Ele é mais alto do que eu e precisa se abaixar, então por um instante ficamos enrolados um no outro.

Ouço um "Uuuuuh" vindo da multidão. Luca ouve também, e consigo sentir os lábios dele formarem um sorriso no meu pescoço. Ele me beija no pescoço e o grito fica mais alto. Depois, nos afastamos, voltando a trabalhar, e uma nova energia se espalha pelo ar. O público se concentra em nós dois. As câmeras vêm correndo, procurando por demonstrações de carinho como a que acabamos de fazer.

— Todo mundo está olhando pra você — Luca sussurra e me empurra para frente enquanto começa a cortar o EVA como se nada tivesse acontecido.

As câmeras chegam, mas, em vez de um beijo, me filmam tagarelando sobre nosso processo.

— Queremos que as penas sejam flexíveis, para dar um visual fluido quando o cosplayer se mexer, então vamos criar o efeito com EVA fino de alta densidade, que vamos moldar, polir e pintar com um aerógrafo.

Vejo Luca sorrindo enquanto me escuta falar.

— E esse beijo? — pergunta um membro da organização. — Podemos ver outro...

Eu o interrompo.

— Também queremos manter o trabalho ornamental que muitos ilustradores criam quando desenham Phobos e Deimos, então, enquanto Luca corta as asas, vou criar uma estampa que podemos aplicar, como um transfer de textura. Vai ficar ótimo de longe e impressionante de perto.

Ginger chega até nós enquanto falo. Ela assente como se estivesse prestando atenção, mas sei que está procurando por uma oportunidade de perguntar sobre mim e Luca de novo. Não lhe dou uma brecha. O principal aqui é trabalhar e impressionar, não ficar dando trela para boiolice. Se bem que, na verdade, talvez tudo isso seja boiolice, né? Sei lá. Mas não me dou brecha para duvidar, e não dou tempo para Ginger perguntar nada.

— Para a parte principal da roupa, eu geralmente faria várias placas de armadura, mas com o prazo não podemos moldar, lixar, pintar, lustrar e montar muita coisa. Em vez disso, vamos fazer meio que uma armadura exposta sobre o tecido.

— Exposta?

— Sim. Por cima do tecido, como se fosse por cima da roupa. Sou muito bom criando estampas e conheço as medidas de Luca bem o bastante para criar uma, mas vai ser mais rápido drapear.

Ginger pisca para mim.

— Quer dizer que vocês já se mediram antes?

— Quer dizer que estamos tentando trabalhar, ou as indiretas estão sutis demais, Ginger? — Luca se mete na conversa.

Ele me dá um cutucão, também fazendo graça. Ginger parece brilhar ao ver isso, mesmo que ele tenha cortado suas asinhas, e percebo que os dois estão fazendo toda uma cena que nem consegui acompanhar. De alguma forma, Luca conseguiu encerrar a conversa e suprir a curiosidade de Ginger ao mesmo tempo, e ela sorri para ele de forma empolgada e... grata? Não entendo até ela se virar para as câmeras e dizer:

— Vocês ouviram em primeira mão, pessoal! Esses dois estão aprontando por aqui. Tem um clima rolando na arena e, pelos comentários, parece que muita gente quer ver o que vai acontecer. Então não ouse parar de assistir, Controverse! Obrigada, meninos, por *tanta* sutileza.

Ela dá uma outra piscadela para a câmera e aí eu entendo. Ela está tentando gerar intriga e interesse no meio dos competidores, o que é difícil, já que estão a maior parte do tempo de cabeça baixa, trabalhando. Luca acabou de lhe dar material suficiente para construir uma narrativa.

Mas não entendo por que Luca fez isso. O velho Luca jamais iria querer que uma história dessa surgisse. Por um segundo, fico paralisado, pensando do que ele está abrindo mão e nos motivos por trás disso.

Ele me beijou. Na frente de todo mundo.

Meu primeiro instinto é sempre me preocupar, claro. Será que ele vai ficar chateado comigo? Será que isso vai magoá-lo? Mas Luca parece feliz. Enquanto Ginger olha para os outros competidores, ele se balança com uma leveza que não vejo há tempos. Ele está dançando um pouco enquanto corta o EVA, cantarolando sozinho. Quando olha para mim, não há arrependimento em seus olhos.

— Tem certeza?

— Do quê?

— Daquilo. Você sabe que ela vai aproveitar o que puder dessa história, né?

— Que história?

— Que tem algo rolando entre a gente.

Esse brilho é meu

— E não tem?

Ele sorri.

— Tem? — pergunto com toda a sinceridade.

— Pode ter. Se você quiser.

Meu pulso acelera, vibrando sob minha pele e me deixando com calor. Não sei. Respondo à pergunta não proferida de Luca com um sorriso neutro. Depois, volto para o trabalho, que faz bem mais sentido do que meus sentimentos confusos.

Em pouco tempo, todas as partes da asa estão cortadas e chega a hora de polir e colar. Juntos, as apertamos para criar novas formas e, pouco a pouco, nosso trabalho começa a se tornar algo incrível.

— Vou pegar um cano de PVC — digo.

Não é algo que se costuma encontrar em uma loja de artesanato, mas é um material muito útil para cosplays, então deixaram vários encostados em uma parede, como se fosse uma floresta branca de ossos. Enquanto espero alguém da organização cortar o tamanho de que preciso, Inaya se junta a mim. Por um segundo, ficamos a sós, sem câmeras.

— Se divertindo com seu querido Luca? — ela pergunta.

— Na verdade, sim.

— Achei que a essa altura vocês estariam se matando — ela diz, casualmente. — Não se *pegando*.

Sinto que estou corando.

— Foi só um beijo.

— Só um beijo. Hummm. — Ela vira de costas enquanto observa a prateleira cheia de parafusos e porcas, como se estivesse mesmo fazendo compras. — Não sei se pode ser apenas um beijo, Raffy. Ainda mais para Luca ou a família dele.

— Onde você quer chegar, Inaya?

Ela se vira para mim e, como sempre, emana uma aura ardilosa e misteriosa.

— Nada — responde, com a voz tranquila. — Sempre te vi como competição, Raffy. Estava empolgada para competir contra você de verdade este ano, pela primeira vez. Quando soube que você podia desistir por causa da May, fiquei chateada. Que bom que o Luca veio ao resgate.

— A May ligou para ele — digo.

— Na verdade, a May ligou para mim e *eu* liguei para o Luca — diz Inaya.

184

Quase derrubo os canos apoiados na parede, que fazem um barulho quando encosto neles.

— O quê? *Você*? Por quê?

Inaya cruza os braços e me olha dos pés à cabeça.

— Eu quero ser a melhor. E para ser a melhor, quero ganhar dos melhores. E você é o melhor.

Fico sem palavras. Eu crio porque amo fazer isso. Inaya cria porque ama ganhar. Tentei ser assim, e isso acabou comigo. Obviamente, ela pensa diferente.

— Fico feliz que ele tenha vindo ajudar. Só não deixa ele te atrapalhar — ela diz, colocando um dedo na frente do meu rosto e apontando para as estações de trabalho com a outra mão. — O Luca tem um jeitinho supercapaz de te distrair. Não deixe ele te impedir de dar o seu melhor.

O cara volta com os canos que pedi.

— Mais alguma coisa? — pergunta ele.

— Não, só isso — respondo, e aproveito a oportunidade para me afastar de Inaya.

Ela acena discretamente para mim e, em seguida, passa sua lista de medidas para o cara da organização.

Volto devagar para a mesa, tentando pensar. As palavras de Inaya se esgueiram na minha mente e fazem meus pensamentos assumirem padrões estranhos e instáveis. *Não deixa ele te impedir de dar o seu melhor.* Foi o que ela disse. O meu melhor, de acordo com Inaya, existe sem o Luca. Ela deve ter se frustrado do mesmo jeito que eu tentando ensinar alguém tão iniciante. Obviamente, o jeito que ela lidou com isso foi excluir Luca completamente do processo, e ela está me falando para fazer o mesmo.

Sinto um aperto familiar no coração. A raiva fria, a ambição escaldante. É um sentimento que parece estranho e invasivo depois da alegria dessa manhã, como o início inesperado de uma infecção.

Não. Não vou escolher, porque não há uma escolha a ser feita. Posso dar o meu melhor *e* me permitir sentir minhas emoções. Não vou deixar Luca de lado porque é mais fácil fazer tudo sozinho. Ele está arriscando muito aqui comigo. Não vou excluí-lo de algo que ele está dando duro para fazer. Seria errado e não me tornaria um competidor melhor. Só me faria ser cruel. Como Inaya. Talvez seja o que funcione para ela, mas depois de ficar com Luca percebi que não sou assim.

Pego o soprador térmico e mais algumas coisas no caminho de volta para a estação. Quando me aproximo, há uma comoção na arena. As câmeras chegam perto para ver minha reação ao que, agora percebo, é uma comoção na multidão perto da nossa estação. O restante das câmeras estão apontadas para Luca, que está tão corado que até seus ombros ficaram vermelhos. Ele está olhando para a barreira transparente. Do outro lado, há uma mulher baixa que captou a atenção do público. Seus olhos estão arregalados e sua respiração embaça o vidro. Ela fala rápido enquanto balança a cabeça de um lado para o outro.

Sei quem ela é.

É a mãe de Luca.

Vinte e quatro

Antes – Seis meses atrás

É tarde da noite de uma segunda-feira — tipo, meia-noite —, e estou prestes a limpar minha área de trabalho improvisada quando percebo que Luca não apareceu.

Estive tão concentrado no que estava fazendo que nem percebi que ele não veio. Consegui fazer bastante coisa, e talvez tenha tempo de colocar alguns LEDs se continuar nesse ritmo. Meu humor está ótimo; faz semanas que não me sinto tão produtivo assim. Nem reparei que Luca tinha furado comigo até olhar para meu celular e ver uma mensagem dele:

> Desculpa, tive um imprevisto hoje.

> Tá tudo bem?

Luca não me responde de volta pelo resto da noite nem na manhã seguinte. Tenho a impressão de que há algo errado, mas não sei como perguntar. Se ele estivesse chateado, iria me falar, né? Ou talvez não. Mas por que estaria chateado? Da última vez que o vi, eu estava aconchegado na camiseta dele, roncando sobre sua clavícula. Foi, segundo ele próprio na mensagem que mandou logo depois de ir embora, "um absurdo de fofo".

Ninguém nunca havia me chamado de fofo antes. Ser fofo quando estou prestes a morrer de cansaço deveria ser algo preocupante, mas eu estava cansado demais para me preocupar com isso. A mensagem me deu um quentinho no coração. Foi como um abraço à distância. Agora, o que sinto é um frio rastejante. Um frio que corrói as bordas desse transe e tenta se libertar para contar algo. Mas o quê? O que foi que eu perdi? O que fiz de errado?

Passo o dia de aula inteiro pensando nisso. Quando vejo Luca, seu olhar parece me ignorar. Mando mensagem quando temos uma aula juntos e o vejo ignorar a notificação, o que é provavelmente a coisa mais terrível que alguém já fez comigo. Considerando minha ansiedade, fazer isso é como tirar o pino de uma granada. Só estou esperando a explosão.

Em vez de explodir, faço o que sempre faço: crio coisas. Durante a aula de matemática, quando devemos ficar estudando individualmente, arranco pedaços de papel do meu caderno com cerca de três centímetros de largura. Dobro e enrolo, transformando-os em faixas grossas e faço uma trança. Quando a aula termina, tenho uma nova pulseira trançada.

Não adianta de nada.

O dia termina e Luca ainda não respondeu às minhas mensagens. Sei que ele tem um jogo hoje, então depois que o sinal toca vou até os ônibus que buscam os times e os levam para as partidas. A princípio, não é fácil encontrá-lo, porque estou procurando alguém sozinho e se lamentando por sei lá o quê. Mas, na real, ele está na muvuca do time, brincando de alguma coisa com os amigos. É a risada dele que chama minha atenção. Límpida e despreocupada, nada a ver com o que imaginei.

E o riso acaba quando nossos olhos se encontram.

Não entendo o que estou sentindo, só sei que é algo ruim. Me viro à procura de algum lugar para ir, porque imediatamente percebo que cometi um erro vindo aqui. Acabo me escondendo entre os ônibus; encontro um deles com a porta aberta e subo correndo os degraus assim que as lágrimas começam a borrar minha visão. Não entendo o motivo do choro. Sei que estou cansado. Sei que estou meio fora da casinha.

O motorista do ônibus me dá um segundo para eu me recompor e depois pergunta:

— Você é do time de futebol?

Entrei no ônibus do time de futebol? Ah, que maravilha. Adorei. Me escondo em um assento no fundo onde os outros meninos não conseguem me ver e me preparo para fugir. Talvez eu consiga fugir pela janela. Ou subornar o motorista para sair dirigindo.

— Raffy.

Levanto o olhar. Luca está na frente do ônibus. Ele acena para o motorista — é claro que são amigos — e se junta a mim no esconderijo.

— Por que você está chorando?

— Não sei.

O que é verdade, mas também não é tudo. Então falo:

— Porque você está me ignorando.

Luca demora alguns segundos para responder. Primeiro, acho que ele está pensando em como pedir desculpas, mas depois vejo que sua mandíbula está travada. Seus ombros, curvados. Ele está com raiva.

— Você nem percebeu — ele diz. Sua voz me surpreende depois de todo o silêncio, e quase não escuto quando ele conta em seguida: — Quando não apareci ontem à noite, achei que você ficaria preocupado, ou pelo menos chateado, mas você nem reparou que eu não fui. Não sei o que é pior: que você deve ter adorado trabalhar sozinho e não queria estragar o momento mandando mensagem para mim, ou que eu sou tão irrelevante no seu mundo que você nem percebeu que eu não estava lá.

— Espera — digo. — *Como é?*

— Você ficaria chateado também se o *seu* namorado preferisse ficar fazendo as coisas sozinho do que com você.

— Espera — repito. — Somos namorados?

— Não sei, Raff. Somos?

Sendo bem racional, agora não é a hora de ficar pensando que Luca admitiu que talvez sejamos namorados. Mais tarde vou sentir a ameaça de sua incerteza e ela vai ter mais importância que o resto, mas, pelos poucos segundos que se passam depois dessas palavras ocuparem o ar entre nós dois, não tem como não me sentir validado. Se estamos brigando, é porque há alguma coisa pela qual brigar. O que temos é algo pelo qual vale a pena brigar. Eu precisava ter essa certeza, ainda mais hoje depois de pensar que Luca estava me ignorando. Isso me faz sorrir, o que é um grande erro.

Apago o sorriso do rosto e confiro se Luca chegou a percebê-lo. Ele não viu. Ele está concentrado no tecido do assento à nossa frente.

— Você nem perguntou o que eu estava fazendo ontem à noite.

Mais uma vez, fiquei distraído com os detalhes. Nem passou pela minha cabeça que a ausência de Luca podia ter sido por algo ruim. Ainda estou lidando com a ansiedade de hoje e tentando assumir um ponto de vista menos egoísta.

Me sinto tão, tão idiota quando repito a pergunta:

— O que você estava fazendo ontem à noite?

Espero ouvir algo ligado a futebol. A resposta me surpreende:

— Levando uma bronca.

— De quem?

— Da minha mãe.

Dou uma chance de Luca continuar falando, ciente de que não gosta quando o encho de perguntas a que ele não está pronto para responder. Mas aí vem mais uma surpresa.

— Meus pais querem que eu pare de te ver.

— Pera aí, o quê?! Eles sabem da gente?

Luca me faz esperar enquanto mexe no vinil descascado do assento; ele deve saber que deslanchou uma avalanche de perguntas.

— Eles não sabem tudo, mas descobriram o suficiente. Devem ter percebido que eu não estava sempre saindo com o pessoal, como eu dizia. E devem ter ligado os pontos com as fotos daquele dia. Eles sabem quem você é, e minha mãe assistiu a um monte das suas *lives*. Ela me fez mostrar todas as fotos que tirei na Controverse.

— Caramba, Luca. Sinto muito. Eles ficaram putos?

Ele encosta a cabeça no banco.

— Ficaram putos com *tuuuuudo*. Me fizeram falar de você e explicar o que é cosplay. Depois entraram no meu histórico da Netflix e me fizeram explicar cada um dos programas a que eu assisto. Já tentou explicar *Evangelion* para uma mãe italiana e católica? Assim que eu disse que os heróis tinham que derrotar anjos, já era. Tipo, já era *real*. Enfim, depois disso, ouvi um bronca sobre mentir e a importância da família por umas duas horas. Nem jantamos. Foi assim que eu soube que estavam putos. Não só com raiva. Putos da vida. Putos da vida no estilo italiano.

É minha vez de encostar a cabeça. Engulo minhas perguntas, sem saber como remediar a situação.

— Sabe o que é pior? — pergunta Luca. — Eles nem falaram sobre bissexualidade. Fiquei o tempo inteiro esperando que esse fosse ser o clímax da coisa, e fiquei até um pouco aliviado porque a gente iria finalmente conversar sobre o assunto. Eu poderia, finalmente, me assumir para eles, sem me preocupar com as consequências. E sabia que era por isso que estavam com tanta raiva, mas eles se recusaram. Como sempre. Talvez seja até pior agora. Eu não posso mais ir na sua casa. Nem deveria estar falando contigo.

Toda raiva, tudo que estava me dando energia hoje, some. Não sinto nem tristeza. Só uma sensação paralisante.

Levo um susto quando o ônibus é ligado. Uma mão bate na janela e vejo os amigos de Luca pulando, tentando chamar sua atenção. Ele acena com um sorriso no rosto.

— Eles viram a gente conversando — digo. — Você vai se dar mal por causa disso?

— Nada, eles são de boa. Isso é espírito de equipe. Se eu ficasse de castigo, iria perder treinos e jogos, e eles não funcionam sem mim.

Ele se levanta e gesticula para eu levantar também.

— Diferente de algumas pessoas — ele diz para as minhas costas.

— Luca, qual é, me desculpa...

Luca assovia para chamar a atenção do motorista. Eles fazem alguns sinais com as mãos que terminam com um joinha. Depois, Luca se apoia contra a porta traseira e ela se abre o suficiente para eu sair. O motorista devolve o joinha.

— Vai lá, assim não vai ter que passar por ninguém — Luca diz, deixando claro que está na hora de eu ir embora.

Estou com medo de pular, então me sento na beirada e desço até tocar o asfalto. Me viro e olho para cima, para Luca, e espero ele bater a porta na minha cara, mas ele me encara. Esperando que eu diga alguma coisa.

— Vou dar um jeito nisso. Você não precisa escolher — digo.

É o que Luca me falou uma vez, foi o que me fez admitir que o amava.

— Você ainda não entendeu, né? — diz Luca. Ele se abaixa para ficarmos na mesma altura, apenas nós dois protegidos por uma frota de ônibus parados. Pela primeira vez desde que começamos a conversa, vejo um sorriso de verdade surgir em seus lábios. — Nós *vamos* dar um jeito. Vem cá.

Sou tomado por uma onda de alívio quando me aproximo, fico entre seus joelhos, seus lábios pressionam meu cabelo e os braços se apoiam em meus ombros.

— A gente dá certo junto, entendeu? — diz ele. — Não vou desistir.

— Nem eu — sussurro.

Luca pega meu pulso e mexe na pulseira de papel que fiz hoje na aula de matemática.

— Você fez isso hoje?

Assinto com a cabeça.

— Ahh, então você estava nervoso mesmo — diz ele.

Dou de ombros.

— Posso usar? No meu jogo?

Eu seguro um sorriso.

— É toda sua.

Ele levanta meu queixo. O ar está cheio de fumaça dos ônibus, e há muito barulho, mas tudo parece muito romântico quando ele tira a pulseira do meu pulso e a pendura entre nossos dedos entrelaçados. Seu beijo pousa rápido e com leveza na minha bochecha, como uma libélula.

— Namorados? — pergunta Luca.

— Com certeza — respondo.

— Legal.

Luca pisca para mim. Ele fica em pé, fecha a porta com cuidado e, quase imediatamente, o ônibus começa a se mexer quando o time entra. Eu me afasto, de cabeça baixa, e começo a montar um plano.

Vinte e cinco

Agora

Luca está olhando para a mãe. O rosto dela está vermelho também, como se ela tivesse acabado de perceber que todo mundo está assistindo. Mas seu foco é nele. É impossível decifrar sua expressão exceto pelo ar que se condensa na barreira de vidro. Ela respira rápido, como se tivesse corrido até ali. Como se estivesse com raiva.

— Pelo visto temos uma mãe na plateia, mas ela não parece muito feliz! Será que ela não sabia que era pra isso que o Luca precisava da assinatura?

Leva um instante até que eu perceba que a pergunta foi para mim e que o microfone de Ginger está na minha cara. Eu o tiro da frente e me aproximo da mãe de Luca. Quando olho para ele, há uma sombra em seu olhar que nunca vi antes. Vergonha.

Sinto meu coração partir. Não é justo que ele tenha que passar por isso. É ainda pior que ele tenha que passar por isso aqui, na frente de tanta gente. De pessoas querendo ser entretidas. Tenho certeza de que Irma está por trás dessa história. A mãe de Luca está com uma credencial no pescoço e foi trazida por alguém da organização, como se fosse uma convidada trazida apenas para proporcionar esse momento.

As conversas do público começam a ficar mais altas quando percebem que há algo ruim acontecendo. A empolgação cessa de repente quando a mãe de Luca diz:

— Luca, o que é isso? Por que não me contou?

Os ombros dele estão curvados. Sussurros tomam conta da arena. Risadas nervosas também.

— Estou te ligando faz tempo. Por que seu celular está desligado? Por que você não me disse que ia aparecer na TV? O que é isso tudo? Por que tive que ficar sabendo disso pelos seus *primos*?

— Desculpa. Não queria te deixar preocupada. Não é nada de mais — suplica Luca.

— Nada de mais? Você acha que não me contar sobre algo faz com que eu não me preocupe? Eu me preocupo ainda mais quando sinto que não conheço meu próprio filho. E *isso aqui*?

Ela bate o celular no vidro. É uma captura de tela toda borrada de Luca me beijando. Somos a coisa terrível que forçou uma mãe a cruzar um centro de convenções inteiro para ver com os próprios olhos.

— *Isso* não é nada de mais? — ela continua a falar. — Preciso ficar sabendo *disso* pelo seu primo? Pela internet?

— Mãe, desculpa. Não posso conversar agora, tá? Vai pra casa, e eu explico tudo depois. Pode ser?

Luca está praticamente implorando. Nunca o ouvi falar um "pode ser" com tanta emoção.

A mãe dele cruza os braços. Luca cruza os dele. Eles são o reflexo um do outro, só que Luca é uns trinta centímetros mais alto.

— Você vai ficar? — ela pergunta.

— Vou.

— Você quer ficar aqui?

— Quero, mãe.

— Isso é importante para você? Ele é importante para você?

— Sim, é sim. Ele também.

A Controverse nunca fica em silêncio, mas agora juro que chegou perto. A mãe de Luca aperta os lábios enquanto reflete sobre as respostas do filho. Se tem noção de que um programa, uma dúzia de câmeras e a equipe gigantesca começaram a encará-la, não demonstra. Mas acho que ela notou a energia, atenção e amor ao redor do filho. Não dá para ter certeza, mas a impressão é de que algo se suavizou em sua expressão severa.

— Então eu vou ficar também — ela anuncia. — Nunca perdi um jogo seu e não vou perder isso. Sou sua mãe e vou torcer por você. Independentemente de qualquer coisa. Entendeu?

O silêncio é quebrado por um som coletivo de cada par de pulmões em um raio de um quilômetro e meio suspirando. É um suspiro gay digno de um *espetáculo*.

Luca fica surpreso, mas um sorriso já começa a despontar em seus lábios.

— Entendi, entendi — responde.

A mãe dele sorri também, e os dois ficam parecidos mais uma vez.

— Isso te faz feliz?

Luca assente.

— Entã dê o seu melhor. Você é um Vitale, e sempre damos o nosso melhor. E... — Ela olha para mim, depois desvia o olhar. — E ele...?

— Ele me faz feliz também.

— Então depois traga ele para jantar, entendeu? Nada de comer aqui. É tudo veneno.

A julgar pela expressão de Luca, é como se ela tivesse lhe dado a maior bênção do mundo. Depois, ela olha para mim e eu assinto. Sim, claro que vou jantar com eles. Sem dúvidas. Ela me lança um sorriso aprovador.

Luca coloca a mão na barreira de vidro. Sua mãe faz o mesmo.

— Nos deixe orgulhosos — diz ela.

Em algum lugar, alguém começa a bater palmas, o que faz com que a arena silenciosa volte a entrar em movimento. A multidão se aproxima da mãe de Luca e a envolve com comemorações.

— Vamos voltar ao trabalho.

Luca me puxa para nossa estação e as câmeras se concentram em outras coisas, outras histórias; ficamos a sós.

— Luca, aquilo foi...

— Vamos só trabalhar, pode ser? Caso você não se importe.

Ele está tentando não sorrir. Está tentando não deixar o mundo inteiro saber o quão aliviado ele ficou, e eu entendo. É fácil ir do alívio ao choro repentino, e não dá para controlar esse tipo de choro. Então, voltamos a trabalhar com os gritos do público torcendo por nós. Agora, a mãe de Luca está nessa torcida, e ela é quem grita mais alto.

As câmeras se concentram em nossas mãos pelas próximas horas. Luca e eu pegamos o ritmo e, pouco a pouco, os materiais começam a se tornar um peitoral, ombreiras, um capacete e até asas. Mal conversamos, só quando precisamos entender qual é o próximo passo. Eu acabo indo da estampa para peças mais complexas enquanto Luca trabalha nos acessórios. Ele está melhor com EVA do que eu me lembro. Tipo, indo muito bem mesmo.

E isso me dá tempo para me sentar com meus tecidos na máquina de costura e pensar.

E pensar. E pensar.

Perco quase uma hora tentando criar uma estampa. Não consigo decidir nada. Não consigo me comprometer com nada. E se fizer uma escolha errada? E se eu escolher a coisa certa, mas não tiver tempo de colocar em prática porque passei tempo demais sentado aqui, me preocupando? E se eu fizer tudo, mas nada disso importar, porque Evie vai descobrir onde estou e mandar assassinos para acabar comigo quando eu for ao banheiro?

Braços se fecham ao meu redor. Estou tão perdido nos meus pensamentos que nem percebo a multidão soltar um "ooooun" quando Luca diz:

— Você tá pensando demais. Vamos dar uma volta.

— Onde?

— Só vem.

Luca me leva para longe da estação e para além das pessoas espremidas contra o vidro até as estantes de materiais. Paramos em frente às prateleiras de tecidos. Sem delongas, ele pega minha mão e a enfia no meio dos rolos.

— Não tô entendendo — confesso.

— Sempre que saíamos para comprar tecidos, juro, você tocava em todos antes de se decidir. Era como se sua mão pensasse por você. Então, se vai pensar, pelo menos deixa que a parte certa de você faça isso. Aqui, assim.

Luca passa minha mão pelos tecidos. Estamos em uma seção com tecidos acolchoados em tons de preto e cinza que parecem uma espécie de isolamento futurístico. Algo que daria para usar em um uniforme da realeza especial, talvez? Eu imagino casacos pesados que mal se mexem com os ventos do inverno de um planeta distante. As outras texturas me dão outras visões, como se o tecido estivesse caindo por cima de ideias invisíveis e revelando suas verdadeiras formas.

Entendo o que Luca quer dizer.

— Isso — ele diz, como se pudesse ver minhas dúvidas me deixando em paz e minha criatividade voltando à vida. — Agora vai lá e arrasa.

Então faço o que Luca diz e deixo minhas mãos pensarem por mim. Quando minha mente cai na inércia, um desenho se forma na minha cabeça. Os materiais aparecem como se fossem ingredientes de uma receita a ser seguida, e logo pego várias opções e as levo para a mesa de corte. Sem fôlego, digo para o atendente os tamanhos de que preciso e volto para pegar mais. O que estava fazendo, esperando tanto para explorar? Estou no meu lugar favorito do mundo sem ter que me preocupar com dinheiro. É hora de ousar o quanto eu quiser. É hora de deixar os tecidos trabalharem a meu favor.

Saio dali com um couro (falso, mas convincente) delicado e macio que vou usar para fazer uma camiseta *cropped* e uma calça de cintura alta. Vai dar muito trabalho, mas o tecido estica e já sei as medidas de Luca. Também encontro uma malha grossa lindíssima que quero usar para a capa de Deimos. Posso fazer uns cortes nela e dar mais personalidade.

Minha tesoura voa pelos materiais, fazendo pedaços caírem no chão enquanto corto as partes de que preciso. Os painéis se juntam sem nem terem tempo de se fixarem direito e logo já os costuro juntos com agulha e linha pelas extremidades marcadas com alfinetes. A calça, meio grosseira e feita às pressas, fica pronta e a jogo para Luca.

— Experimenta — ordeno.

Ele nem se dá ao trabalho de ir para o camarim. Em um segundo, ele fica de cueca e depois de calça. Levanto o olhar, anoto onde preciso ajustar e coloco alguns alfinetes para marcar os ajustes. Faço os ajustes, tiro os alfinetes, e Luca fica seminu de novo. Sei que a multidão deve estar reagindo a isso, mas nem me preocupo em olhar. Estou costurando, preciso me concentrar.

A parte de cima é um pouco mais fácil. Não faço mangas. Mangas são um pesadelo e não tenho tempo para esperar pela magia bizarra que só aparece raramente quando as costuro. Além disso, Luca vai reclamar se eu cobrir seus braços.

A capa é a parte mais fácil. Eu enrolo e moldo os materiais ao redor do pescoço do manequim até encontrar o equilíbrio perfeito antes de costurar.

— UMA HORA! — Ginger anuncia.

Paro por um segundo e olho ao redor. Os projetos das outras equipes estão no mesmo estado. Vejo Inaya vestindo um *body* de seda branca perfeitamente estruturado. Ela está costurando uma saia plissada de três camadas, feita em um tecido deslumbrante com tom de pedras preciosas. Ela me vê olhando e faz um joinha, mas atrás dela vejo Christina me encarar com uma expressão bem menos confiante.

Me viro. Vi o que precisava ver. Estão fazendo Sailor Moon. Um ícone dos animes e um cosplay muito popular. Só que uma Sailor Moon normal seria fácil demais. Christina e Inaya foram mais além e deram vida à versão mais poderosa da personagem: Eternal Sailor Moon, da temporada *Stars*.

Volto ao trabalho. Nosso cosplay está bonito, mas simples. E aí me cai a ficha: sei o que preciso fazer. Corro para os corredores e volto até Luca com os braços cheios de diamantes.

— Pedrarias? Sério?

— Sério.

Escolhi uma mistura de metais, ouro e bronze.

Começo a colar como se minha vida dependesse disso. Luca me acompanha, seguindo o padrão que criei, replicando-o perfeita e simetricamente no peitoral da armadura. Criamos um poderoso pássaro de metal de asas abertas. Depois, com cuidado para não manchar a armadura preta de baixo, usamos os dedos para aplicar um produto que cria um acabamento metálico.

— Ei, olha pra mim — Luca sussurra.

Eu olho.

Ele faz pintinhas metálicas nas minhas maçãs do rosto. Estou prestes a fazer o mesmo quando vejo as câmeras focando em nós.

— Lembra quando passou iluminador em mim na exposição da Inaya?

— Aham.

— Penso naquilo o tempo todo. Quero que faça de novo.

Fico na ponta dos pés e ele se abaixa para que nossas bochechas se toquem. Quando me afasto, sua bochecha tem uma linha de cobre e suas maçãs do rosto estão brilhando. Isso me lembra da exposição de Inaya, mas também de quando vi Luca no ateliê da escola há mais de um ano, se sujando todo de tinta dourada.

Lembrar disso me faz ter uma vertigem nostálgica. Ao olhar para Luca, sinto passado e presente colidirem em mim. Por muito tempo, me senti perdido. Com raiva. Mas agora estou empolgado. Não me lembro da última vez que me diverti tanto criando algo. O Guardião da Primavera e o Chifre-de-Pinho foram complexos e desafiadores. ELE e Princesa Mais-Grana foram estressantes e intimidadores. Todas essas fantasias foram criadas na base do ódio, me deixaram exausto e fraco, e quase não me sobrou energia para curtir o momento de usá-las.

Por outro lado, essa porcaria de fantasia de pássaro que eu e Luca demos um jeito de montar em onze horas sob alta pressão enquanto o mundo torcia pela gente? É um sentimento completamente diferente.

É uma criação, é brilhante, rápida e real, e, apesar de estar cansado, me sinto completo de novo. Partes de mim que há muito tempo haviam saído de esquadro voltaram a se juntar, e agora sou uma nova máquina. Um novo Raffy. Procuro em meu coração e, lá dentro, finalmente encontro a energia para abrir mão do rancor que guardei por todo esse tempo.

— Acha que vamos ganhar? — pergunta Luca.

— Sinceramente? Nem me importo — digo, e é verdade. — Só fico feliz de termos conseguido terminar.

Luca me lança um olhar curioso.

— Tem certeza, Raffy?

— Tenho.

Dou um sorriso.

Estou quase terminando de vestir Luca e percebo que não fiz sapatos ou nenhum tipo de acessório para os braços, como braceletes ou manoplas. Mas Luca me surpreende com botas que parecem garras, seus sapatos em meio a várias camadas de enchimento e cola. E ele fez braçadeiras também. São grossas, mas inteligentemente proporcionais ao restante da fantasia.

— Não tive tempo pra fazer um arco e aljava — diz Luca enquanto me mostra o restante do trabalho. — Então fiz uma lança.

É simples, mas a ilusão de metal é perfeita. Acho algumas tiras sobressalentes de couro e em um minuto a lança tem um punhal. Demoro mais um tempinho para colar algumas pedras e agora a arma está pronta para aparecer em frente às câmeras.

— Boa — diz Luca.

Dou um passo para trás, e o que vejo é um guerreiro pássaro demoníaco. Não vejo defeitos. Só consigo ver a magia.

O cronômetro apita um minuto depois, alto e vibrante, e todas as mãos se erguem no ar.

Conseguimos.

Terminamos mesmo.

Vinte e seis

Antes – Cinco meses atrás

Inaya é um anjo. Uma deusa. Uma lenda. Uma salvadora. Ela não só deixa Luca e eu levarmos nossos cosplays inacabados para seu estúdio no porão, como nos ajuda a terminá-los. Pagamos com pizza, mas ela mal toca a comida na maior parte do tempo. Parece que ela só quer mesmo é poder opinar em alguns projetos. E os pais dela, que ainda não haviam me conhecido, são as pessoas mais legais do mundo. Eles recebem Luca e eu de um jeito que nenhum de nós sabe como reagir exatamente.

— Eles só ficam muito felizes por eu passar um tempo com outros seres humanos — explica Inaya. — Eles me apoiam com a coisa toda de cosplay, mas ainda acham bem estranho. Com certeza ver vocês aqui é um alívio pra eles. Teve uma época que tinha certeza de que eles achavam que vocês eram invenção minha.

De alguma forma, com a ajuda dela, conseguimos terminar as armas. Instalamos os LEDs para que as lâminas alternem entre roxo e branco. Quando a semana termina, estou de pé em frente ao espelho do quarto de Inaya, admirando nosso trabalho. Estou irreconhecível.

Sou mitológico. Assombroso. Um anjo. As asas têm um movimento maravilhoso; cada pena se curva um pouco quando me movo. Os arreios que criamos são confortáveis e ficam completamente escondidos sob a armadura. Os metais brilham, lustrosos, e dá até para ver os detalhes que são a marca registrada de Inaya nas placas. Ela fez essa surpresa, me pressionando para deixá-la pintar. Me doeu um pouco, mas abrir mão da autoria total de todas as peças é algo que eu já deveria ter feito há tempos. Com ela, tudo se movia mais rápido, e Luca começou a ser bem mais produtivo. Ao analisar a roupa, vejo sinais do trabalho dele por toda parte. De um jeito bom. O design está mais complexo, mais extravagante do que costumo fazer. Estou vestindo a ambição dele, criada com minhas habilidades e finalizada com a genialidade de Inaya. É uma fantasia que merece ganhar e com certeza vai nos render vários pedidos de fotos.

Ouço Luca e Inaya rindo lá embaixo. Eles estão numa chamada de vídeo com os pais de Luca, que ligaram do nada. Luca disse que ia estudar com Inaya e os dois acreditaram. Inaya é linda e, claro, uma menina, e eles sempre tomam cuidado para não aparecerem materiais no fundo. Assim, os pais de Luca ficam satisfeitos. Melhor ainda, vão viajar para Connecticut no fim de semana da Blitz Con, então Luca nem precisa arranjar uma desculpa.

Suspiro ao ouvir mais risadas no corredor. Parece que estou sempre com inveja do que Inaya consegue criar só por ser quem é.

Quando Luca e Inaya chegam no quarto, já estou sorrindo de novo.

— Caramba, Raff — diz Luca — Você está incrível! Posso provar o meu também?

— Claro — respondo. — Na verdade, é melhor experimentar mesmo. Hoje é nossa última chance de fazer alterações antes de viajarmos amanhã. Inaya, você topa dirigir?

Ela concorda.

— Mas vamos dividir o custo do estacionamento.

Luca sorri e sai correndo para o porão para se vestir.

— Melhor eu ajudar — falo, indo em direção à porta.

É difícil me mexer com essas asas.

— Não — diz Inaya. — Eu vou lá garantir que tudo vai caber. E ajudo ele a guardar tudo. Quero ver a sua cara quando ele mostrar o cosplay amanhã na convenção. Vai ser como aqueles vídeos de reação.

— Tipo aqueles de casamentos?

— Isso mesmo — ela diz, e sai correndo atrás de Luca.

Estou sorrindo para o espelho de novo. Sei o motivo, mas não me deixo admitir. Relutante, visto minhas roupas normais de novo. Amanhã é um grande dia. Talvez o maior de todos. Nunca estive tão empolgado para algo.

Por mais chocante que possa parecer, chegamos bem em Providence. A viagem de carro demorou duas horas, o dobro de tempo que deveria ter levado, mas Inaya e Luca quiseram parar para comer batata frita. Duas vezes.

Então chegamos no hotel tarde da noite de sexta. Está chovendo um pouco, mas o clima é quente e o mundo inteiro é colorido por neons difusos.

— É muito legal que os pais da Inaya sejam tão de boa — Luca diz enquanto esperamos pelas chaves do quarto no saguão. — Não acredito que eles a deixam fazer tudo isso.

— Pois é. Bom, eles entendem que ela é um grande nome nesse mercado e querem apoiar. Eles só não querem ir em todos os eventos, se puderem evitar.

— É — Luca diz, em um tom melancólico.

Entendo como ele se sente. Deve ser legal ser a Inaya.

Quando subimos, estou pilhado de empolgação. Inaya e eu nos jogamos nas camas, depois pulamos de uma para a outra enquanto Luca olha o banheiro e confere a vista da janela. Ele está inquieto. Não sei o que falou para os pais sobre dormir fora, ou sequer se disse que ia sair de Boston, mas me esforço ao máximo para não perguntar. As coisas entre nós não voltaram ao normal depois que ele se encrencou. E ele está arriscando tudo para estar aqui comigo. Não quero lembrá-lo de que sou um problema. De mim, quero que saiam apenas *vibes* positivas.

— Trouxe máscaras paro o rosto — diz Inaya enquanto tira as coisas da mochila. Ela as joga na cama. São no formato de máscaras de clássicos de terror; é a cara da Inaya. — Mas, antes, vamos pendurar tudo. Quero usar a máquina de passar a vapor ainda hoje.

Inaya me ajuda a tirar Phobos e Deimos da mala; primeiro os arreios e depois as asas. Penduramos a membrana no armário, algo que só eu acho muito engraçado. Depois, ajudo Inaya a pendurar seu vestido na porta do banheiro. Enquanto ela passa o vaporizador no tecido, pego uma das máscaras e a coloco no rosto. Hoje, sou Freddy Krueger. Enquanto ajusto a máscara, percebo que Luca sumiu.

— Acho que ele está no telefone — diz Inaya.

Passo por ela e, ainda de máscara, saio do quarto de hotel. Encontro Luca no fim do corredor.

Pego só o final da conversa. Quando ele se vira para mim, seu rosto está vermelho. Inchado. Ele pergunta:

— O que é isso?

— Uma máscara.

— Por quê?

— Para ter uma pele brilhante e saudável. Quem era?

— Meu pai — responde. O telefone começa a tocar de novo, mas ele ignora. — Era para o idiota do meu irmão me dar cobertura, mas ele está sendo um otário. Não se preocupa, vou dar um jeito.

— Espera, seus pais sabem que você está aqui?

— Não, mas não tem problema. Podemos falar de outra coisa?

— Luca...

— Por favor? Será que dá para confiar em mim?

Quero saber mais, ajudar se puder, mas não tenho certeza do que fazer. Naquela hora, a única coisa que parece o certo a se fazer é responder:

— Confio em você.

Luca engancha o braço no meu. Quando chegamos no quarto, ele me empurra contra a parede ao lado da porta e, com cuidado, me beija na boca. Eu sorrio e a máscara escorrega um pouco.

— Cuidado — diz ele, colocando-a no lugar —, senão vou descobrir sua identidade secreta.

— Não se preocupa, meus óculos estão na mochila.

— E o mistério continua.

Ele dá uma piscadela.

De dentro do quarto ouvimos um barulho e Inaya xingando.

— Vamos ajudar? — digo.

O celular de Luca começa a tocar de novo, mas ele o desliga. Sinto um aperto no peito, mas ele me dá um sorriso travesso.

— Vamos! — ele concorda, mas o entusiasmo em sua voz parece forçado.

Com certeza há algo de errado acontecendo, e a cada chamada perdida tenho a sensação de que a situação só vai piorando.

Vinte e sete

Agora

A avaliação final acontece em um palco improvisado que a organização montou no estúdio falso, reorganizando os materiais para criar um fundo colorido. Os jurados estão sentados numa mesa longa em um palco à frente. As barreiras foram removidas, e a multidão da Controverse se aproxima, preenchendo o espaço entre as mesas e estações.

Pela primeira vez, temos autorização de interagir com o público que estava torcendo por nós. E todo mundo quer tirar uma foto. Aguento ficar nesse caos por uns dez minutos antes de conseguir escapar e me esconder em um canto. Fico ali um pouco, observando Luca de longe, curtindo a energia inesgotável que ele tem para entreter.

Depois, do nada, May aparece. Ela me puxa para um abraço apertado, e quase caímos em cima de uma prateleira de bastidores de bordado.

— Você conseguiu, Raffy! Conseguiu! Caramba, como se sente, porra?

Exausto. Meus dedos coçam com as queimaduras da cola quente, os machucados da agulha de costura e cortes que nem sei de onde vieram. Estou todo dolorido, mas eu gosto disso. É a prova de que passei o dia dando meu melhor.

— Me sinto ótimo — respondo.

— Vocês mandaram *muito bem*. Juro que pensei que vocês fossem se matar, mas caramba! Vocês... deram um jeito!

Faço uma reverência benevolente, como se fosse um ícone referência em relacionamentos. Depois pergunto:

— Como foi no Corredor de Artistas?

— Legal. Muito bom, na verdade. Mas te conto depois. Acho que você precisa ir para o palco.

May tem razão. Os jurados acabaram de se sentar, e Luca está acenando para mim. May aperta meu braço e me deseja boa sorte, e então corro entre as estantes enquanto Waldorf Waldorf anuncia:

— Que comece a grande final da Competição de Cosplay da Controverse!

Taco Bela e Subway-rella vão primeiro. A Cinderella de sanduíches é quem veste o cosplay: um vestido como o da Betty, de *Toy Story*, com uma saia gigante. Ela roda pelo palco como se estivesse no salão de um palácio e não em uma loja de artesanato improvisada, e a cúpula presa em seu quadril balança. É gigantesca e tem um formato quase perfeitamente esférico sob a cintura marcada. Parece ser rosa, até que ela para e vemos que na verdade é vermelha com bolinhas brancas. As pontas estão conectadas em tubos brancos, grossos, dentes brancos e alongados saem das bainhas e chegam até a meia-calça rosa. A parte de cima de seu corpo está coberta por um verde-escuro, e na cabeça fica o item mais estranho de todos: um chapéu que parece um vaso de planta.

— Ah, entendi — diz Luca. Eu entendo um segundo depois, assim como todo mundo, quando Taco Bela sobe no palco e ajuda Subway-rella a ficar de cabeça para baixo. A saia vira e forma uma boca aberta, cheia de dentes, e ela mexe as pernas como se fosse uma língua.

— É a Planta Piranha do Mario! — diz Waldorf Waldorf e a multidão aplaude a transformação bizarra.

Nessa hora, Cinderella tenta se exibir e balançar os braços (que foram estilizados para parecerem folhas) e cai. Bela e Cinderella saem rolando pelo palco em um emaranhado frenético até alguém da organização correr para ajudar.

A plateia adorou. Me arrisco a dizer que foi ainda melhor do que as garras de caranguejo voando das minhas mãos na Final. Finalmente relaxo e fico em paz ao ver o azar delas.

Os gêmeos Satoh são os próximos. Eles criaram um cosplay de Jack Sparrow muito verossímil. Com certeza vai fazer sucesso com as mulheres entre trinta e quarenta e cinco anos.

E aí é a vez do Luca. A apresentação não é nada pretensiosa; ele não faz nenhuma pose canônica nem se leva a sério demais. Afinal, por que se levaria? É só ele e o público, e a multidão o adora. Quem não adoraria? É muito pomposo. Ele flexiona os músculos, demonstra poder e, quando o público chega ao delírio, Luca cai fazendo um espacate.

É tão rápido que as asas sobem e descem bem na hora que Luca levanta os braços, vitorioso. Depois, ele faz todo um drama de não conseguir se levantar e, quando dou por mim, estou sendo empurrado para subir no palco e ajudá-lo. Não tem como negar que os gritos aumentam quando apareço. De início, fico nervoso, mas depois passa. Vejo o sorriso de Luca, meio escondido sob o capacete aberto, e isso me dá a força de que preciso para continuar com o espetáculo. Não faço um espacate como ele — não estou a fim de morrer hoje. Em vez disso, fico atrás de Luca e abro as asas por completo para fazermos um quadro vivo bizarro, como os de Las Vegas. É bobo e provavelmente nem um pouco glamuroso como imaginei, mas foda-se.

Luca e eu saímos do palco correndo e rindo e nos juntamos às outras equipes. Em seguida, chega a vez de Inaya e Christina, que sumiram em meio aos corredores. Não entendo o motivo até uma música começar a tocar nos alto-falantes.

— Sailor Mooooooooon — começa o refrão familiar.

É a música que ela usa no anime clássico para se transformar. E essa transformação costuma ser uma explosão de fitas e acrobacias. É algo tão icônico para fãs de anime de longa data que várias pessoas da plateia começam a chorar quando entendem o que vão ver.

Uma pessoa aparece no palco. Inaya, mas ela trocou de roupa. Agora, usa uma peça cor-de-rosa e está pintada de rosa-choque da cabeça aos pés. Até mesmo seu rosto — que está pintado com olhos de anime — e o cabelo — preso com dois coques e marias-chiquinhas — foram envolvidos em tecido. A roupa foi pintada com um aerógrafo e enfeitada com brilhos que reluzem quando Inaya gira e posa.

Christina aparece e entrega para Inaya uma almofada em formato de coração, que com certeza deve simbolizar o icônico broche da Sailor Moon. Ela segura a almofada sobre a cabeça como se fosse mesmo mágico, então Cristina puxa uma corda e a almofada explode confete e serpentinas. Eles caem sobre Inaya, fazendo uma bagunça maravilhosa no palco, e Christina faz o que pode para juntar o excesso e jogar no ar. É impressionantemente ridículo. É maravilhoso.

E então, o *grand finale*: com uma deixa da música, Inaya chega na ponta do palco. Christina fica atrás dela segurando a parte de trás da roupa rosa. Ela puxa, e a costura do peito se abre, mostrando algo branco por baixo. Ela puxa com mais força e, de uma vez, a roupa rosa sai de Inaya, revelando a primeira fantasia que a vi vestir. Eternal Sailor Moon, que usa um *body* branco simples e uma saia colorida. Não há vento, luzes ou efeitos especiais, mas naquele momento estamos todos em frente à princesa da lua de verdade. Hipnotizados. Impressionados. Cantando junto enquanto ela se transforma diante de nossos olhos.

E não acabou. Christina aparece com luvas, que coloca nos braços da Sailor Moon. Depois, se abaixa para pegar algo nos fundos do palco — grandes asas brancas — e percebo algo antes dela. Vai ser impossível colocar as duas asas nos encaixes ao mesmo tempo, como ela quer.

Corro para o palco para ajudar e a encontro assim que ela chega na Sailor Moon. Primeiro, ela fica surpresa e depois, irritada. Mas *então* entende que estou ajudando e me entrega uma asa. Juntos, giramos até Sailor Moon, colocando as asas no encaixe no momento exato que a música dá o grande final. E Sailor Moon — ou Inaya, mergulhada na personagem — parece flutuar quando anda pelo palco, como se as asas a libertassem das garras da gravidade. Aplaudo mais alto do que todo mundo, orgulhoso por fazer parte de algo tão épico.

Pedem para voltarmos ao palco em duplas e os jurados perguntam sobre o que criamos, por que e como. Mas não é como a conversa travada das Qualificatórias. É mais amigável. Como uma celebração. Acabo prestando mais atenção ao que as outras equipes falam do que ensaiando minhas respostas e defesas.

Quando chega nossa vez, Marcus, o Mestre, começa a avaliação nos aplaudindo de pé.

— Vocês fizeram isso em doze horas? Estou impressionado — ele grita. — Só os detalhes já me deixaram arrepiado. E as asas? Um trabalho inacreditável.

Waldorf Waldorf começa a falar:

— Luca, Raffy, é uma fantasia impressionante. Vocês planejaram com antecedência?

— Não — diz Luca. — Nem sabíamos que seríamos um time até hoje de manhã.

— Mas vocês trabalharam tão bem juntos — diz Yvonne. — Vocês já se conheciam antes?

— Quase isso — responde Luca, com um sorriso no rosto.

— Como se conheceram, então? Na escola?

— Na verdade, foram as pedrarias — digo. — Nos conhecemos no meio de brilhos e diamantes.

O público começa a rir e a risada se intensifica quando nem eu nem Luca demonstramos que foi uma piada. Luca segura minha mão, curtindo a empolgação do momento e beija minha têmpora. Flashes de câmeras disparam para todo lado, e me lembro de quando vi Luca pela primeira vez, um ano atrás, no Craft Club, com uma parede de pedras brilhantes à nossa frente enquanto seu sorriso mudava minha vida para sempre.

Quando Waldorf Waldorf consegue acalmar a multidão, nos perguntam como fizemos tudo aquilo. Luca me cutuca.

— Conta para eles.

Eu conto.

— Nós dividimos o trabalho. As asas iriam demorar mais e precisavam de tempo para secar, então começamos com as penas. É tudo feito de EVA, com uma base de canos de PVC que se conecta com um material hidráulico em uma placa nas costas. A estrutura é feita com uma folha grossa de plástico, pregos e aquelas coisas em formato de U que se usa para encaixar canos em... outras coisas.

Luca se vira e eu aponto para o que estou descrevendo. Por fim, me lembro do nome:

— Um adaptador com dois buracos!

Luca finge ficar chocado com a menção a dois buracos.

— Dois o quê?! Até tenho isso aí, mas tem que pedir com jeitinho primeiro.

Fico vermelho. Não rosadinho, mas vermelho-vivo. Como uma maçã. Como uma resistência aquecida. Fico impressionado que minha pele não derreta dos meus belíssimos ossos. A multidão, claro, adora. Os jurados fingem não ter entendido a piada, o que faz sentido. Não faço a menor ideia de qual é a indicação etária desse programa, mas qualquer que seja, tenho certeza de que Luca acabou de mudá-la.

Rapidamente removo as asas e retomo o foco para mostrar como a fantasia se desfaz.

— Bom. — Marcus se recosta na cadeira. — Acho que sabemos quem são os favoritos do público.

— Mas a questão não é favoritismo — interrompe Waldorf Waldorf. — O que importa é habilidade, criatividade e, claro, acima de tudo, cosplay. Temos uma decisão difícil pela frente, não é mesmo?

O painel inteiro assente. É chegada a hora de os jurados deliberarem, então somos levados para a plateia para tirar fotos de pertinho com os fãs. Enquanto se forma uma fila reverente de pessoas querendo uma selfie com Luca, Ginger me puxa para uma entrevista. Ela me leva para o corredor de pedrarias da loja falsa e faz um enquadramento para que atrás de mim fique uma parede de miçangas e bolinhas brilhantes.

— Pronto? — ela pergunta.

Eu assinto. Ginger fica ao meu lado e dá a deixa para a câmera. Há uma pausa e depois o operador de câmera faz uma contagem.

— Estou nos bastidores com Raphael Odom — diz Ginger.

Dou um sorriso e aceno. É muito parecido com fazer *lives*, porque ninguém acena de volta.

— Raffy, você acabou de nos mostrar o que consegue fazer em doze horas. É um bom tempo e, ao mesmo tempo, quase nada. Como se sente?

— Orgulhoso — digo, sem pestanejar. — A maioria das fantasias demoram pelo menos umas cinquenta e cinco horas. Há muita coisa que a gente poderia ter feito a mais para esse look, mas queríamos garantir que teríamos algo para apresentar. Mal posso acreditar que conseguimos terminar tudo.

— E conseguiram mesmo! Você e Luca trabalharam muito bem juntos. É verdade que vocês não eram uma equipe até poucos minutos antes de o desafio de hoje começar?

— Isso mesmo. Na verdade, cheguei aqui achando que iria competir sozinho.

— Por quê?

— Minha parceira original, May, tem uma mesa no Corredor de Artistas hoje. Ela é uma artista impressionante. O quadrinho dela, *Cherry, Cherry*, vai ser um grande sucesso.

Ginger fica em choque.

— Um sucesso grande o bastante para desistir da chance de competir ao vivo, no Ion, pelo título de Cosplay Campeão da Controverse?

— Tem gente que sabe viver, Ginger — eu respondo.

— Não sei como é isso, amado, não mesmo. Mas acho que nem *todo mundo* pode ser um prodígio das artes! Falando das vidas para além da Controverse, conversei com algumas pessoas da plateia e há um rumor rolando por aí.

Não demonstro, mas sinto o pânico subir pela minha espinha.

Os olhos de Ginger estão brilhando, como se ela soubesse que está me deixando nervoso. Mas, em vez de entrar na defensiva, eu solto o ar e tento relaxar. Posso lidar com qualquer coisa que ela disser. E, como estou prestando total atenção, sinto o tom de brincadeira:

— Alguns espectadores dizem que você e Luca têm uma química muito boa. Você o conhecia antes da competição, não é mesmo?

Meu pânico se acalma, mas não tenho tempo de pensar em uma boa resposta. Acabo dizendo a verdade:

— Eu achava que sim.

— O que quer dizer?

— Quero dizer que...

O que quero dizer? Por que estar com Luca hoje pareceu tão familiar, mas mesmo assim tão diferente? Sinto aquela mesma vertigem de novo, como se estivesse me assistindo no passado. E é para o Raffy do passado que respondo:

— As pessoas podem surpreender — digo. — Eu conheço Luca há um tempo, mas aprendi muito sobre ele hoje. Aprendi muito sobre mim mesmo também, na verdade. Acho que só precisávamos da situação certa para...

— Para quê?

— Para fazer tudo dar certo — concluo.

Ginger ri. É uma risada surpresa.

— Bom, é uma frase muito forte, ainda mais vindo de um criador profissional como você. Tem algo que você não consiga fazer? Não responde essa, precisamos guardar alguns conteúdos para nossos assinantes VIP. Tenho a sensação de que essa não é a última collab entre Raffy, Luca e o Craft Club que vamos ver! Mas tenho uma última pergunta antes de você ir. E agora? Quais os próximos passos de vocês dois?

Como posso responder a isso? Como é que eu vou saber? Eu achava que sempre sabia o que fazer. Achava que meus planos sempre se encaixavam com o destino, mas isso nunca foi verdade. Eu só sempre fui determinado, sortudo e determinado a ser sortudo. Mas não dá para planejar um futuro e ficar esperando que ele simplesmente aconteça. Assim como na arte, o único ponto de partida é a intenção. São as mãos que fazem o resto.

E agora? Quais os próximos passos de vocês dois?

Também ando me fazendo essa mesma pergunta lá no fundo da minha mente. Mas sei muito bem que não adianta tentar respondê-la para Ginger ou para mim mesmo. Passei todo esse tempo focado nas peças destruídas do meu mundo, nos retalhos e pedaços que caíram para longe quando Luca e eu não conseguimos resolver as coisas. Eu vivi em meio a essa ruína por muito tempo. Só agora consigo ver a nova realidade: que às vezes precisamos desses pedacinhos arruinados para criar algo novo, algo melhor, algo memorável.

Tenho minha intenção. Tenho minhas mãos. Só preciso trabalhar.

Ginger ainda espera minha resposta.

E agora? Quais os próximos passos de vocês dois?

— Não sei — respondo, sendo sincero. — Mas, se conheço Luca, provavelmente vamos comer pizza.

A pizza é o jeito perfeito de encerrar a entrevista, e Ginger está radiante de energia. Ela conhece minhas redes sociais o suficiente para divulgá-las e eu mando um joinha para os espectadores.

— Fiquem de olho nele, pessoal. Tentem não piscar para não perder nada.

A câmera abaixa. Acabou.

— Bom trabalho — ela diz, me dando um abraço. — Vamos entrar em contato em breve. Não vai dizer que eu falei isso, mas não ficaria surpresa se o pessoal do Craft Club pedisse para você criar mais conteúdo. Pago, claro. Fica de olho na sua inbox, viu? E boa sorte.

Mal sinto o chão sob meus pés quando me guiam de volta para perto de Luca e dos competidores que estão se posicionando no palco para a avaliação final.

— Ei — diz Luca quando pega minha mão. — Tudo bem?

Aperto a mão dele. Estou muito mais do que bem, nem sei explicar.

— Quer comer pizza depois daqui?

— Não posso — diz ele. — Nem você. Temos um jantar nos esperando lá em casa, lembra?

Me esqueci completamente da minha promessa silenciosa para a mãe de Luca. Meu nervosismo deve estar na cara, porque Luca sacode meu braço e diz:

— Não se preocupa. Já passamos pela surpresa da coisa. Agora você vai praticamente ser tratado como família.

Os jurados se sentam. O silêncio — ou o mais próximo que um centro de convenções consegue ter disso — toma conta da arena. Quando os jurados falam, suas vozes saem em alto-falantes que preenchem o espaço com um eco enquanto nos dizem que todos fizemos um ótimo trabalho.

Primeiro, claro, o jabá obrigatório para o Craft Club. Irma está no palco com a gente, segurando um conjunto de cheques gigantes virados de costas para ninguém ver os nomes.

— Agora, Controverse, apresento os seus ganhadores — diz Waldorf Waldorf. — Em terceiro lugar, temos Stacy e Liv com o vestido de Planta Piranha.

Taco Bela e Subway-rella, que devem ser Stacy e Liv, pulam de alegria. Eu as aplaudo, porque aquele vestido ficou impressionante (e a queda? O toque final perfeito).

O lugar fica em silêncio à espera do anúncio do segundo lugar. Qualquer coisa pode acontecer. Pode ser qualquer um. Espero que não seja a gente, que tenhamos conseguido ficar em primeiro. Cruzo todos os dedos da mão e até uns do pé também. Quero ganhar. Quero muito. Quero pelo Luca, que sacrificou tanto só para competir. Pela May, que está gritando horrores na plateia. Pela Evie, que entende tão pouco de mim. E acho que quero por mim também. Quero porque mereço, porque sou um cosplayer e um artista bom para caralho.

— Em segundo lugar...

Por favor, digo numa prece.

Por favor.

— Raffy e Luca, com *Pantheon Oblivia!*

E, simples assim, perdemos.

Vinte e oito

Antes – Cinco meses atrás

Na manhã da Blitz Con, acordo da primeira noite de sono em meses. Deveria estar me sentindo ótimo, mas, assim que volto à consciência, sei que há algo errado. O quarto está claro e quieto demais. Por quanto tempo eu dormi? Por que ninguém me acordou? E por que estou sozinho?

Há uma pilha de travesseiros no lugar onde Luca dormiu ao meu lado. A cama de Inaya está vazia também, e os lençóis estão fora do lugar de um jeito arrumado. Suas pantufas do Totoro estão ali, mas ela, não.

— Gente? — eu chamo.

Nada. Olho no banheiro, que é escuro e frio e está um pouco úmido por causa de um banho tomado mais cedo.

Quem raptou Inaya e Luca? É isso que fico me perguntando enquanto tento não surtar, mas nem preciso dizer que começo a perder a cabeça mesmo assim. Mando mensagem para os dois com um monte de pontos de interrogação. Escovo os dentes, porque parece ser a coisa normal a fazer. Não tiro o olho do celular e quase caio para trás quando ele vibra.

É um alerta do calendário me avisando que hoje é a Blitz Con.

— Obrigado, eu sei.

Me sento na cama. Fico em pé. Sento de novo, agora na cama de Inaya. É aí que vejo o bilhete. Com uma letra apressada no bloco de papel do hotel, Inaya escreveu: *Café da manhã.*

O bilhete estava embaixo do meu celular. Só não vi porque estava surtando.

Me sinto imediatamente aliviado, mas então o leio de novo.

Café da manhã. Com um ponto-final.

Esse brilho é meu

E por que não mandaram uma simples mensagem? Por que usar um ponto-final como se estivéssemos nos anos 80?

A sensação de alívio me recalibrou o bastante e, agora, em vez de sentir pânico, estou curioso. Me visto rápido — não com cosplay, porque a convenção só começa daqui a cerca de uma hora — e calço os sapatos. Depois, confiro se estou com minha chave antes de sair pelo corredor silencioso do hotel e pegar o elevador até o saguão onde sei que vou encontrar Luca e Inaya jogados nos sofás, cercados de donuts.

Mas não os encontro. Há várias pessoas ali que com certeza vieram para o evento — gente que não vê problema de se sentar no chão, o que é bem engraçado —, mas não são os *meus* companheiros de convenção.

Vou até o Dunkin' Donuts. Está lotado, mas não estão ali.

Vou até o saguão de novo. Sento no sofá por um tempo. Mando outra mensagem no nosso grupo. Inquieto, ando em direção à convenção. Será que saíram para dar uma volta também? É uma manhã gelada, mas ainda está quente o suficiente para usar camisetas, e o céu azul de Providence promete um dia bem bonito. Meus olhos procuram por cada esconderijo em potencial.

Vou até o Centro de Convenções de Providence, onde multidões com credenciais nos pescoços já se formam em meio às barreiras. Não estou com a minha e me direcionam para a bilheteria para retirá-la. Não reclamo, porque há uma cabine livre e meu alter ego de eventos toma conta de mim. Sigo em frente, sem ter tomado um banho, com o cabelo bagunçado e entrego minha identidade. Fico conversando com a moça que entrega credenciais. Quando ela entrega a minha, pergunto:

— Você consegue me dizer se meus amigos já entraram? Eles são do Canadá, os telefones deles não funcionam bem aqui, e eu fiquei sem internet.

Ela me dá um sorriso de pena e olha para o colega ao lado.

— Não podemos dizer — diz o colega, que eu imagino ser uma espécie de gerente. — Mas tem um ponto de encontro oficial no mapa. Se eles tiverem um guia, é onde vão parar. Ou no Dunkin' Donuts, sei lá por quê.

— É o café com leite sabor abóbora e canela — diz a pessoa que fez meu cadastro. — É viciante.

Agradeço aos dois e sigo na direção da multidão. Assim que chego, as portas devem ter sido abertas porque começa uma gritaria e todo mundo corre pelas barreiras enquanto passam pela equipe sorridente. Merda. Minha multidão organizada de duzentas pessoas se espalha pelos estandes e fico perdido no meio da empolgação toda, segurando minha credencial. Nem a coloquei no pescoço ainda.

Dou uma volta por tempo o suficiente para me convencer de que já posso surtar. Quando ligo para Inaya, percebo que já estou surtado. Já saí do hotel surtando, tanto que entrei no evento com roupas normais e o cabelo bagunçado.

Ela não me atende. Luca não atende também. Inaya não atende de novo e dessa vez a ligação cai direto na caixa postal.

Nesse momento estou prestes a ter um troço ao lado de um estande de pufes gigantes. Um funcionário me oferece para sentar de graça no pufe e eu aceito o panfleto e me jogo em uma das almofadonas. Encaro meu celular e me deixo levar pelo desespero.

Algo está errado. Muito errado. Eu estava certo. Não tinha como achar que tudo ia ficar bem, que eu daria conta e que aguentaríamos a convenção. Toda a tensão que se formou entre mim e Luca, o desastre que veio da nossa relação e parceria, finalmente veio à tona. Não consigo mais mantê-lo sufocado, e ele nos encontrou em meio à noite.

Mas então percebo que foi ontem que o desastre nos encontrou. Aquela ligação que Luca teve com o pai. Volto para aquele momento e me lembro de Luca desligar o telefone rapidamente no corredor do hotel. Ele sorriu rápido demais, tentando disfarçar a frustração que o dominava. Tentando me mostrar que não estava bravo. Um truque.

Me levanto e saio do estande, ignorando a pessoa que tentou me vender o pufe. A raiva cresce em mim, porque sei que fiz merda. Me convenci de que estava tudo bem, de que iríamos ficar bem, e agora Luca sumiu, Inaya sumiu, e estou abandonado no meio da convenção. Eu tive uma chance de consertar tudo e não aproveitei. Baixei minha guarda.

Saio do evento em segundos. Logo, estou de volta ao hotel como se tivesse sido teletransportado. Perdido em meio à raiva, minutos se passam sem que eu perceba. Ignoro os adolescentes falantes ao meu redor e aperto o botão do elevador com raiva.

Meu celular vibra. Uma mensagem de Luca.

Cadê você? Tô no quarto.

Eu espero as letras sumirem, mas elas continuam ali. Eu as encaro enquanto saio do elevador e ando pelo corredor. Sinto como se fosse uma pessoa completamente diferente quando chego na porta do quarto. Minha raiva some graças ao alívio e percebo que, mais uma vez, minha ansiedade estava me mostrando um filme mal iluminado do que o futuro poderia ser. Ansiedade é bem ruim mesmo; só mostra o que há de pior, e tudo de uma vez.

Me dou um minuto para me recompor. Quero me acalmar o máximo que puder. Percebo que há centenas de explicações possíveis para o sumiço de Luca e Inaya e deve haver um motivo para terem me ignorado. Talvez eles nem soubessem que estavam me ignorando.

É então que recebo outra mensagem de Luca.

> Precisamos conversar.

Morro por dentro. Tudo em mim parece morrer de uma vez. Estou na porta, mas não entro. Meu medo me lança para trás, passo pelos elevadores até a salinha onde se pega gelo. Há uma máquina de refrigerante ali e me escondo atrás dela.

Respondo Luca.

> Oi! O que foi?

E ele me liga na mesma hora. Assim que atendo, começa a falar.

— Raffy, me desculpa. Preciso ir.

— O quê? Aconteceu alguma coisa?

— Não. Na verdade, sim. Minha família está perguntando um monte de coisas e meus pais estão, tipo, putos. Tipo, *muito*, muito putos. Eles sabem que não estou em casa.

Deslizo até chegar no chão e mantenho a cabeça apoiada contra o calor vibratório que vem da máquina. Não, isso não. Tudo menos isso.

— Por favor, não vai — digo. — A gente chegou até aqui. Diz que vai voltar pra casa hoje à noite.

— Você não entende — diz Luca. — O problema não é onde eu estou, é o que eu estou fazendo. E com quem.

Ouço o zíper de uma mala se fechando no fundo.

Não consigo evitar e imploro.

— Qual é, Luca, *por favor*, não faz isso. Diz que você está com a Inaya. Eles amam a Inaya. Você não precisa falar de mim. Podemos fingir que não viemos juntos. Ou que eu nem existo.

— Raffy, *para*.

Eu paro.

— Não sei onde eu estava com a cabeça — diz ele. — Não posso correr o risco de ficar me fantasiando contigo. Se minha família vir uma foto sequer de nós dois, vai ser a prova de que precisavam para toda a merda em que acreditam.

— Não vamos tirar fotos. Nem vou postar que estou aqui.

— E você ficaria feliz com isso? — diz Luca, com uma voz triste. — Agora estou fazendo você se esconder também? Fala sério, Raffy. Você quer alguém com quem possa se fantasiar, criar e ser livre. Alguém no seu nível. Eu não sou essa pessoa e nunca vou ser. Foi um erro pensar que eu poderia fazer isso, que poderia fazer qualquer coisa assim.

Eu respiro fundo.

— Qualquer coisa assim?

— É — ele suspira. — Você, as exposições de arte, cosplay. É... demais para mim. Sinto muito. Me desculpa por ter estragado tudo. Eu sei o quanto você leva tudo isso a sério e eu queria ser parte disso, mas não posso. Preciso ir. Eles estão me ligando.

Tento falar, mas as lágrimas chegam primeiro.

— Não chora. Não chora, caralho — Luca diz.

É algo frio e cruel de se dizer. Mas pela sua voz percebo que ele também está arrasado.

— Não consigo evitar — digo. Enxugo as lágrimas com minhas mãos trêmulas. — Por favor. Só fica aqui. A gente vai dar um jeito junto, lembra?

— Eu estava errado, Raffy. *Nós* não podemos dar um jeito porque *nós* somos o problema.

Eu sou o problema. Não é o cosplay ou as fugas. Eu. Raffy.

— Preciso ir — diz Luca. Ele funga, se recompondo. A voz dele fica firme de novo. — Me desculpa, Raffy. Por favor, não me odeie para sempre. Eu prometo que vou te compensar algum dia. Só... me dá um tempo, pode ser?

Sou eu quem desliga, porque não consigo nem pensar em responder. Me deixo soluçar até tremer, com tanta força que mal faço barulho. Tento me levantar e não consigo. Estou confuso, com medo e nada parece real. Nem a parede, nem a máquina de refrigerante, nem o celular que não para de tocar em minhas mãos.

Bloqueio o número de Luca.

Ouço uma porta se abrir no corredor e uma mala ser arrastada pelo carpete. Ouço uma fungada, depois outra. Luca. Ou talvez outra pessoa. Quase saio correndo de onde estou escondido, mas o medo me prende. Espero em silêncio a pessoa apertar o botão do elevador e não me mexo até que tenha descido. Depois, corro para a porta, crente de que não foi Luca, que vou encontrá-lo desfazendo a mala. Ele vai me abraçar, vamos chorar juntos e dar um jeito.

Mas o quarto está vazio. Luca se foi.

E eu o deixo ir.

Fico em pé no quarto de hotel por um bom tempo, tentando respirar o silêncio. Não tenho noção do tanto que perdi, mas parece que perdi tudo de uma vez. Luca se foi. Ele foi embora minutos antes da hora de nos vestirmos para ter o melhor dia de todos.

Não mando mensagem. Não ligo. Não choro. Na real, não sei como fazer nada disso agora. Passei a manhã inteira reagindo a uma crise que, de repente, se tornou terrivelmente real. Sei que não causei isso, mas sinto como se tivesse causado.

Minha visão fica turva de raiva ao ver nossas fantasias. Não consigo imaginar estar tão perto da apresentação, só para ignorar todo o nosso trabalho e fugir. Demoramos tanto para montar esses cosplays. Eles consumiram tanto a minha vida. E, por isso, estão vivos, como mágica. Essa armadura é feita de sonhos e esforço, e agora está sendo abandonada, como eu.

Odeio encará-las. Elas me humilham. Agora, são evidências terríveis de como fui idiota ao deixar Luca trabalhar comigo. Agora, ninguém vai vê-las. Elas serão desperdiçadas. Eu estava tão orgulhoso, orgulhoso de mim mesmo por criá-las ao mesmo tempo que criava uma estrutura para manter esse relacionamento confuso funcionando. Mas o relacionamento também foi um desperdício. Uma distração. Fico furioso comigo mesmo por ter passado tanto tempo sendo idiota.

Odeio a forma como essas fantasias olham para mim. E odeio pensar que Luca as largou com tanta facilidade, como se fossem sempre estar ali, esperando ele voltar.

Antes que consiga me impedir, começo a destruí-las. A primeira coisa que quebro é minha armadura, que não serviu para me proteger de nada. Nada é real, é apenas uma imitação barata de EVA e cola. Um bando de coisas frágeis fingindo ser arte. Amasso o capacete depois, atravessando-o com meu punho. Uma rajada de dor me lembra do fio que usei para fazer a estrutura e logo vejo sangue manchando o enchimento, elementos de *gore* que não foram colados ali. Essa imagem me faz perceber o que estou fazendo e dou um passo para trás.

— Foda-se — digo.

Me limpo o melhor que posso usando materiais do meu kit de emergência para cortar faixas para a mão ferida. Eu deveria tentar limpar a bagunça que fiz, mas tenho medo de que, se tocar de novo nos cosplays, não vou conseguir parar de destruí-los. Em vez disso, pego minhas outras coisas — roupas normais, carregador, mochila — e vou embora. Como Luca, saio correndo, pois não consigo mais passar um minuto sequer em meio às provas de todos os meus erros.

Não paro de andar até estar longe do centro de convenções, perto da estação de trem. Não olho para o celular até estar sentado em um vagão, voltando para Boston. Há um monte de mensagens e ligações perdidas de Inaya.

> Tentei convencer ele a não ir.

> Ele disse que você ia entender.

Ela continua mandando mensagens.

> Cadê você? Tá tudo bem???
> Tem sangue no quarto.

Aviso que estou bem. Ela me liga na hora, mas não atendo. Em vez disso, mando uma mensagem.

> Tô no trem. Tá tudo bem. Fisicamente. Desculpa. Pode trazer de volta Phobos e Deimos? Pode jogar fora o que eu quebrei.

> Foi você que fez isso? Mds???

> Desculpa.

> Tava com raiva.

> Ainda estou. Estou envergonhado de ter reagido assim.

Tudo bem. Vou me arrumar. Tem certeza de que não quer voltar? Tô mandando mensagem pro Luca também.

> Boa sorte.

Desligo meu celular, pressiono a testa contra a janela e observo o litoral sul enquanto deixo a Blitz Con e Luca para trás.

Vinte e nove

Agora

Perder é uma merda. Tipo, todo mundo sabe disso, né? Não importa o quanto a gente se prepare ou o quanto minimizemos nossas chances de ganhar, perder é sempre uma merda. As pessoas que dizem que tudo bem estão acostumadas a perder — desculpa se é o seu caso, sem ofensa. E, claro, tem o lado positivo de ter tentado. É a jornada, o processo, blá blá blá. Eu acredito em tudo isso, mas não muda o fato de que, acima de tudo, perder é uma merda.

Então, por que estou pulando, empolgado, se perdemos?

Assim que ficamos em segundo lugar, me viro para Luca. É um saco, mas pelo jeito que ele olha para mim, fica claro que tudo o que ele sente é empolgação. E quando me puxa para um abraço na frente de todo mundo, eu sinto o mesmo. É difícil sentir que perdi sendo que ganhei tanto em tão pouco tempo. Alguns meses atrás, eu estava chorando em um vagão de trem, arrasado com o resultado do relacionamento que Luca e eu tentamos construir em meio a segredos frágeis. Agora, estamos curtindo a glória da segunda chance que fomos corajosos o bastante de aproveitar. E isso me faz sentir como se tivéssemos ganhado algo maior do que qualquer competição de cosplay da Controverse.

Vamos lá na frente buscar nossos troféus de prata. Luca segura minha mão e a levanta no ar, tão alto que preciso ficar na ponta dos pés para não sair voando. Mais alto do que isso e iríamos parar em cima do público, levitando sobre os aplausos.

Alguém da organização aparece com um cheque gigante de dois mil (*dois mil?*) dólares. Outra pessoa traz medalhas. Eles as colocaram em nossos pescoços e nos organizam para tirar fotos com os jurados. Ficamos no meio deles e todos sorriem enquanto a plateia começa a gritar nossos nomes. Aos poucos, percebo que a mãe de Luca está na companhia de uma família bem grande.

A fotógrafa tira uma foto, depois outra. Luca me puxa para perto e sussurra:

— Raff. *Raff.*

Olho para ele e percebo a travessura em seu sorriso na mesma hora. Ele vai me beijar, não vai?

Agora, esse beijo é o resultado de muitas coisas. De muita coisa que não aconteceu só hoje. De coisas que começaram há muito, muito tempo, quando eu estava sentado em meio aos destroços das nossas fantasias no quarto de hotel. De coisas que se intensificaram com o silêncio repentino entre nós durante as semanas seguintes, como fios que ficavam cada vez mais e mais apertados até formarem um nó horroroso. De coisas que foram seladas por mágoa. De coisas que se aqueceram, só um pouco, no corredor ensolarado com vista para a Controverse. Coisas que, depois, se costuraram, se colaram e se enfeitaram por completo quando Luca e eu conseguimos voltar um para o outro ao recriarmos as fantasias que nos destruíram.

O beijo, como todos os beijos épicos, é o toque final de tudo que nos trouxe até aqui. Os lábios de Luca tocam os meus, e os meus, os dele. Nos beijamos, compartilhando o mesmo ar pelo que parece minutos. A multidão nos aplaude até que finalmente Luca me solta. Só um pouco. Só o suficiente para me avisar que preciso me controlar. Estamos em público.

— A gente conseguiu — digo.

— A gente conseguiu — ele repete.

Nosso momento de estrelato acaba, e vamos para o lado com nosso cheque gigante, troféus e medalhas. Encontro May na frente da multidão e faço um V de vitória.

Waldorf Waldorf pede silêncio. Depois, entrega o microfone para Irma Worthy quando ela toma a frente do palco.

— Todo ano, nós do Craft Club ficamos encantados com o talento, genialidade, determinação e energia de todos vocês, cosplayers maravilhosos. O que vocês fazem é especial. O que vocês fazem é mágico. Ficamos muito felizes de lhes servir e de chamar Boston de o lar do Craft Club.

A multidão solta um "oooooun".

A organização traz as duas equipes restantes para a frente. Inaya está com a mandíbula travada e as narinas abertas. Christina está com um sorriso largo no rosto, nenhum traço da astúcia de antes. Os gêmeos Satoh se mantêm no personagem e irradiam confiança.

— Agora, é uma honra anunciar os Campeões da Competição de Cosplay da Controverse. Este ano, o primeiro lugar vai para...

A luz passa pelo público, depois pelo teto de vidro e volta.

— Christina e Inaya com a Eternal Sailor Moon!

Agora, todo mundo pula. O palco improvisado treme sob nossos pés e começa a fazer um som de metal rangendo que se espalha pela arena. Há um gosto amargo em não ganhar? Claro. Mas isso afeta a onda de alegria que se espalha por mim ao ver o rosto chocado de Inaya quando ela recebe o prêmio? Nem um pouco. Mesmo se eu estivesse chateado, sou acima de tudo um artista. Sei que Inaya fez um trabalho incrível e quero que esse trabalho seja reconhecido, não importa como. Ela mereceu. As duas mereceram.

Luca e eu soltamos nosso cheque e levantamos Inaya. As asas dela batem nas de Luca, é meio desengonçado e tenho quase certeza de que Irma quase desmaia ao ver que alguém poderia acabar se machucando e aquilo se resultaria em um processo, mas não importa. Erguemos nossa amiga como se ela não pesasse nada, e ela segura em nossos ombros como se confiasse em nós, e, pela primeira vez em muito tempo, sinto que nosso pequeno grupo pode ter um futuro.

Quando colocamos Inaya de volta no chão, ela e Christina vão para a frente do palco e são coroadas as vencedoras. Luca e eu saímos do palco e voltamos para os bastidores para Luca trocar de roupa. Temos que ser rápidos — a equipe já está desmontando o estúdio falso —, mas isso não impede Luca de usar esse momento de privacidade para me dar um beijo. Dessa vez, não estou esperando. Só acontece, como se fosse um presente. Como uma festa de aniversário surpresa. Na minha boca.

— Desculpa — diz ele quando se afasta. — Tudo bem eu te beijar?

— Mais do que tudo bem — digo, e nos beijamos até alguém da organização chamar nossa atenção.

— Seus celulares — ele diz, nos entregando os aparelhos.

Pego o meu sem olhar enquanto Luca rola pela enxurrada de notificações que chegam. Ele ri, assovia e suspira, depois tenta me mostrar algo. Ele repara que não estou olhando para minha tela e entende na mesma hora.

— Nervoso por causa da Evie?

Assinto. Ele pega meu celular.

— Quer que eu ligue?

Assinto.

Assim que ele liga o celular, Evie me telefona.

Trinta

Antes – Cinco meses atrás

As latas de lixo arranham no chão enquanto as arrasto até a calçada. Posiciono as duas com cuidado, corrigindo o alinhamento até ficar satisfeito. Estou enrolando. Estou nervoso. Quase parando.

Dentro das latas estão Phobos e Deimos, velados aqui como dois caixões verticais. Foi a primeira coisa que fiz depois que Inaya os deixou na minha porta alguns dias atrás. Não desisti de fazer cosplay; só não quero mais saber desses dois pássaros e de tudo o que representam. Chega de distrações. Chega de Luca. Tudo isso só confirma que a única pessoa em quem posso confiar é eu mesmo.

Agora, estou tentando me concentrar no próximo passo. Não faço ideia do que será. Só sei que com certeza vou fazer sozinho.

Essa decisão dura até eu precisar me afastar das latas. Em vez de fazer isso, me sento. No jardim mesmo, do lado da garagem. Não estou obcecado com as latas de lixo. Não estou, tipo, soluçando enquanto acaricio esses baldes de plástico. Mas, como ímãs, uma força maior e misteriosa me mantém na órbita deles.

Misteriosa talvez não seja a palavra certa. É uma sensação de recomeço. É esperança, mas acompanhada de uma verdade cruel: estou sozinho de novo. Luca e eu terminamos. Luca se foi. Ele não está na lata de lixo, mas ele poderia muito bem estar no meio das asas quebradas que fizemos, agora transformadas em meras camadas de EVA, cola e tecido.

A sensação de ter ele perto de mim é muito vívida. Apesar de estar sentado no jardim, deixo meu rosto cair entre os joelhos. Meus soluços são silenciosos, mas ecoam na pequena caverna que criei com meu corpo dobrado. Paro de repente, assim como comecei — sei que Evie deve estar em casa e, apesar de saber que ela iria gostar do meu espetáculo de chorar ao lado do lixo, não aguentaria qualquer pergunta sobre meu comportamento estranho e melancólico de hoje.

Quando levanto a cabeça, há um carro que parou para ver se eu estava bem. Fico tão chocado com a aparição do gigante de metal que não o reconheço até a janela do motorista descer e May gritar:

— Alguém pediu uma ca-May-onete?

— Essa piada é péssima — digo enquanto entro no assento do passageiro do carro do pai dela. — Como você sabia?

— Instinto.

Damos uma volta. Então, ela suspira.

— Bom, desculpa, mas você vai descobrir em breve caso ainda não tenha visto. Aqui, você viu?

Ela me entrega o celular que estava no porta-copos. O Ion já está aberto, especificamente no canal da Inaya. No topo, claro, há uma foto dela na Blitz Cosplay Games. Ela está segurando um cheque gigante — segundo lugar, e ganhou quinhentos dólares. Mandei parabéns quando soube. Só parabéns, sem corações ou emojis, nada. Ela mandou de volta um coração azul. Esperei que ela fosse entrar em contato de novo depois disso, mas não o fez. Pensei que ela estivesse me dando um pouco de espaço, que é o que eu queria, mas agora vejo que tem mais um motivo por trás disso quando May rola o feed de Inaya para as fotos mais antigas.

— Você não viu esse, viu? — pergunta May, abrindo um post com o título "Vlog na Blitz".

— Não.

— Você não tá curioso para saber o que aconteceu naquele dia?

— Eu sei o que aconteceu naquele dia. Foi *comigo* que aconteceu.

— Não, não, quero dizer o que mais aconteceu. Depois que você foi embora.

Não respondo e May pausa. Depois, diz:

— Acho que Luca não teria postado nada se dependesse dele, mas pensei que você já teria visto enquanto assistia às coisas da Inaya. Mas, pelo jeito, você evitou tudo.

Tudo. O tom sério de May me preocupa. O que poderia ser tão ruim que fez ela vir até aqui para se certificar de que eu não veria sozinho?

— Aqui.

Ela me entrega o celular de novo.

O vlog de Inaya começa com uma cena minha dormindo, dando zoom nos meus cachos. Depois, corta para ela abrindo a porta do chuveiro e Luca gritando: *sai daqui, sai daqui!* Ele joga um minifrasco de shampoo nela e os dois riem baixinho. Depois, volta para mim, dormindo enquanto tudo isso acontece. Enfim, eles descem para o saguão, tomam café e, olha só, foram mesmo ao Dunkin' Donuts. Luca está mexendo no celular no fundo enquanto Inaya fala para a câmera o que os dois estão fazendo.

— A gente deveria ir se arrumar, mas minha pré-avaliação só começa à tarde, e meio que não quero vestir o *corset* até ser absolutamente necessário. Além do mais, está quente demais; sem chance que minha maquiagem vai durar mais do que algumas horas. Então, por enquanto, vamos matar tempo. Acho que vamos rapidinho na Blitz antes de descansarmos e nos arrumarmos. Não é, Luca?

Luca quase não escuta a pergunta, de tão concentrado que está no celular. Em seguida, ele entende o que aconteceu e a distração some de seu olhar.

— É, isso aí — ele responde.

O vídeo continua, mas eu, não. O que Luca estava lendo — deve ter sido a continuação daquela briga com a família. Conheço essa expressão. E conheço esse sorriso brilhante demais.

O vlog de Inaya mostra a manhã dela. Parece que foram no Omni, um hotel lá perto, para encontrar uns amigos de Inaya. Luca aparece no celular no fundo de todas as imagens até desaparecer. Depois, Inaya está na convenção, segurando alguns *prints* que comprou no Corredor de Artistas da Blitz.

— Eu sei — digo para May, entregando o celular.

Ela o empurra de volta para mim e diz:

— Continua assistindo.

Aceleramos a parte de compras da Inaya, e depois há um pulo de tempo de pelo menos algumas horas. Porque a próxima cena é do quarto de hotel e a luz da manhã foi substituída pela penumbra da tarde. Deve ter sido um pouco depois que fui embora. Inaya está se arrumando, e a câmera está apoiada na cama. E, no fundo, juntando as peças da roupa que destruí, está Luca.

A cada segundo do vídeo, aperto o celular com mais força. Luca ajuda Inaya a se vestir. Ela tem lentes de contato vermelhas extra, e ele as coloca, mas, tirando isso, continua com as roupas normais. Eles vão para a pré-avaliação, e Luca vira seu assistente. Ela filma Luca colocando perucas no estande da Arda e posando com uma vitrine de DBZ. Eles passam a maior parte do dia brincando e depois Inaya vai para a competição. Nesse momento, Luca some do vídeo. Inaya vence em segundo lugar, e a última imagem é um zoom em uma pizza.

Sei que estou respirando, mas não sinto o ar entrando.

— Ele voltou? — pergunto. — Por que ele voltou?

— Perguntei isso para Inaya também — May responde rápido. — Ela o encontrou antes de ele ir embora e conseguiu convencê-lo. Acho que ela falou com a mãe dele no telefone, disse que ela o tinha feito ir. Você sabe como a Inaya é boa com pais. No fim, deixaram Luca ficar o resto do dia.

Estou escutando apenas parcialmente. Um torpor preenche meus ouvidos e me deixa tonto. Me seguro no meu assento e empurro o celular de May para longe. Isso só confirma o que sempre suspeitei: o segredo sombrio da vida de Luca nunca foram convenções e cosplay. Era eu. O menino que o levou para esse mundo, mas não podia ser visto ao seu lado. Ele só precisava me substituir pela Inaya.

May me abraça enquanto choro. Não tenho mais nada a fazer além de chorar. Só queria ser o suficiente para essa única pessoa, e, por muito tempo, achei que fosse. Me acostumei com isso. Me acostumei com o jeito que ele olhava para mim. Me acostumei com a alegria de criar com ele. E, ao ver isso, ao saber que ele pode continuar nesse mundo sem mim e ficar bem? Faz parecer que o ano inteiro foi completamente arruinado.

Pego o celular de May de novo e olho para a sequência de vídeos de Inaya e Luca. O pessoal comentando adora ele, claro.

Quem é esse cara?????

Um Luca selvagem aparece!

O que ela fez pra invocar esse HOMI? Um bastão
de beisebol com runas?

Paro quando vejo um comentário da própria Inaya respondendo às perguntas.

> mds Luca não é meu namorado, eca... mas vocês o convenceram a entrar no Ion. Mundo, conheçam @ AtacanteCosplay. Ele é novo, sejam gentis. Bjs

Não há posts no @AtacanteCosplay. Mas há uma foto (dele usando aquelas lentes ridículas), e a conta já tem 189 seguidores.

Mesmo sem ter feito *nada*.

Abro a caixa de comentário, logado na conta da May.

May pega o celular da minha mão e estaciona o carro. Ela desliga o motor, sai apressada e me tira do assento do passageiro. Estamos na Praça Davis, perto do lugar de *bubble tea* favorito da May, Boba Yoga (é temático de Baba Yaga e, sim, também é um estúdio de yoga). Ela deve ter ligado antes para pedir, porque nem me deixa entrar. May entra, pega duas bebidas, me entrega uma e saímos andando por trás do velho cinema, onde consigo um pouco de privacidade para surtar em um pequeno parque.

May me deixa falar por uns vinte minutos — o que é muita bondade da parte dela, na verdade — até começar a me acalmar.

— Eu o criei. E eu posso destruí-lo. — Solto as palavras no ar, uma frase violenta com uma intenção violenta. Não importa o quanto eu fale, a dor continua aqui.

— Talvez você tenha ajudado, mas ele sempre foi o Luca. Pare de falar como um vilão de anime.

Ela tem razão. Eu não o criei. No máximo, mostrei que tudo bem ser ele mesmo. Por muito tempo, pensei que ele estava fazendo o mesmo por mim, mas agora já não sei. Estar com Luca foi ótimo, mas também foi uma distração. Mudou meu modo de trabalhar e de viver, e me deu um novo tipo de felicidade, mas também me custou demais. Valeu a pena? No momento, parece que não.

— Sinto falta dele — digo.

É a única certeza que tenho. Talvez esteja irritado, e provavelmente devastado, mas esses sentimentos vão e voltam do meu coração, como borboletas voando. O que fica, o que continua, é a perda. Sinto falta dele. Sinto falta de nós.

— Sinto muito, Raffy. Essa situação toda é terrível, e sinto muito que tenha estragado a Blitz.

Dou de ombros. Tenho feito muito isso esses dias. É um jeito fácil de fugir das expectativas das pessoas.

— Eu também — digo. — Obrigado por me mostrar o vídeo. Não sabia de nada disso. Nem cheguei perto do Ion.

— Tem muita gente perguntando que fantasia você estava fazendo para a Blitz.

— Pelo visto, nunca vão saber.

May mastiga uma bolinha da bebida.

— Você podia falar disso, sabia? Não deve nada ao Luca. Você pode contar sua história e fazer o que quiser com isso.

Parece ser algo muito estranho de dizer. Será que ela realmente me apoiaria se eu expusesse Luca na internet?

— O que *você* faria no meu lugar? — pergunto.

May responde na hora:

— Eu desenharia.

Eu a conheço bem. Ela faria isso mesmo. May sempre teve o dom de processar as coisas com as mãos. Os emaranhados mais complicados se tornam linhas simples quando ela usa suas canetas. Acho que o mesmo vale para mim, mas não sei o que fazer com esse nó. Parece vivo demais para resolver. Ele pulsa. Quando tento lidar com ele, sinto um rancor crescer e a parte ruim de mim não está pronta para abrir mão disso ainda.

— Não sei se conseguiria transformar um término em um cosplay — digo.

— Eu sei, eu sei. Mas você pode transformar isso em algo melhor.

— No quê?

— Em tempo. Você sempre dizia que sentia que precisava escolher entre passar um tempo com Luca ou criando coisas. Agora não precisa escolher.

É uma coisa besta, mas me ajuda bastante. Afasto as lágrimas que escorrem de mim. É um prêmio de consolação muito infeliz para alguém de coração partido — ter todo o tempo de que preciso para sentar e consertar outras coisas. Mas May tem razão. Se criar é o que faço de melhor, é isso que preciso fazer, e agora tenho todo o tempo do mundo para isso.

— E aí? — Ela coloca uma mão no meu joelho. — O que vai criar?

Respondo na hora

— Com certeza nenhum outro pássaro gay.

— Obrigada, Deus — ela suspira, dramática, e se joga sobre mim, fingindo estar superaliviada. Quando dá um grito de comemoração que ecoa pelo parque, sinto seu hálito com cheiro de *matcha* de morango. — Obrigada, Jesus do Cosplay. Meu menino está livre.

Eu rio quando May cai por cima de mim e quase derrubo minha bebida. Mas por trás do sorriso, eu penso: *Livre?*

Livre é como me sentia quando estava com Luca, quando finalmente parei de me preocupar com o resultado final e me concentrei no processo de criar. Liberdade é o que vivi no dia que estávamos no Craft Club, só passeando, antes de Evie aparecer e estragar tudo.

Talvez eu esteja livre, mas não é assim que me sinto. Me sinto só.

Trinta e um

Agora

Luca e eu olhamos para meu celular vibrando. O nome de Evie me encara.

Não é Mãe. Não é Mamãe. É Evie. Apenas Evie. E um emoji de caveira.

— Quer que eu mande a chamada para a caixa postal? — sugere Luca.

— Não, eu dou conta — respondo.

Pego o celular da mão dele e me afasto do Craft Club falso para uma área mais silenciosa. Demoro demais para atender, e a ligação vai para caixa postal, mas Evie continua ligando.

Atendo. Antes de dizer "alô", a voz suave de Evie chega no meu ouvido.

— Então você não morreu. Ótimo.

— Oi, mãe. Estou vivo.

Qualquer coisa pode acontecer. Uma diatribe, com certeza. Um sermão, sem dúvidas. Consigo até imaginar meu celular se transformando em um monte de cobras de tanto medo que sinto percorrer meu corpo. Começo a tremer. Acho uma parede e me apoio, me esforçando para sobreviver à longa pausa que Evie faz.

— É... Desculpa — começo a falar. — Desculpa por ter furado com a viagem. Eu aprecio a grande oportunidade, mas algo muito importante aconteceu comigo hoje e eu não podia recusar. Outra grande oportunidade. Não espero que entenda e você não precisa, mas...

A voz de Evie soa distante quando me interrompe.

— Eu disse "com gás". Isso é água da bica. Dá para sentir o cloro da barragem.

— O quê?

— Um segundo, Raffy, estamos pedindo o jantar. Estou com Tobias. Aqui, fala com ele.

Começo a ficar em um tom completamente novo de vermelho. Ela não ouviu uma palavra sequer do que eu disse?

— Raphael! Estávamos assistindo à *live*. Parabéns!

Tobias tem uma voz profunda e intensa. Parece que estou falando com um dragão. Um dragão gay que enfia vogais extras no meio de toda palavra. *ParabéEeeeEEEeeEEens!*

Então, processo o que ele disse.

Espera aí.

ESPERA AÍ.

— Vocês viram o campeonato da Controverse?

— Bom, não tudo — diz Tobias. — Só as últimas horas. Você estava espetacular! Não assisti a esse programa a que você fez referência, mas que roupa! Você é tão talentoso quanto sua mãe diz.

— Hum... obrigado.

No fundo, escuto Evie falando sobre agrião com o garçom.

— Sua mãe diz que talvez você seja um grande designer no futuro. Estava dizendo para ela que acho que você vai ser mais do que isso. Não me lembro da última vez que pude colocar pvc em uma coleção de moda. Mas você realmente me fez pensar a respeito. E essas asas. Que maravilha! Seu modelo tem sorte.

Ha. Luca, meu modelo?

— Obrigado — concordo, deixando o comentário alegre no ar.

Ouço um barulho e Evie volta para o telefone.

— Raphael. Raphael, está aí?

— Tô aqui.

— Escuta, não posso falar muito. Você ligou num momento ruim. Estamos nos sentando agora para comer.

Escolho ignorar o fato de que foi *ela* quem *me* ligou — seiscentas vezes, inclusive.

— Mas eu queria saber como você estava. E... queria te parabenizar. Tobias estava me contando sobre as experiências que tem com cosplay. Admito, não é algo que eu tive interesse em conhecer melhor. Mas confio no Tobias. Ele é um homem de muito bom gosto. E talento.

Não sei como responder. Afinal de contas, é um elogio para Tobias, não para mim.

— E... — Evie fala devagar, algo de que gosto. Ela nem sempre tem esse cuidado com as palavras. — Eu deveria ter confiado em você. Se essa é a sua jornada criativa, então é sua jornada e pronto. Peço desculpas se fiz você se sentir menos... — Ela para de novo. — Sabe o que quero dizer, claro.

— Valeu, mãe — digo, sorrindo.

— Presumo que você vá precisar de espaço para continuar trabalhando nos seus... projetos?

— Quer dizer meu *artesanato*?

— Raphael, não força. Estou tentando.

— Tudo bem. Projetos.

Evie suspira.

— Bom, teremos hóspedes em novembro, então o estúdio vai estar ocupado. Que tal o porão? Estava procurando um motivo para mexer nele.

Olho para cima. Luca veio ao meu encontro. May está com ele. Eles parecem apavorados de ver que ainda estou no telefone falando com Evie. *Tá tudo bem*, movo a boca para acalmá-los. Coloco a ligação no viva-voz.

— Parece ótimo — digo para Evie. — Escuta, tenho que ir. A família do Luca me convidou para jantar.

Evie não desliga na mesma hora. Tenho a impressão de que ela está esperando algo, então digo:

— Se não tiver problema para você, é claro.

— Por que teria? Eles são canibais?

— Somos italianos — Luca responde antes que May possa cobrir a boca dele com a mão.

Desligo o mais rápido possível. Dou um grito quando recebo uma mensagem dela logo em seguida:

> Divirta-se. Bom trabalho hoje.
> Te vejo semana que vem. Mãe.

May e Luca leem a mensagem.

— Ooooun, Raff. Ela está tentaaaaaando — diz May.

— Ela realmente está... hum... fazendo alguma coisa.

Luca olha as notificações no meu celular. A maioria são do Ion. Ele para e mostra algumas.

— Agentes costumam entrar em contato por DM?

Pego o celular. Leio as duas primeiras linhas e vejo as palavras *agenciamento* e *oportunidades*. Então, desmaio. Provavelmente. Sei lá. Rolo a tela, ignorando as mensagens de voz da minha mãe, e olho outras DMs de pessoas com nomes de aparência oficial. Pessoas com um selo azul ao lado do nome. Pessoas que perguntam o que vou fazer em seguida, para onde vou, o que estou planejando. Empresas pedindo para trabalhar comigo e outros artistas pedindo conselhos.

Desligo o celular. Vou ter tempo para o futuro no futuro. Olho para cima, e May e Luca sumiram. Não, estão logo atrás de mim, lendo as notificações por cima do meu ombro. Com os olhos arregalados.

— E aí. Jantar? — pergunto, tímido.

Luca passa o braço pela minha cintura.

— Tem certeza de que quer vir? A família é grande.

Eu definitivamente não quero ir para uma casa vazia. Ainda não. Mesmo com a mudança na postura de Evie, a casa ainda parece assombrada pela pessoa que eu era antes desse dia que me transformou. Antes de ter me permitido mudar, no caso. Me sinto mais maduro, e também novinho em folha, como se fosse capaz de lidar com qualquer coisa. Com essa evolução de Evie. Com minhas ambições. E com meu coração, ainda mais agora que ele está bem mais forte depois de ter sido consertado.

Não penso muito a respeito. Não estou preocupado com nada agora. Só estou feliz.

— Tenho certeza.

— Eu também — diz May com um ar confiante de quem se autoconvidou.

— Inaya está ocupada, mas ela disse que nos encontra depois no karaokê, se não tiver problema.

Luca e eu sorrimos um para o outro.

— Problema nenhum — digo para May.

— Então combinado. — Luca junta as mãos com força. — Vamos nessa!

E lá vamos nós.

Agradecimentos

Sempre amei criar coisas e sou extremamente grato pelas várias pessoas no meu mundo que me ensinaram sobre artesanato, criação, personalização e muito mais. Obrigado por me ajudarem a criar do meu próprio jeito.

Primeiro de tudo, agradeço à minha família e, antes de mais nada, você precisa saber que minha mãe não é como a Evie. Ela é amorosa e compreensível e, assim como meu padrasto, me deu todo o espaço e recursos possíveis para eu desenvolver minha arte. O mesmo vale para meu pai, que me deixou desenhar mapas de mentira em placas de raio-x que trazia do hospital. Tive muita sorte de ter três — e agora, quatro! Bem-vinda, Mary! — pais que me criaram para ser curioso e corajoso, e sou muito grato.

Agradeço também aos meus irmãos, Blase, David e Julia, que me apoiaram em todas as configurações da nossa família. E também ao resto da minha família barulhenta e sorridente. Especialmente ao meu primo Douglas que me deu um gênio artístico na família para seguir.

A arte sempre me deu uma família ainda maior. Esse livro não seria possível sem a engenhosa e impressionantemente criativa comunidade cosplayer que transforma toda convenção no paraíso do artista manual. Criar é uma coisa, mas tornar isso acessível é completamente diferente, e sou eternamente grato a todos os artistas que não param de criar tutoriais, fazer *lives* e participar de painéis. Vocês criam oportunidades de *criação* para todo mundo. Obrigado por me deixarem brincar em seus mundos.

Para este livro, passei um bom tempo assistindo aos tutoriais de Kamui Cosplay. Svetlana e Benni, vocês não me conhecem, mas eu os amo (e seus cachorros também). Também pude assistir a várias aulas de padronagem e construção de *corset* de Cowbutt Crunchies Cosplay, tudo para usar neste livro. Finalmente, meu maior obrigado vai para meu amigo e ídolo Jacqui, de Alchemical Cosplay. Obrigado por dar uma chance para um autor aleatório que apareceu na sua vida depois de vê-lo no palco da NYCC. E obrigado por me deixar ser seu ajudante em Boston. A história de Raffy foi possível graças a você. Você é o ídolo dele.

Também fui em várias convenções e quero agradecer à minha pequena família de eventos. Sal, você recebe o primeiro agradecimento por motivos óbvios. Christina, May, Brian, Jen: vocês me ensinaram que cosplay é um esporte em equipe. Mal posso esperar para os nossos próximos rolês de cosplay.

Elizabeth Graham, você é um sonho, e sou muito grato por sua amizade e seu conhecimento do mundo das artes, curadoria e galerias. Para quem está se perguntando, Elizabeth é um anjo de gosto impecável e não tem nenhuma das opiniões ácidas de Evie.

E preciso agradecer a alguns outros escritores que foram indispensáveis para me fazer seguir em frente quando este livro estava acabando comigo. Claribel e Phil, nem Olivia Satan poderia ter feito coisa melhor. Fern Brain Chat, te amo mesmo quando você me tira dos eixos.

Com certeza preciso agradecer ao resto dos meus amigos mais próximos também. Tantas festas à fantasia, tanto apoio incondicional a projetos ridículos que ainda estavam secando quando íamos nos apresentar. É uma honra participar de um grupo de amigos tão comprometido a um alto nível de teatralidade completamente inútil. Jess, principalmente você. Amo todos vocês!

E, claro, falando em criar, preciso deixar um GRANDE obrigado para minha família do mercado editorial. Veronica Park, minha agente, que transformou essa ideia estranha em algo real; Annie Berger, minha editora, que é igualmente inteligente, criativa e paciente; Cassie Gutman, minha produtora editorial, que talvez tenha tido o trabalho mais difícil de todos (discutir quais piadinhas iriam ficar); Lizzie, Beth e Mallory, que cuidam da publicidade e marketing, assim como Michael, Margaret e Caitlin, meu time de eventos — vocês todos têm o trabalho talvez ainda mais difícil de me acompanhar, e obrigado por todo o trabalho duro; e, claro, Dominique Raccah, minha editora, que me inspira sempre.

Também agradeço aos artistas que tornaram meu livro sobre arte em uma obra de arte: Danielle McNaughton, Nicole Hower da direção de arte e as maravilhosas Maricor/Maricar, mestres de bordados que fizeram a arte da capa da edição original.

Todos vocês são estrelas na constelação da Controverse.

Vou parar aqui antes de começar a agradecer aos vendedores de materiais que me levam à falência. Vocês entenderam. São necessárias muitas e muitas pessoas para fazer um livro e muitas mais para inspirar a ideia de um. Eu escrevi isso, mas foi um trabalho de todos nós. Então deixo aqui as palavras sábias de Irma Worthy: medir duas vezes, cortar uma e desistir nunca.

Continuem criando!

DADOS INTERNACIONAIS DE CATALOGAÇÃO NA PUBLICAÇÃO (CIP) DE ACORDO COM ISBD

L111e	La Sala, Ryan
	Esse brilho é meu/ Ryan La Sala. - São Paulo, SP: Editora Nacional, 2023. 240 p. ; 16cm x 23cm.
	ISBN: 978-65-5881-337-8
	11. Literatura americana. 2. Romance. 3. Cosplay. 4. Competição. 5. Fantasia. 6. Aquileano. I. Miranda, Bruna. II. Título.
2023-3724	CDD 813.5 CDU 821.111(73)-31

Elaborado por Odilio Hilario Moreira Junior - CRB-8/994
Índice para catálogo sistemático:
1. Literatura americana: Romance 813.5
2. Literatura americana : Romance 821.111(73)-31

Este livro foi composto nas fontes Stolzl e Skolar
pela Editora Nacional em abril de 2023.
Impressão e acabamento pela Gráfica Corprint.